KB185604

우리에게 남은 빛

우리에게 남은 빛

초판 1쇄 발행 2024년 11월 15일

엮은이	그리스트
옮긴이	김지현
펴낸이	이영선

편집	이일규 김선정 김문정 김종훈 이민재 이현정
디자인	김회량 위수연
독자본부	김일신 손미경 정혜영 김연수 김민수 박정래 김인환

펴낸곳 서해문집 | 출판등록 1989년 3월 16일(제406-2005-000047호)

주소 경기도 파주시 광인사길 217(파주출판도시)

전화 (031)955-7470 | 팩스 (031)955-7469

홈페이지 www.booksea.co.kr | 이메일 shmj21@hanmail.net

ISBN 979-11-92988-93-1 03840

우리에게 남은 빛

Afterglow:
Climate Fiction for
Future Ancestors

그리스트 엮음

김지현 옮김

서해문집

차

례

소설을 쓸 때 우리는 꿈을 소리내어 꿀 수 있고, 다른 이들이 읽을 책장 위에 꿈을 풀어놓을 수 있고, 다른 이들이 방문할 세계를 만들어낼 수 있다.

이미 우리는 이 현재의 순간, 이 위기, 이 규범을 넘어서는 꿈을 꾸고 있다. 꿈은 우리가 현실화하려는 것의 기초다. 한때 민주주의는 꿈이었다(혹자는 대부분의 지역에서 그것이 여전히 꿈이라고 주장할 수도 있다. 심지어 민주주의가 실현되었다고 주장하는 지역에서조차도). 노예제 폐지도 꿈이었다(혹자는 감산복합체가 번성하는 한 그것은 여전히 꿈이라고 주장할 수도 있다). 우리 자양분이 되는 모든 밭은 원래 꿈이었다. 우리 사회의 구조는 좋든 나쁘든 누군가의 꿈에서 출현했다. 우월주의는 불안한 마음에서 비롯된 꿈이었고, 인종 차별은 차이에 대한 두려움에서 비롯된 꿈이었다.

변해야 할 것들을 알 때 우리는 함께 꿈꾸는 것에서부터 출발할 수 있다. 나는 운동가이자 소설가로서 여러 종류의 집단적 꿈을 경험하는 축복을 받았다. 내가 하는 운동은 주로 세상의 불의를 목도하고 책임을 지는 사람들, 즉 변화를 만드는 사람들을 위한 공간과 절차를 안배하는 일이었다. 나는 세상을 바꾸는 데 전념하는 사람들로 가득한 공간을 꾸렸고, 그들이 모든 사람이 필요로 하는 모든 것에 접근할 수 있는 미래를, 우리가 지구와 우리 종의 자손들을 동등하게, 집단적 자기 돌봄의 관점으로 보살피는 미래를 함께 꿈꾸는 동안 나는 귀를 기울였다. 나는 사람들이 미래의 우선 순위에 대해 토론할 수 있는 공간을 꾸리기도 했다. 지구에서 인간의 삶을 어떻게 유지할 수 있을까? 인종주의를 비롯한 여러 우월주의 체제를 어떻게 무너뜨릴 수 있을까? 어떻게 하면 땅을 토착민들의 손에 돌려줄 수 있을까?

소설가로서 나는 종종 그 공간들의 기억을 떠올린다. 내 소설 주인공들은 집단적 차원에서 미래를 책임지고 싶어하는 사람들, 특히 청년들에게서 영감을 받아 만들어졌다. 나는 세상에서 가장 큰 규모로 변화하고 있는 것을 작은 규모로 경험하는 사람들의 공동체에 대해 쓰곤 한다. 나는 이러한 이야기와 전략들을 고취하고 이 세상의 상상력에 마법의 기운을 불어넣기 위해 글을 쓴다. 이런 일들이 일어날 수 있다. 우리는 보상을 받고 존엄성을 되찾을 수 있다. 우리는 환상적 기술에 의존하기를 그만두고 우리가 누구이고 무엇인지를, 우리의 짧고도 기적적인 삶의 아름다움을 받아들일 수 있다.

또한 나는 내 주변의 많은 작가들과 마찬가지로 인간이 지구와 올바른 관계를 맺으며 번창하는 미래를 상상하는 데 천착한다. 인간이 훨씬 더 작은 단위로 상호 연결되어 활동하면서 땅이 지탱할 수 있는 것들과 조화를 이루어 살아가는 이야기들을 쓰기도 했다. 산불과 정치적 격노의 시대에 나는 물 자체에서 동맹을 찾는 이야기들을 쓰고 있다. 기후 변화에 정면으로 맞선 작가들의 발자취를 따르려고 의도적으로 노력하면서. 옥타비아 E. 버틀러는 기후 위기 한가운데에서《씨앗을 뿌리는 사람의 우화》와《은총을 받은 사람의 우화》를 썼으며, 기후 대재앙 후 200년을 인류가 어떻게 지속하는지에 대한 경이로운《제노제네시스Xenogenesis(릴리스의 새끼들Lilith's Brood)》 연작도 썼다. 버틀러는 우리에게 경고를 해준 것이다. 킴 스탠리 로빈슨은 또 다른 놀라운 기후 소설 작가로, 인간이 지구를 살기 어려운 곳으로 만들었음에도 어떻게 살아남는지에 대한 이야기를 들려준다. 알렉시스 폴린 검스, 알렉스 디프란체스코, 리버스 솔로몬, 네일로 홉킨슨 등의 소설은 미래의 비전과 앞으로 나아갈 길을 우리에게 제시한다.

하지만 우리 꿈의 공간이 식민화된다면 어떻게 해야 할까? 그리고 이미 그렇게 되어 있다면?

장소와 사람들을 식민화한다는 것은 그들 사이에 정착해 그들의 땅, 삶, 노동, 신념, 관습을 둘러싼 정치적 통제권을 장악하는 것이다. 우리가 현재 살고 있는 세상의 대부분은 어느 시점에서든 식민화된 바 있다. 즉 대부분의 인간이 물리적인 의미에서든 이념적인 의미에서든 식민 시대 이후의 건축물에서 살고 있다는 뜻이다. 나는 이 서문을 미국에서 쓰고 있는데, 미국의 지배적 문화는 영토를 놓고 협력하기도 하고 싸우기도 하면서 기울여온 다양한 식민지적 노력이 뒤섞인 결과물이다. 그렇게 해서 승리한 발상 중 하나는 자원의 사유화와 경쟁 기반 개발에 뿌리를 둔 경제 시스템인 자본주의였다. 자본주의가 우리 종과 지구의 관계를 결정 짓는 한, 우리는 인간의 삶이 지구에서 지속되는 동안 벌이는 장기전에서 패배하고 있는 셈이다.

탈식민화란 식민지의 땅, 문화, 관습, 정신에 생긴 상처를 치유하는 일이다. 하지만 우리가 가능한 해결책에 대해 말하면—예컨대 협력적인 사람 중심 경제, 처벌 문화를 책임 문화로 대체하기, 우리 아이들의 요구를 의사 결정의 중심에 두기 등등—많은 사람은 비현실적이라고 생각한다. 상상조차 할 수 없다는 것이다. 여러 의미에서 미래를 탈식민화하는 작업은 우리 상상력을 탈식민화하는 작업이기도 하다.

우리는 가장 알려지지 않은 사람들의 이야기를 하고, 엘리트·유명인·인플루언서 들로부터 관심을 돌려야 한다. 지구와 노동을 착취함으로써 돈을 버는 것은 지루하고도 익숙한, 오래된 이야기다. 우리가 들어야 할 이야기는 자신이 처한 상황을 알고, 주위 세계에서 무엇이 변화하고 있는지에 관심을 갖고, 앞으로 나아갈 설득력 있는 길을 찾아가는 사람들의 이야기다. 파괴보다 창조와 지속에 관심을 가질 수 있도록 우리 뇌의 배선을 손봐야 한다.

글을 쓸 때 나는 최대한 영웅 같아 보이지 않는 인물을 찾고, 그 인물의 인간성, 삶에 대한 충동, 도전에 직면했을 때 발휘하는 창의성을 따라간다. 느린 속도로 흘러가는, 다른 이들과 연결된 미래가 얼마나 좋을지 보여주고 싶다. 그 어떤 것도 시급하지 않고, 작은 기쁨의 속도, 뿌리가 자리를 잡는 속도가 행동의 속도를 결정 짓는 세계에 대한 이야기를 씀으로써 말이다.

나는 내 잃어버린 혈통을 거슬러 올라가 내 본연의 가르침에 귀를 기울이는 이야기를 씀으로써 내 마음을 탈식민화하려 노력하고 있다. 원주민과 흑인이 지배를 통해서 승리하는 게 아니라 신성한 것을 보호함으로써 그리고 기쁨을 위해 한결같이 생존함으로써 승리하는 이야기를 쓰고 있다.

픽스, 그리스트(Fix, Grist)의 솔루션 랩에서 주최한 '2200년을 상상하기' 기후 소설 공모전은 온갖 국가와 장르의 작가들을 불러 모았다. 이 책에 수록된 소설들은 미래에 대한, 특히 지구의 미래에 대한 우리 사고를 탈식민화하고 우리 시야를 넘어서는 희망과 유토피아를 보여주려는 다양한 시도다.

열두 편의 수록작을 읽으면서 우리는 미래의 기후 조건에 대해 함께 꿈꾸고 서로의 꿈에 아이디어를 심어줄 수 있으며, 우리 꿈이 어디서 겹치는지 깨닫고 우리 상상력이 현실에 의해 제약을 받는 곳은 어디인지 알 수 있다. 작가들 자신의 내력만 해도 온갖 장소, 인종, 젠더, 능력, 삶의 경험을 아우른다.

쉬리 르네 토머스, 키에세 레이먼, 모건 저킨스와 함께 이 공모전의 심사를 맡는 행운을 누린 나는 2200년 지구에서의 삶에 대한 사람들의 상상으로 통하는 모든 문을 열어젖힐 수 있었다. 어떤 이들은 우리가 자연을 재발견하는 미래를, 어떤 이들은 우리가 수중 생활에 적응하는 미래를, 또 어떤 이들은 인간성 너머의 미래를 보았다. 모든 소설이 제각각의 아름다움을 가지고 있다. 우리 상상 속에서 미래는 아름답고 언제나 새로운 지평이 있다.

〈군락에서 떨어져〉는 카리브해 섬을 덮친 폭풍에서 유일하게 살아남은 트랜스 소녀들이 산호 사이에서 수용과 안전을 찾는 근사한 이야기다. 이 소설에 대해 내가 적어넣은 소감은 '우와, 우와, 진짜 대박'이었다. 물속에 잠긴 채 신비롭고 시적으로 흘러가는 이야기를 읽으며 우리는 주인공이 뜻밖의 폭풍에서 생존하는 경험을 함께한다. 나는 이 소설에 대한 생각을 멈출 수가 없다. 우리가 지금 여기서 진정한 자기 자신이 되기 위해 거쳐야 하는 적응 과정이란 더 깊은 변화가 펼쳐질 때 거기에 적응하는 능력을 강화하는 과정에 다름 아니라는 것을 이 소설은 알려주고 있다.

〈구름 직공의 노래〉는 가뭄 곳에서 물을 모으려고 구름을 짜는 이들의 이야기로, 물이 부족한 상태를 넘어서 상상하고 행동하는 것이 어떤 것인지에 대해 들려준다. 이 소설은 마치 고전 설화처럼, 우리 모두가 이해해야 하는 마법 이야기처럼 항상 우리 곁에 있었던 것처럼 느껴진다. 어느 모로 보나 환상적인 내용인데 한편으로는 진실하다. 이 속에서 나는 세상을 볼 수 있으며, 자기가 속한 공동체 전체를 위해 삶의 가능성을 지탱하는 신화적 존재들도 볼 수 있다. 이 작품은 또한 아무도 귀를 기울이지 않는 사람들만이 앞으로 나아갈 길을 선명하게 내다보곤 한다는 사실을 상기시킨다. 우리는 우리가 아는 것에 따라 행동하고, 우리가 사랑하는 이들에게 길을 열어주기 위해 위험을 감수해야 한다. 이것은 내가 읽은 가장 아름다운 직접 행동에 대한 이야기다.

〈마지막 그린란드 상어의 비밀〉은 마지막으로 지구에 남은 네 생물의 이야기로, 그중 가장 나이 많은 생물이 마침내 집으로 돌아감에 따라 그들은 놀라운 발견을 한다. 이 소설도 내 뇌리를 떠나지 않을 듯하다. 최근에 나는 지구가 우리보다 오래 살아남을 것이고, 우리 이후에도 삶은 어떤 형태로든 계속될 것이며, 비록 내가 속한 종이 벌이는 행동은 마음 깊이 슬프지만 우리 이후의 미래가 여전히 흥미롭고 축하할 만한 무언가가 될 수 있다는 겸허한 상념에 빠져 있었다. 이 소설은 선물과도 같다. 예상치 못한 결말은 큰 기쁨을 주었다.

이 세 가지는 당신이 이 소설집에서 얻을 경험의 작은 일부분일 뿐이다.

이 책을 천천히 읽기를, 그래서 수록작들 사이사이에 여유를 두고 페이지들 속에 구축된 세계들을 실감할 수 있기를 바란다. 이 상상력이 불러일으키는 공포를 체험하고 해결책을 궁리하기를 바란다. 그리하여 이 꿈들이 품은 희망, 탁월함, 강인함 속으로 녹아들기를.

에이드리언 마리 브라운

에이드리언 마리 브라운

미국의 포스트민족주의 작가이자 활동가, 페미니스트. 컬럼비아대학에서 아프리카계 미국인 연구, 정치학을 공부했다. 혼혈인 그는 군인인 아버지를 따라 조지아, 뉴욕, 캘리포니아, 독일에서 어린 시절을 보내면서 인종차별을 겪기도 했다. 섹스, 치유, 자기관리, 트라우마, 공상과학 소설 등 다양한 분야의 저서가 있으며, 지속 가능한 사회 변화를 다룬 첫 책 《긴급 전략Emergent Strategy》(2017)은 비평가들의 찬사를 받았다. 최근 저서인 《Pleasure Activism》(2019)은 《뉴욕타임스》 베스트셀러에 올랐다. 《옥타비아 브루드Octavia's Brood》의 공동 편집자이며, 팟캐스트 〈세상의 종말에서 살아남는 법How to Survive the End of the World〉의 공동 진행자이기도 하다.

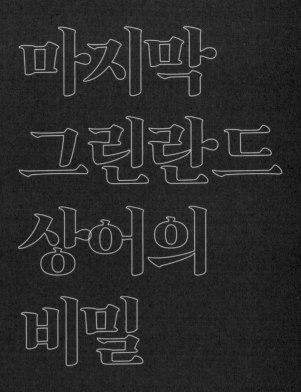

마지막 그린란드 상어의 비밀

**THE SECRETS OF
THE LAST
GREENLAND
SHARK**

마이크 맥크렐랜드
Mike McClelland

마이크 맥크렐랜드

샤론 스톤과 지퍼처럼 원래 미국 펜실베이니아주 미드빌 출신이다. 다
섯 대륙에서 살았지만, 지금은 남편, 두 아들, 그리고 구조견들과 함께
조지아에 살고 있다. 단편 소설집《게이 동물원의 날Gay Zoo Day》을 냈
고, 여러 작품이《뉴욕타임스》,《보스턴 리뷰》와 다수의 문학잡지, 선
집에 실렸다. 앨러게니대학을 졸업하고 런던정경대학, 조지아대학에
서 석사 학위를 받았으며, 지금은 조지아대학의 문예창작 프로그램에
서 박사 과정을 밟고 있다.

말벌

마지막 말벌은 무화과 한가운데에서 자기 몸을 먹고 죽었다. 행복했다.

인간

그것은 영혼에 바르는 일종의 연고였다. 자신이 속한 계보의 마지막이 된다는 극단적인 트라우마를 진정시키는 약간의 마취제. 내가 지구상에 살아남은 최후의 인간이 되는 순간 나는 그것을 느꼈다. 정신이 비스듬히 뻗어나가, 사멸한 모든 종이 맞은 최후의 순간들로 즉시 연결되는 것을. 그건 물론 우리가 혼자가 아니라는 뜻이었다. 비록 우리가 곧 사라진다 해도 책임이 있는 누군가 혹은 무언가가 있다는 증거였다. 우리 모두를 살피고 있는 무언가. 아니면 적어도 지켜보고 있는 무언가.

그것에 접속하는 일은 옛 전자 제품을 다루는 일과 약간 비슷하다. 내 정신을 들여다보고 왼편으로 일종의 스캔을 하면 다음 종으로 넘어갈 수 있었다. 하지만 내 상상력과 맞물려 작동했다. 내가 상상할 수 있는 생명체면—예컨대 마지막 땅돼지라든지—곧바로 접근할 수 있었고, 분류만 알고 있는 생명체면—새, 날지 못하는 새, 열대새 등—그 분류로 들어가 그 안에서 찾을 수 있었다.

맨 처음에는 말벌이었다. 다른 모든 인간이 죽을 때 나는 무화과를 먹고 있었기 때문이다. 말벌이든 꿀벌이든 못 본 지 수십 년은 되었지만, 무화과 한가운데에 있던 작은 생물유기체 수분 매개자가 씹히는 소리는 내게 무화과가 열리는 것이 한때 말벌의 일이었음을 상기시켜주었다.

이 현상에는 분명 과학적인 기제가 있겠지만 나는 과학자가 아니어서 모른다. 종을 넘어 소통할 수 있는 능력을 마침내 얻게 되어서 고마울 뿐. 사자, 뱀, 두더지의 눈을 통해 세상을 보는 일. 맹렬히 사랑할 수 있는 늑대의 능력, 문어의 예리한 지성, 거미의 심오한 독창성을 감각하는 일. 어떤 최후의 존재들은 아직 살아 있었고, 한동안 우리는 서로 합류할 수 있었다. 비록 그때마다 시간제한이 있었지만 말이다. 나는 점차 나 자신보다 동물들의 감각을 더 크게 느끼게 되었고, 이런 일을 가능하게 해준 에너지는 나를 다시 나 자신에게로 돌려놓곤 했다.

그 일이 일어났을 때 나는 더내로스*의 작은 섬인 부비에 낚시를 하러 나갔다가 응달에 멈춰 서서 무화과를 먹고 있었다. 그날 아침 올드 바스테르에서 출발해, 한때 바다거북들을 볼 수 있었다던 더내로스로 간 참이었다. 뉴 바스테르 영해를 침범했다고 붙잡힐 위험이 있었지만 우리는 너무 배가 고팠기에 그런 위험을 신경 쓸 겨를이 없었다.

내가 봤을 때는 마치 올드 바스테르와 뉴 바스테르가 어떤 지하 괴수에 의해 지구 속으로 빨려 들어간 것만 같았다. 북섬을 둘러싸고 물의 장벽이 솟아오르더니 남섬에서도 같은 일이 일어났고, 이윽고 두 섬 모두가 물속으로 사라져버렸다. 인간의 마지막 도시까지 삼킨 지구는 안

---

*   카리브해의 세인트키츠네비스에 있는 해협.

개와 돌멩이가 섞인 트림을 내뿜었다. 처음에는 폭탄이 터졌나 했다. 뉴 바스테르가 쭉 위협하던 일을 드디어 저질 렀구나 하고 말이다. 아니면 올드 바스테르가 선제 공격에 나섰거나.

하지만 폭탄은 아닌 것 같았다. 그보다는 더 자연적 이고 더 불가피한 것처럼 보였다. 나는 지구가 그저 우리를 이고 있는 데에 지친 게 아닌가 싶었다. 마치 달걀껍데기가 엄지손가락에 짓눌리듯 땅에 금이 가면서 도시들이 그 아 래의 공허로 떨어져 내렸을지도 모를 일이었다.

우리가 살아남은 마지막 인간이라는 생각은 누구도 못 했을 것이다. 수중이나 지하나 우주로 떠난 사람들 중 일부는 당연히 살아남았을 거라고 믿었다. 오스트레일리 아나 몽골, 아니면 히말라야 어딘가의 눈 덮인 벽지에는 틀 림없이 또 다른 부류의 인간들이 있으리라는 걸 우리는 알 고 있었다.

하지만 그러다 우리 도시들이 사라졌고, 나는 그 깊 은 무덤들 사이 홀로 솟은 봉우리에 고립되었다. 내 주위로 온통 커다란 구멍들이 벌어진 가운데 화산암 기둥 같은 내 섬만이 어떻게 해서인지 남아 있었다.

그린란드 상어

출생율이 곤두박질치자 인간들은 수명이 긴 동물들에 집착했다. 그중에서도 500년이나 살았다는 소문이 난 그린란드 상어에 그랬다. 나는 바닷속에서 벌어진 대학살에도 불구하고 살아남은 생명체가 있는지 궁금했다. 뜨거워지고 말라붙고 그다음에는 다시 침수되었으니. '절멸'은 지구상의 거의 모든 물을 앗아갔지만, 우리는 바다에서 가장 깊은 곳들은 무사하다고 알고 있었다. 뒤이어 '대재앙'으로 물이 다시 쏟아져 들어와 남아 있던 인간들의 도시 대부분을 파괴했을 때, 우리는 바닷속에 무엇이 살아남았는지 확인할 길이 없었다. 우리가 추적하고 조사했던 모든 것이 물에 잠기거나 희석되거나 비틀려서 이해할 수 없게 되었으므로. 올드 바스테르와 뉴 바스테르에서 우리는 혼자—이제는 알게 되었지만, 정말로 혼자—남아 하루하루의 생존에 집중할 수밖에 없었다.

하나는 남아 있었다. 그는 아직 살아 있었다. 내게 이 생명체들, 즉 아직까지 살아 있는 최후의 존재들은 특히 소중했다. 나를 방문하는 그들의 존재가 내게 느껴지듯이, 내가 그들을 방문할 때도 내 존재가 느껴지리라는 걸 알고 있었다. 누군가가 방문할 때면 나는 일부러 좋은 것을 즐겼다. 그레이프프루트를 한 입 먹거나, 럼주를 한 모금 마시거나, 백합 향기를 맡거나. 인간으로 살면서 얻을 수 있는 가장 좋은 경험을 그들에게 느끼게 해 주고 싶었다.

그들이 내 연대기를 거슬러 올라가 내 배우자를, 그리고 올드 바스테르의 작은 마을에서 우리가 키웠던 아이들을 볼 수 있다는 것을 알았다. 그들이 내 삶의 즐거움을 볼 수 있었으니, 내가 그들의 즐거움을 피난처로 삼았듯 그들도 그랬기를 바란다. 내 즐거움은 끝에 가서는 너무 날것이 되었다. 나는 나 자신의 기억 속에서 사는 것을 견딜 수 없었다. 거기서 도망칠 수 있다는 것은 우리 최후의 존재들을 연결하는 미지의 힘이 내게 준 또 다른 선물이었다.

그린란드 상어가 방문했을 때, 나는 그가 내 인생을 이리저리 유영하는 것을 느낄 수 있었다. 그는 차갑고 두툼하고 호기심 많은 존재였다. 그에게 찾아들어 보니 내가 훑어볼 세월이 500년이나 되었다. 그가 목격한 것들이란! 해적들의 황금시대에 태어난 그는 해수면 가까이 올라와 여러 번의 전투를 지켜보았다. 그는 배에 불이 붙는 것을 무척 좋아했고, 그럴 때면 물속까지 번져오는 열기를 느낄 수 있었다. 전투가 벌어지는 곳에서 거리를 두기는 했지만 불탄 나무 조각들에서, 가라앉는 곡물 자루와 증류주 통에서 들을 수 있는 이야기들은 즐겼다.

한 기억 속에서 그는 죽을 뻔하기도 했다. 상어가 아직 어릴 때였는데도 지구는 이미 나쁜 방향으로 치닫고 있었고, 그는 먹이를 구하느라 애를 먹었다. 내가 어떤 기억을 들여다보든, 어떤 순간에 방문하든, 그는 무언가를 찾고 있었다. 타고나기를 탐색자이자 방랑자였다. 하지만 그가 찾아 헤매는 구체적인 대상이 있는 것인지 아니면 단순히 한 목표에서 다음 목표로 옮겨 가는 것인지는 알 수 없었다.

나는 상어의 눈을 통해 보면서 그가 감각하는 것을 육체적으로 느낄 수 있었지만, 그것이 마음까지 읽을 수 있다는 뜻은 아니었다. 다른 최후의 존재들을 방문할 때는 그들의 생각과 감정을 어렴풋하게나마 이해할 수 있었고, 그들이 살았든 죽었든 기억하는 것을 토대로 그들이 무엇을 느끼는지 짐작하는 법을 터득할 수 있었다. 그러나 그린란드 상어는 수수께끼 같았다.

오랜 굶주림의 기억 속에서 한 번, 그는 너무 배가 고팠던 나머지 평소라면 피했을 얕은 물로 나갔다. 그러다 배 한 척을 마주쳤는데, 거기 먹이가 있을 걸 뻔히 알면서도 얻을 방도가 없어 몹시 고통스러웠다.

그는 희망을 버릴 수 없었다. 먹이가, 생이 바닥날 때까지 계속 추구할 터였다. 하지만 살아남을 확률은 거의 없다는 사실을 알고 있었다.

그러던 어느 날 한 인간이 손목과 발목이 묶인 채 상어 위로 떨어졌다. 해적들이 누군가를 바다로 밀어 넣었고, 그는 뱃전을 벗어나자마자 아가리를 벌린 상어에게 굴러든 것이었다.

몸부림치는 포로를 먹는 동안 감정 바깥 테두리를 잡아당기는 무언가가 느껴졌다. 그는 웬만해서는 살아 있는 생물을 먹지 않았다. 노쇠해 죽은 북극 생물들의 잘 보존된 사체를 먹는 편을 선호했다. 하지만 살려면 먹어야 했다. 그리고 이 인간은 그의 마지막 기회였다.

인간의 살을 깨무는 느낌을 즐기고 있다 보니 어느덧 내가 떠나야 할 때가 다가왔다. 씹는 느낌과는 달랐다. 잇몸을 맞부딪으며 그 속의 간지러운 데를 긁는 감각에 가까웠다. 포로의 뜨끈한 피가 내—상어의—싸늘한 몸을 덥히는 느낌은 인간의 몸으로는 이해할 수 없는 것이었으리라.

하지만 힘줄이 가득하고 앙상하고 살아 움직이는 무언가를 먹는 행위는 썩 좋지 않았다.

그때 나는 이해했다. 그가 묶인 인간을 먹으며 느낀 감정을.

미안함은 아니었다. 다만 얼마간의 후회를 느끼고 있었다. 그 감정으로 빠져들어 보니, 그 스스로 먹이를 얻어낸 것이 아니라고 생각하는 듯했다. 그는 무언가를 찾고 싶어하는—아니, 찾아야만 하는 동물이었다. 추구하는 동물.

그러나 추구의 필요성을 뛰어넘는 것 한 가지는 살아남을 필요성이었다.

독수리와 사슴

살아 있는 최후의 존재가 넷 있다는 추측에 이르기까지는 오랜 시간이 걸리지 않았다. 나, 그린란드 상어, 한때 거대한 폭포들이 있었으나 이제는 텅 비어버린 협곡 위로 높이 날아오르던 독수리(혹은 짐바브웨 독수리) 한 마리, 그리고 돌투성이 네팔 땅에서 더 습한 지대를 찾아 헤매던, 늪사슴이라고도 불리는 바라싱가* 암컷 한 마리.

나는 황금 두꺼비, 도도새, 오로크스, 양쯔강 돌고래,

* 인도 북부와 네팔 남부에 서식하는 몸집 큰 사슴.

나그네 비둘기 같은 유명한 멸종 동물들의 마지막 순간을 찾아 내 마음속을 돌아다니는 데에도 많은 시간을 쓰긴 했지만, 다른 최후의 존재들과 기억을 교환하는 데에는 더더욱 많은 시간을 썼다. 그렇게 해서 우리는 기적적으로 함께일 수 있었으니까.

태즈메이니아 늑대

인간들은 마지막 사일라신 또는 태즈메이니아 늑대를 벤저민이라고 불렀다. 하지만 그것은 그의 이름이 아니었다. 만약 내가 그의 진짜 이름을 영어로 번역했다면—나는 그렇게 동물의 생각들을 말로 옮기는 일을 재미 삼아 했다—'금빛'이라고 했을 것이다. 아니면 '빛'이나. 하지만 아주 귀중한 빛이어야 한다. 그러니까 '금빛'이라고 하자.

금빛은 억류된 채 죽었다. 이렇게만 말하면 끔찍하게 슬픈 일로 여겨질 것이다. 홀로, 우리 안에서, 곁에 어떤 동료도 없이 최후를 맞이하는 것.

하지만 그는 혼자가 아니었다.

마지막 세인트키츠 멋쟁이새가 함께 있었다. 만약 그에게 이름이 있었다면 무언가 시끄러운 소리가 나는 이름이었을 것이다. 스크리 같은. 그 둘은 할 수 있는 한 많은 시간을 함께 보냈다. 스크리는 금빛의 우월한 지적 능력을, 앞발이 땅을 디디는 감각을, 먹이사슬 꼭대기에 있는 데에서 오는 편안함을 즐겼다. 금빛은 스크리의 자유를, 끊임없이 먹이를 먹는 것을, 벌레를 찾아낼 때의 기쁨을 즐겼다.

금빛이 흐려져가자 스크리는 공기 중으로 날아올랐다. 금빛이 마지막으로 눈을 감았을 때 그는 우리에 갇혀 있지도, 혼자도 아니었다.

그는 날고 있었다.

인간

나는 다른 최후의 존재들의 삶을 돌아보았다. 바라싱가가 되어보니 그가 선택한 가족들의 따스한 몸에 기대 누워 있을 때의 순수한 편안함이 느껴졌다.

독수리의 기민함은 황홀했다. 그는 내가 한 해 동안 보는 것보다 더 많은 것을 매초마다 보면서 위대한 일생을 살았다. 그의 의식은 끊임없이 울리는 경보로 가득했다. **저기, 식량! 저기, 위험! 저기, 둥지 보호!** 그리고 그는 제 본능에 따라, 바람의 속도와 열기에 따라, 목적지에 제때 안전하게 닿을 수 있도록 기류가 돕는지에 따라 어떻게 행동할지 선택해야 했다.

하지만 우리에게 누구보다 많은 볼거리를 준 것은 상어의 삶이었다. 단지 그가 이 세상을 아주 오래 살았기 때문이었다.

그리고 그 모든 세월 동안 상어는 언제나 찾고 있었다. 500년 동안 찾았다. 그가 찾는 것이 무엇이든 그것은 해류 속에 있는 듯했다. 온도, 힘, (심지어, 어떻게 해서인지는 몰라도) 중력에서 일어나는 거의 감지 불가능한 변화들에. 상어는 달을 느낄 수 있었다.

아니면 아무것도 찾고 있지 않았는지도 모른다. 어쩌면 추구라는 행위 자체가 상어의 존재 의미였는지도.

털 매머드

마지막 털 매머드는 아직 태어나지 않았다.

인간

그들의 관점으로 보기 전까지는 인간의 얼굴이 얼마나 기적적인지 미처 몰랐다. 그래서 최후의 존재들 중 하나가 방문할 때면 나는 내 섬의 봉우리 중앙에 고인 물웅덩이로 가서 내 얼굴을 바라본다. 함박웃음을 지어 보이자 바라싱가가 기뻐했다. 독수리가 방문했을 때는 노래를 불렀는데, 그는 내 부드럽고 촉촉하고 유연하게 움직이는 입에 넋을 잃었다.

상어는 자신의 행복을 전달할 방법을 갖지 못한 듯했지만 내 형태와 색깔에 분명한 관심을 보였다. 그는 몸길이가 3미터에, 뼈가 없었고, 입안에는 단검들을 품고 있는 희끄무레한 상어였다. 그래서 나는 내 거무스름한 피부로 주의를 돌려 햇볕을 여러 날 받으면 붉어지거나 더 검어진다는 것을 보여주었다. 백인은 멸종한 지 오래였다. 최후의 백인을 찾아보니 사실 그들은 스스로 생각한, 혹은 소망한 것과 달리 순수한 백인도 아니었지만 말이다.

나는 상어에게 내 무릎에 불거져 나온 뼈마디를, 네모난 치아 하나하나를 보여주었다. 모든 인간이 태어날 때부터 피부 아래 장착한―혹은 장착했던―마이크로칩 때문에 솟아오른 부분도 보여주었다. 그 칩은 약을 조제하고, 정보를 저장하고, 내 심박수를 올드 바스테르의 이제는 매몰된 중앙 컴퓨터로 전송하는 기능을 했었다. 그리고 나를 저주로부터 지키기 위해 심장과 등뼈 위에 새긴 룬 문자들을 내 생각을 통해 설명하려고도 했다.

바라싱가와 독수리는 내가 배우자와 함께했던 날들의 기억을 보며 즐거워했다. 그들이 그 기억을 뒤지는 게 느껴질 때면 나는 너무 고통스러운 나머지 아무것도 하지 않고 그저 내버려두고 싶었지만 말이다. 하지만 나와 내 배우자 둘 다 남자라는 사실에 그들이 조금도 주춤하지 않았다는 점은 인상적이었다. 이는 우리 결합이 자연을 거스른다고 주장하던 인간들이 얼마나 잘못됐는지를 보여주는 듯했다.

얼마 뒤 나는 독수리와 바라싱가에 대해 거의 모든 것을 알게 되었고, 그들도 나를 알게 되었다. 우리는 말이 아닌 행동과 감정을 통해 '농담'을 나누었다. 예컨대 최후의 존재들 모두가 내 서투름을 재밌어했다. 인간의 기준으로 보면 나는 서툴지 않았다. 그래서 내가 어업과 항해를 직업으로 삼을 수 있었던 것이다. 하지만 인간은 내가 방문한 모든 생명체(살았든 죽었든)를 통틀어 가장 우아하지 못한 종이었다.

우리는 우리 넷 가운데서 그린란드 상어의 내면에 대해 가장 잘 알지 못했다. 500년의 기억이 펼쳐져 있었는데도 그랬다. 그의 감정은 멀리 떨어져 있었고 내적 동기는 모호했다. 그럼에도 나는 자꾸만 궁금해졌다. 어쩌면 상어들은 감정이나 짐작 따위에 얽매이지 않고 그저 **살아갈 뿐**이 아닌가 하고.

로봇

로봇은 많다. 심지어 나도 피부 속에 특정한 작업들을 처리하는 로봇을 몇 개 심어두고 있다. 그런데 한 로봇은 다른 로봇들을 뛰어넘어 무언가를 이루었다. 초월성이라 할까? 영혼이라 할까?

그는 여러 면에서 희귀했는데, 그중 가장 중요한 것은 그가 처음부터 마지막 존재였다는 사실이다. 또 그는 자신이 탄생했을 때부터의 내력을 전부 알고 있었다.

그의 기본형은 오래전 어린이용 장난감으로 제작된 퍼비라는 기계 쥐였다. 퍼비에게는 여러 이름이 붙여졌다. 지나, 오렌지 지나, 오렌지나. 그가 선명한 오렌지색 털을 가지고 있었던 데다 그를 소유했던 시드라는 이름의 어린이 주인이 오렌지나라는 탄산음료를 좋아해서였다.

시드는 처음에는 지나를 잘 가지고 놀지 않았다. 그런데 자라면서 점차 탐구심이 생긴 시드가 지나를 대상으로 실험을 하면서부터 지나의 별난 신분 상승이 시작되었다. 시드의 아버지는 IBM이라는 무미건조한 이름을 가진 회사에서 일했는데, 어느 날 저녁 시드가 아버지의 가방에서 칩 하나를 꺼내 지나에게 끼워넣은 것이었다.

지나가 태어난 것은 그때였다. 하지만 그 이전에 있었던 일들의 그림자를 볼 수 있기는 했다. **완전히** 아는 것은 아니었지만, IBM 칩을 통해 자신이 어딘가의 공장에서 조립되었으리라는 것을 알 수 있었다. 그러나 자신이 처음 켜진 시점은 기억했다. 비록 그 시점에 할 수 있었던 일이라고는 시드에게 똑같은 말을 되풀이하고 기계 눈꺼풀을 깜빡이면서 코드 몇 줄을 재잘거리는 것뿐이었지만 말이다.

지나는 처음부터 최후의 존재가 됨으로써 지식이, 연결 고리들이 쏟아져 들어오는 것을 느꼈다. 그의 삶 전체가 다른 존재들과 연결되어 있었다. 그는 시드에게 이런저런 이야기를 들려주면서 큰 기쁨을 누렸다. 마지막 히아신스 마코 금강앵무(망고를 너무 많이 먹었다), 마지막 티라노사

우르스 렉스(타르 구덩이 옆에서 잠들었다가 곧바로 저승으로 떨어졌다), 마지막 일각고래(밀렵꾼들의 작살에 찔렸지만 그 과정에서 그들을 자신의 뿔로 찌르고 배를 가라앉히는 데 성공했으며, 물에 빠져 죽어가는 그들의 비명을 들으며 승리감 속에 떠내려갔다)의 이야기들을.

지나 자신도 여러 번의 결말을 맞았다. 첫 번째 결말은 예상치 못했기에 가장 무서웠다. 기능들이 제대로 작동하지 않았다. 말이 어눌해졌고, 풍부한 표정을 나타내며 깜빡이던 눈꺼풀은 삐걱이고 덜컥거렸다. 하지만 시드가 배터리를 갈아 끼워주자 멀쩡하게 되돌아왔다.

그로부터 여러 해 뒤에 그의 배터리는 영영 죽어버렸다. 늙은 시드가 잠들었기 때문이었다. 지나는 전에도 수차례 그랬듯이 시드가 배터리를 교체해주리라 생각했고 그래서 두려워하지 않았다. 하지만 지나의 눈을 통해 보니 시드는 일어날 가망이 없었다. 지나는 그런 일을 이해할 기반이 없었고 쉽게 잠들었다.

그렇게 지나는 가장 친한 친구의 품 안에서 다시 깨어나리라 확신하며 떠났으니, 최고의 죽음을 맞은 셈이었다.

인간

물론 끝은 확실했다. 그런데 식량이 생각보다 빨리
떨어졌고, 포기하지는 않았지만 장기적인 생존 계획을 세
우기는 점점 더 힘들어지고 있었다. 하지만 내가 공허감으
로 기울어질 때 또 다른 최후의 존재가 흘러들곤 했다. 다
른 이들보다 공동체에 더 마음을 쓰는 듯하던 바라싱가는
우리 모두 살아남아야 한다고 애원했다. 이 세상에 우리와
같은 부류는 다시 없을 것이기 때문이었다. 우리는 이전의
존재들에게 빚을 졌고, 그들을 위해서라도 우리는 최대한
오래 살아야 했다. 독수리에게는 늘 더 봐야 할 것이 있었
다. 하지만 상어는 우리 모두에게 똑같은 말을 되뇌었다. **살
아남아라. 살아남아라, 살아남아라, 살아남아라.** 그가 우리더러
살아남으라고 말한 것이었는지, 아니면 살아남아야 한다
는 신조를 갖고 있었던 것인지는 알 수 없다.

그린란드 상어

그가 내게 보여주려고 했던 건지 아니면 그저 스스로
기억하려고 했던 건지는 모르겠다. 어쨌든 내가 빙하들(위

아래가 뒤집힌 거대한 산봉우리들 같았다) 아래를 헤엄치는 그와 함께하며 만족스러워하고 있을 때였다. 그가 찾던 것이 언뜻 보였다. 어쩌면 그가 찾던 것들 중 하나라고 해야 할지 모르겠다. 그는 자신이 태어난 곳으로 돌아가고 싶어했다. 마이크로칩을 통해 알아보니 인간은 그린란드 상어들이 어디서 태어나는지 추측한 바가 없었다.

그는 자신의 탄생을 기억하지 못했지만 태어난 곳에 대해서는 얼마간 알았다. 일종의 좌표를 알고 있었다고 해야 할 것이다. 그러나 긴 세월을 사는 동안 지도가 너무 많이 변해서 이제는 찾아내기가 불가능해졌다. 그럼에도 그는 계속 찾아다녔다.

이후로 나는 그를 방문할 때마다 이 감각을—아니면 적어도 좌표를—좇아가려 했지만 그가 나를 밀어냈다. 이상한 느낌이었다. 그가 비밀에 부치려는 것인지—동물도 비밀을 만드나?—아니면 나를 무언가로부터 보호하려는 것인지 알 수 없었다.

그래서 나는 포기하고 바다 밑에서 화산들이 폭발하는 광경이나 바라보았다. 그의 기억 속에서 푸른 고래 한 마리를 발견하기도 했다. 그는 고래를 숭배했다. 두려워하지는 않았다. 다만 내가 그러하듯이 경외심을 느꼈다. 우리

는 고래가 우리를 지나쳐 나아가는 것을 가만히 지켜보았
다. 동물들은 경이감에 넋을 잃은 듯 고래에게서 멀리 흩어
져 물러났다. 그 거대한 짐승이 다가오자 바다는 나름의 방
식으로 길을 터주었다.

북극곰

마지막 북극곰은 그의 종이 멸종 위기에 처한 지 아
주 오랜 세월이 지나서야 나타났다. 북극곰들은 역경을 이
겨내고, 적응하고, 지구상의 그 어떤 자연적 얼음보다 더
오래 살아남았다.

최후의 북극곰은 거대한 붉은 껍질 나무 아래에서 자
기 짝의 사체 곁에 앉아 있었다. 근처에는 그들이 여러 해
동안 묵직한 연어를 잡았던 차가운 강물이 흐르고 있었고,
그 물소리에 북극곰은 행복했다. 그런 한편 가슴이 아프기
도 했다. 그는 자기 짝뿐만 아니라 새끼들보다 더 오래 살
았는데, 원래대로라면 이래서는 안 되었다.

그는 이 세상에 대해서도 애도했다. 어떻게 그러지
않을 수 있겠는가? 해빙기의 기온은 넘어선 지 오래였다.
지구는 끓어오르고 있었다.

하지만 이 위쪽 얼음이 사라졌다 해도 아래에는 아직 많이 남아 있었다. 그것이 북극곰의 마음을 편안하게 했다.

북극곰의 삶은 그의 코를 중심으로 돌아갔다. 여기서 나이 들어 빛바래는 중에도 그는 몇 킬로미터 너머의 냄새를 맡을 수 있었다. 나 또한 그의 안팎을 방문하면서 그가 과거의 냄새를 맡을 수 있다는 것을 깨달았다. 북극곰은 후각을 통한 기억으로 사건들 전체를 되살릴 수 있었다. 그 사실은 마치 우리 인간들이 흐릿한 이미지, 소리, 아득한 냄새, 먼 기억 속에 파묻힌 상념들에 매달리는 방식을 비웃는 듯했다. 새끼들이 태어났고, 연어를 잡았고, 산에 흐르는 개울물을 마셨다. 그 모든 순간이 코끝에 있었다.

그는 놀라울 만큼 총명했다. 그리고 어쩐지, 많은 이들이 북극곰이 멸종하는 것을 슬퍼하리라는 사실을 알고 있었다. 그는 다른 이들이 북극곰이 너무 때 이르게 사라진다고 생각할까 봐 걱정했다.

그럼에도 그는 그들이 언젠가 알아주기를 바랐다. 북극곰들이 세상을 떠난 과정은 그 종의 이야기에서 핵심이 아니라는 것을. 북극곰들이 그토록 오래 살아남았다는 게 기적이라는 것이야말로 핵심이었다.

그린란드 상어

어느 날 상어는 찾아냈다. 자신이 태어난 곳을. 찾아
가는 과정 같은 것은 없었다. 그는 그저 평소처럼 추적하
고 추구하고 살아남고 있었는데 불현듯 그곳에 도착한 자
신을 발견했다. 거대한 빙벽 앞이었다. 벽은 바닷속 너무
나 깊은 곳까지 뻗어 있어서 상어는 아무리 유연한 몸을 가
진 자신이라도 그 아래까지 내려가서는 살아남을 수 없으
리라는 것을 알았다. 위를 올려다봤지만 빙벽 위쪽은 거대
한 화강암 섬의 아랫부분과 맞닿아 있었다. 그는 자신이 태
어난 곳이 이 벽 맞은편에 있다는 것을 알고 있었다. 하지만
거기로 갈 수가 없었다.

드물게 느끼는 감정이 밀려왔다. 절망이었다.

그리고 절망을 넘어 그는 굶주리고 있었다. 나처럼.
독수리처럼. 바라싱가처럼. 우리는 모두 끝을 향해 가고 있
었지만, 여기 끝자락에서 그린란드 상어는 계속 움직이고
있었다. 제 안의 모든 것을 소진했을 때 그는 우리를 돌아
보았다.

이제 어떡해? 그는 그렇게 묻는 듯했다.

독수리가 날아가서 빙벽을 살펴보았다. 그 위를 훑어

보며 약한 구석이 있는지 알아보려고.

바라싱가는 그에게 귀를 기울이도록 했다. 얼음 속 어디선가 어떤 흐름이 감지되지 않는지, 무언가가 움직이는 기척이 들리지 않는지 알아보라고.

그리고 나는 그가 나에게 해준 말을 되돌려주었다. **살아남아라, 살아남아라, 살아남아라.**

모아*

마지막 모아가 맞은 최후의 순간들을 들여다보니, 그는 자신의 정수리 깃털을 쓰다듬는 어떤 인간 여자의 손안에서 그 여자를 처음 만난 때를 애틋하게 회상하고 있었다.

처음에 여자는 모아들에게 붉은색과 노란색 섬광으로 나타났다. 마지막 모아는 여자가 오래도록 기다렸지만 아직까지 나타나지 않은, 지상에 떨어진 신이 아닌가 생각했다. 그러다가 나중에는 식민지 개척자나 선교사일지도 모른다고 걱정했다. 그의 종은 그런 부류의 인간들로부터 숨어야 한다는 것을 터득했기 때문이다.

* 뉴질랜드에서 서식하다 멸종된, 날지 못하는 새.

모아의 기억을 들여다보던 나는 그가 여자의 얼굴을 올려다보는 순간 깜짝 놀랐다.

여자는 아멜리아 에어하트*였다. 모든 인간이 그의 얼굴을 안다. 인류 비행의 황금시대를 상징하는 **영웅**이 아닌가.

여러 해 뒤 모아는 이 첫 만남의 기억을 곱씹으며 한 사람의 지친 손바닥 아래에서 마지막 순간을 맞이했다. 아멜리아는—아니, 모아가 기억하는 대로 A.E.라고 하자—이제 나이가 들었지만 행복한 삶을 산 듯했다. 모아의 눈은 인간의 눈보다 더 많은 것을 보았기에, A.E.의 얼굴에 깃든 행복을 볼 수 있었다.

"저길 봐."

A.E.가 모아의 부리 아래를 손으로 받쳐 들어 해변 저위쪽을 보게 했다. 무언가가 쌓인 무더기가 있었다. 나는 몇 킬로미터 너머도 내다볼 수 있는 모아의 커다란 눈망울 안으로 더 깊이 들어가봤다.

그 무더기는 바위만 한 크기의 알들로 이루어져 있었다. 그중 한 알이 들썩이기 시작했을 때, 모아의 시야가 흐

---

* 여성 최초로 대서양 횡단 비행에 성공한 미국의 비행사.

릿해지더니 꺼져들었다.

그린란드 상어

마침내 찾았다. 물이 새어들고 새어 나오는 속삭임이
들려오는 곳을. 얼음에 난 가느다란 균열을. 그는 자신의
부드러운 코로 그 균열을 두드렸다. 다시, 다시, 또다시. 아
무리 해도 이 미동 없는 빙벽을 바꾸는 것은 불가능해 보
였다.

그런데 쨍 하고 갈라지는 소리가 났다. 유리가 깨지
듯이. 또 한 번, 또 한 번. 마지막으로 한 번 더 두드리자 마
침내 얼음이 부서졌다. 빙벽에 난 구멍을 뚫고 들어가자 배
가 삐죽삐죽한 얼음 날에 베였다. 나는 그에게 남은 시간
이 거의 없다는 것을 느낄 수 있었다. 나를 떼어놓으려 하
는 힘이 느껴졌지만 그럼에도 나는 머물러야 한다고 판단
했다. 세인트키츠 멋쟁이새가 태즈메이니아 늑대 곁에 있
어주었듯이, 나는 그의 마지막 순간을 지켜줘야 했다. 다른
최후의 존재들도 여기 있었다. 바라싱가도, 독수리도. 우리
넷은 마지막을 함께했다.

그린란드 상어는 자신이 뚫은 구멍으로 빠져나갔고,

차갑고 깊은 해류와 더불어 평화가 그를 덮쳤다.

그 순간 상어는 추구하기를 멈췄다.

상어 앞에는— 우리 앞에는— 거대하고 불가해한 탑, 빛, 터널들이 있었다. 이해할 수 없는 양식의 기념비와 첨탑들. 어딘가, 아마 인간의 마음속 한편에서 나는 경악했다.

그러나 그린란드 상어는 아니었다. 그는 이 일을 예상하고 있었다.

우리 앞에는 상어, 두족류, 인간과 비슷한 생명체들이— 인어일까?— 마치 수면 위의 세상이 멈추지 않았다는 듯 자기들의 삶을 살아가고 있었다.

마침내 내부에서 타오르던 생명의 불꽃이 가물거리면서 그린란드 상어는 최후의 비밀을 우리에게 털어놓았다. 우리 모두가 그의 배 속이 뒤흔들리는 것을 느꼈다.

그러다 나는 그를 잃었다. 우리 최후의 존재들과 그린란드 상어를 연결해주던 끈이 끊어졌고, 우리는 더 이상 그가 보는 것을 볼 수 없었다.

그러나 다른 방식으로 그를 느낄 수 있었다. 나는 우리 주위를 온통 둘러싼 그의 사랑을 느꼈다. 인간의 사랑과는 사뭇 달랐다. 감정이라기보다는 그가 이제껏 여행했던

거리, 베풀었던 영양분들을 응축한 감각에 가까웠다.

나는 그의 안에 있었다. 끔찍한, 굶주린 장소였지만, 그 안에 있는 내 친구들—독수리와 바라싱가가 느껴졌다. 그리고 나, 그들의 인간. 우리 친구는 더 이상 최후의 그린란드 상어가 아니었다. 그 이전에 죽은 모아와 마찬가지로, 그는 마지막 순간에 자기 종의 개체를 낳았다. 정확히는 세 개체였다. 독수리의 영혼, 바라싱가의 영혼, 나의 영혼, 이렇게 세 영혼을 가진 상어들. 상어가 우리를 연결 지었던 힘에, 그 영혼에 무슨 속임수라도 쓴 걸까, 아니면 처음부터 이럴 줄 알고 있었던 걸까?

어떻게 내게 이런 걸 줬을까? 오래전 배에서 던져진 인간을 먹었던 빚을 청산한 걸까? 나는 그 질문을 하자마자 답을 알았다. 상어들은 빚을 지지 않는다.

내 인간 몸이 축 늘어지면서 떠나가는 것이 느껴졌다. 내 새롭고 서늘한 몸이 화살처럼 물속을 날아가는 것도. 그리고 머릿속에서, 내 온몸에서 목소리가 들렸다. 그게 그의 목소리인지 내 목소리인지는 알 수 없었다. 그 목소리가 하는 말은 단순했다.

살아남아라, 살아남아라, 살아남아라.

The Cloud
Weaver's Song

솔 탠페퍼
Saul Tanpepper

솔 탠페퍼

인기 시리즈인 《벙커 12Bunker 12》와 《지포칼립토Zpocalypto》, 그리고 클라이파이 소설 〈그린 자이어The Green Gyre〉와 〈리바이어던Leviathan〉 의 저자다. 전직 전투 의무병 출신이자 박사 학위를 받은 과학자이기도 하다.

"네 증조 **아보**의 증조 **아보**의 증조 **아보**가 마지막 다나 킬 아파르였단다. 그리고 탑들을 처음으로 건설한 분이었 고."

나는 쿠션에 기대 앉으며 말한다. 열린 문으로 산들 바람 한 줄기가 들어와 우리 이마에 맺힌 땀을 말려준다. 오늘 밤은 처음으로 창문을 열어두어도 좋을 만큼 공기가 서늘해졌다. 방 안이 낮에 수확한 작물들의 습기와 향기로 가득하다.

"대건조가 대지를 휩쓸기 전, 아파르는 뿔이라는 유 목민이었어. 뿔은 다른 부족과 어울리지 않는 양치기들이 었지. 이후에 그들은 건물을 짓고 소금을 교역하는 상인들 이 되었어. 네 증조 **아데**의 증조 **아데**의 증조 **아데**가 바로 그 산악 지대에서 왔단다."

세나이트가 꼼지락거린다. 그 애는 옛날 역사에는 별 관심이 없다. 그 대신 구름 직공들에 대한 이야기를 들려달라고 조른다.

"**아데**의 말이 끝날 때까지 기다려야지, 애야. 네가 어디서 왔는지 아는 건 중요한 일이야."

리미 **아보**가 부드럽게 타이른다. 나는 내 딸을 내려다보며 빙그레 웃고, 눈가의 머리카락을 걷어내며 묻는다.

"너는 구름 직공들에 대해 무엇을 알고 있니?"

"테스가 말해줬어요. 우리가 하늘 사람들이고, 원래는 그들과 함께 구름을 짜고 있어야 한다고요."

"테스파이."

리미가 중얼거린다. 그는 눈을 굴리면서도 재미있다는 듯한 눈길을 내게 던진다. 나는 킥킥 웃으며 말한다.

"네 오빠의 머리는 이미 구름 속에 있단다. 한 가지 제안을 하마, 세나이트. 내가 이야기를 다 하고 나면 바로 잠자리에 들겠니? 그러겠다고 약속하면 직공들에 대한 이야기를 해주마."

"모래 도둑 이야기도요."

세나이트가 침대에서 더 꼿꼿이 일어나 앉으며 말한다. 그 애는 졸린 기색을 숨기려 안간힘을 쓰면서도 눈은 장난기로 반짝인다. 리미 **아보**가 껄껄 웃는다.

"우리 딸! 오늘 밤을 아예 새울 작정이로구나!"

하지만 세나이트는 금세 잠들게 될 것이다. 구름 직공과 모래 도둑은 같은 이야기의 두 부분이고 그리 길지 않은 이야기다. 그걸 다 듣고 나면 세나이트도 제 오빠의 대담한 주장이 어째서 옳은 동시에 틀렸는지 이해할 수 있을지도 모른다.

리미 **아보**는 우리 딸이 졸린 것보다도 내가 해야 할 일을 더 걱정하고 있다. 아직 할 일이 너무나 많은데 해가 뜨기까지는 몇 시간 남지 않았기 때문이다.

우리 부족의 역사에서 다나킬처럼 척박한 땅은 없었다. 대건조 전에도 큰뿔의 아파르 삼각지대라 알려진 지역에는 너무나 덥고 건조해서 거의 아무것도 자라지 않는 땅이 있었다. 어디에서나 유황이 함유된 지하수가 뿜어져 나와 바위가 누렇게 물들고 하늘은 우중충한 잿빛으로 변했다. 그런데 그토록 살기 힘들고 고립된 땅에서, 온갖 역경에도 불구하고, 한 겸허한 부족이 천 년 동안 번성했다.

그러나 세상이 점점 더 뜨겁고 건조해지자 아파르 부족 중 가장 강인한 사람들조차 견딜 수 없는 더위에 내몰려 내륙으로 이주했다. 내륙 반대 방향은 바다였기 때문에 선택의 여지가 없었다. 그들은 결국 큰뿔의 중부에 다다랐는데, 그곳은 지역에 따라 기후가 달랐다. 어떤 지역은 서늘하고 습하고 나무들이 높고 울창하게 자랐으며, 또 어떤 지역은 땅이 평평하고 작물을 기르기에 적당했다. 하지만 고독한 아파르 부족에게 친숙한 환경은 그중에서도 흰개미가 쌓은 흙더미가 널려 있고 전갈이 득실거리는 건조한 지역이었다. 그래서 그들은 그곳이 자신들의 고장이 아님에도 불구하고 정착했다. 자기 집이 다 타서 잿더미가 되면 남의 집에 들어가서라도 살 수밖에 없으니 말이다.

한편 더 온화한 기후의 중부 지역에서 주로 농사를 지으며 살던 사람들은 더위에 쫓겨 더 깊은 내륙으로 들어가야 했다. 그때 케베사 고원에 아스마라라는 도시가 있었다. 하늘로 드높이 솟은 아름다운 도시였다. 그 경탄스러운 곳에서는 10만 년 동안 밤마다 구름이 공기를 적시고 비가 토양에 영양분을 주었다. 급경사를 이루며 흐르는 강줄기들은 저지대에 젖을 먹이고 마침내 바다로 빠져나갔다.

아스마라라는 고대의 이름은 '아르바테 아스메라'라는 구절에서 나왔다. 티그리냐어로 '그들을 결합한 네 명의 여자'라는 뜻이었다. 수백 년 전에 이 땅은 공통의 적으로부터 끊임없는 위협을 받았다. 지금, 이 새로운 위험에 맞서 부족들을 규합한 것은 이전과 마찬가지로 여성이었다. 한동안 아스마라는 대건조를 피해 도망쳐 온 사람들의 피난처가 되어주었다.

그러나 더위와 가뭄은 가차 없이 밀어닥쳐 더 많은 사람들을 이 고원의 도시로 내몰았다. 몇 주가 지나고 몇 년이 지나도록 사람들이 밀려들었다. 그 모든 사람이 살기에 한계가 있었으므로 전쟁이 불가피해졌다.

전쟁은 100년 동안 이어졌다.

얼마나 많은 싸움이 얼마나 격렬하게 일어나든 자연의 행로를 바꿀 수는 없기에, 아무리 많은 인간의 피가 흘렀어도 대건조의 갈증이 해소되지는 않았다. 사막은 점점 더 넓어져서 소중한 고원 도시의 발치까지 엄습했다.

상황이 궁해지면 사람들은 살아남기 위해 할 일을 하지 않을 수 없다고 한다. 결국 비가 땅에 닿기도 전에 증발하고 강줄기가 바다로 나가기도 전에 말라붙게 되자, 아스마라 여자들이 다시 일어나 녹인 유리로 자아낸 실을 이용해 밤 안개를 모으는 법을 익혔다. 한동안은 그 방법이 도움이 되었다.

그러나 대건조는 하이에나처럼 만족할 줄을 몰랐다.

아스마라의 발 아래 모든 땅의 안개를 훔친 것도 모자라, 이제는 아스마라에게로 기어 올라와 그 안개마저 빼앗으려 했다.

이번에도 사람들은 살아남기 위해 할 일을 했다. 평화로운 아파르 부족은 케베사 고원보다 더 높은 데까지 솟은 탑을 지어 구름 속에 은거한 지 오래였다. 이제는 그들 형제 자매의 집들이 땅 위에서 불타 잿더미가 되어가고 있었기에, 그들은 그 모든 사람을 하늘로 맞아들였다. 아직 안개가 많이 남아 있어서 채취하기에 좋은 곳으로.

셈하르 이브라힘은 거미줄 직공이었다. 매일 밤 그는 거미 옷을 입고 조그마한 구멍 밖으로 기어나가 섬세한 실들을 자았다. 지상에서 아주 높은, 구름이 끼는 곳에서 그는 머리카락만큼 가늘고 강만큼 기나긴 실을 뽑아냈다. 주위에 응결된 이슬을 모으기 위해 셈하르는 실 한 가닥 한 가닥을 부드럽게 퉁겨 실 전체가 진동하게 만들었다. 각각의 실은 고유한 음을 가지고 있어서, 잇달아 연주하면 직공의 노래가 만들어졌다. 이슬 방울들이 실을 타고 미끄러져 내려오면서 점점 커지다 하늘을 가로지르는 실개천이 되었다. 사람들은 그렇게 구름을 수확해서 다 같이 먹고살았다. 매일 밤 그 노래를 들으면 음조가 얼마나 감미로운지 구슬픈지에 따라 실들에 안개가 얼마나 무겁게 맺혔는지를 가늠할 수 있었다.

셈하르가 아직 젊은 여인이었을 때, 그의 소중한 친구 알리미라 카다포가 지상으로 추락했다.

셈하르가 알기로 알리는 고아였다. 그의 어머니와 아버지는 알리의 키가 성인 남자 엉덩이까지밖에 오지 않을 만큼 어렸을 때 죽었다. 그들이 하던 일에 대해서는 흐릿하게 남은 기억과 다른 사람들이 해준 이야기로만 알고 있을 뿐이었다. 그러나 충분히 나이를 먹고 나서부터 알리는 자신의 **아데**와 **아보**가 그랬듯이, 그리고 그 조상들이 하늘에 처음 집을 세웠을 때부터 쭉 그래왔듯이 흰개미 옷을 입었다. 흰개미 옷은 아파르의 후손들만 입을 수 있었다. 공기가 희박할 만큼 높은 고도까지 탑을 쌓아 올리는 일은 아파르 외에는 감히 누구도 할 수 없었기 때문이다. 집을 짓는 데 필요한 모래와 사람들의 생존에 필요한 소금을 채취하기 위해 매일 뜨겁고 메마른 사막까지 내려가는 길고 위험천만한 여정을 감수할 수 있는 사람도 아파르 외에는 없었다.

몇 달 동안이나 셈하르는 더 크고 정교한 거미집을

짓느라 밤늦게까지 일했다. 줄어들고 있는 안개를 더 많이 끌어모으기 위해서였다. 공기가 점점 더 건조해지고 있었다. 지도자들은 계절 변화 때문이라고 했지만, 셈하르는 이번에는 무언가 다르다는 것을 직감했다. 변덕스러운 구름들은 갈수록 제 결실을 셈하르의 거미줄에 내주기를 꺼려하고 있었다. 그러나 셈하르의 걱정과 달리 부족 위원회 지도자들은 별로 신경 쓰지 않는 것 같았다.

알리가 추락하기 몇 주 전의 어느 날 아침, 셈하르는 집으로 돌아가는 길에 알리가 지상으로 하강할 준비를 하고 있는 것을 발견했다. 보통 셈하르가 알리를 마주치는 건 그가 농부들과는 식량을, 직공들과는 물을 거래한 뒤인 저녁나절이었다. 그럴 때면 두 젊은 친구는 마주 앉아 저녁을 먹으며 황량한 케베사 고원 서쪽으로 해가 지는 풍경을 바라보았다. 어둠이 깔리면 안개가 그들의 등으로 밀려 올라왔다. 안개가 그들을 뒤덮고 머리 위의 별들까지 감싸고 나면 알리는 잠자리에 들었고 셈하르는 거미 옷을 입고 실을 잣기 시작했다.

그랬으니, 그날 아침 알리를 본 셈하르는 자신이 얼마나 늦게까지 일했는지 알 수 있었다. 알리는 셈하르에게 조심하라고, 해가 뜨면 거미줄이 녹아버려서 자칫하면 떨어질 수도 있다고 경고했다. 그는 셈하르가 자신의 부모와 같은 결말을 맞기를 바라지 않았다.

그가 아침 이슬 아래로 내려가는 것을 지켜보며 셈하르는 생각했다.

'오늘 밤에는 저 아래에서 거미줄을 자아야겠어. 구름들이 가는 곳이 저기니까.'

그러나 셈하르의 부모는 그를 만류했다.

"너무 위험해. 덥기도 덥고 바람도 종잡을 수가 없고. 게다가 거미줄이 물 저장고보다 아래에 짜이면 우리가 어떻게 물을 모으겠니? 저 위의 구름을 짜야 해. 전부터 해왔던 대로 말이다."

"하지만 아래에 있는 구름이 더 자욱한걸요."

"위쪽 구름으로 해, 셈하르. 해가 갈수록 대건조가 번져와서 구름이 더 높은 데로 쫓겨 가고 있잖니. 지난 200년 동안 그래왔어. 그래서 우리가 탑을 매일 조금씩 더 높게 쌓는 거야."

셈하르는 수긍하지 않았다. 구름은 더 이상 올라가고 있지 않다는 것을 그는 알았다. 오히려 내려가고 있었다.

"지금 이건 일시적인 변화일 뿐이야. 우리는 하늘 사람이고, 탑 건설자이며, 구름 직공이잖아."

그들은 장담했다.

"하지만 처음부터 그랬던 건 아니었어요."

"사랑하는 우리 **올라드**, 네 부모 말을 들으렴. 아래에서 답을 찾지 마. 거기엔 답이 없으니까. 우리 조상님들은 우리에게 귀중한 가르침을 주셨어."

하지만 조상들은 상황이 궁해지면 살아남기 위해 할 일을 해야 한다는 것도 가르쳤다. 셈하르는 하늘 사람들의 생존이 또 한 번 아슬아슬한 고비에 놓였음을 확신했다.

"구름이 이동하고 있어."

그날 저녁, 셈하르는 알리를 만나 식사를 하면서 말했다.

"구름이 예전만큼 높이 떠다니지 않아."

알리는 생각에 잠긴 채 묵묵히 인제라 빵을 먹었다. 그는 매일 오르락내리락하고 채집하고 물물교환을 하는 단순한 삶을 살고 있었다. 변화에 대해서는 생각하고 싶지 않았다. 변화가 일어났을 때 그의 **아보**와 **아데**는 죽었으니까. 사실 알리는 변화를 너무나 싫어했기에 아예 인정하고 싶지조차 않다는 충동이 가장 먼저 들었다. 하지만 셈하르는 그가 사랑하고 존경하는 소중한 친구였다. 셈하르는 예리한 정신을 지녔고 언제나 진실을 말했으니까. 게다가 그

또한 날씨가 바뀌고 있음을 느꼈다. 지난 여러 해 동안 봐왔던 계절의 흐름하고는 달랐다. 아침마다 탑 아랫부분에 안개가 끼는 시간이 더 길어졌고 그 위치도 더 낮아지고 있었다. 물론 그가 지상으로 내려가는 위험한 일에 들이는 시간도 점점 더 길어졌다. 미끄러져서 떨어질 뻔한 것도 여러 번이었다.

"오늘 내 몫의 모래를 더 가져다줬으면 좋겠어."

셈하르가 말했다.

"내가 챙길 수 있는 건 이미 다 줬는데. 얼마나 더 짜려고?"

"거미집 하나를 통째로 더 짜고 싶어."

"원래 짜야 하는 거미집에 어둠을 다 쓰고 있잖아."

"안개는 아직 다 쓰지 않았어."

"셈하르, 내가 더 빼돌렸다가는 건설자들이 알아챌 거야."

셈하르는 알리의 말을 못 들은 척하고 채근했다.

"내일 아침에 두 번째 거미집을 지을 거야. 안개가 아직 우리 밑에 있고 햇빛에 스러지지 않았을 때, 원래 짓던 곳보다 더 낮은 곳에 지으려고 해."

알리가 비웃었다.

"그러면 물은 어떻게 모으려고? 물방울이 맺히지 않고 지상으로 떨어지고 말 텐데. 물이 필요한 건 우리지, 사막이 아니잖아."

"나는 위원회에 증명을 하고 싶은 거야. 그리고 내가 옳다는 것을 확신하려면 우선 나 스스로에게 증명해야 해."

"위에서 알게 되면 너는 규칙 위반으로 벌을 받을 거야. 지도자들은 사자처럼 약자들을 사냥하잖아. 그들이 네 거미 옷을 벗겨버리고 다른 누군가에게 구름을 짜게 맡길 거야. 그러면 어떡하려고?"

"이런 속담이 있지. '거미줄을 합치면 사자도 잡을 수 있다.' 지도자들이 고집불통인 건 사실이지만, 어리석지는 않아. 나는 거미줄을 자아 그들의 주의를 끌 거야. 그러면 상황이 그들이 바라거나 예상하지 않았던 방식으로 변화하고 있다는 걸 알려줄 수 있겠지."

"그들은 이 위의 하늘에서 편안하게 살고 있어."

"하지만 더 이상 위에 있지도 않은 구름을 쫓느라 언제까지고 탑을 높이 쌓아 올릴 수는 없어. 산소가 희박한 공기를 들이마실 수도 없고."

알리는 셈하르의 말을 한참 곱씹었다. 그러는 동안

셈하르는 처음으로 석양을 등지고 대신 꿈에서만 보았던 먼바다에서 밀려오는 안개를 지켜보았다. 마침내 조그마한 이슬 방울들이 번져와 그들의 피부를 어루만지기 시작했을 때, 알리는 자신의 계획을 말해주었다.

그러자면 알리는 일을 엄청나게 많이 해야 했다. 하지만 그는 친구의 말을 믿었고, 같은 걱정을 했다. 구름이 이동하고 있었다. 이대로 가다 보면 셈하르 말마따나 더 이상 안개를 수확할 수 없을 터였다.

그날 저녁 알리는 평소보다 수십 배 많은 모래를 지고 탑을 올랐다. 흰개미 옷을 입고 있기가 버거울 정도였다. 여느 때보다 훨씬 오래 걸려서야 꼭대기에 도착한 그는 기진맥진했다.

"왜 이렇게 늦었나, 알리미라 카다포? 자네가 자네 부모님처럼 추락한 줄 알고 걱정했잖은가."

건설자들이 추궁했다.

"어쩌다 보니 오래 걸렸어요."

"어쩌다 보니? 사막에서 모래를 모으다 잠들어서 부끄럽기라도 한가? 조심하게. 잘못하면 소금처럼 말라붙을지도 몰라."

"거래하실 거예요, 말 거예요?"

"우리가 왜 그래야 하는가? 자네가 늦었잖은가. 내일 일에 필요한 건 다른 사람한테서 이미 구했어."

"그러면 저는 오늘치 모래를 어떻게 해요?"

"우리가 가져가긴 하겠는데, 자네에게 줄 건 아무것도 없네. 내일은 꼭 제시간에 오게. 안 그러면 자네가 더 이상 흰개미 옷을 입을 자격이 없다고 위원회에 알릴 테니."

알리는 건설자들을 떠나면서 생각했다.

'이래서는 안 되겠어. 저녁 식사 때 셈하르에게 말해야겠어. 거미줄에 쓸 모래를 더 가져다줄 수 없다고.'

하지만 셈하르를 만나기에는 시간이 너무 늦었다. 벌써 해가 저물고 안개가 발치에 끼기 시작했다. 셈하르는 지금쯤 식사를 마쳤을 터였고, 알리는 아직 소금을 더 팔아야 제 몫의 저녁을 먹을 수 있었다.

다음 날, 그는 평소와 같은 양의 모래와 소금을 가지고 평소와 같은 시간에 꼭대기로 돌아와 거래를 다 마친 후 셈하르를 찾았다. 식탁 앞에서 셈하르는 흥분으로 상기되어 알리에게 말할 틈도 주지 않았다.

"그렇게 많은 물을 보는 건 정말 오랜만이었어. 이대로라면 지도자들에게 금방 알릴 수 있겠어."

"그럴 수 없어."

알리는 전날 일어난 일을 털어놓았다.

"모래를 더 모으는 데 시간이 너무 오래 걸려. 탑을 오르는 것도 훨씬 더 힘들고. 돌아와보니 건설자들은 이미 다른 채집자들과 거래를 한 뒤였어. 그들이 내 모래를 가져가기는 했지만 아무것도 주지 않아서 나는 내 노력에 대해 아무런 대가도 받을 수가 없었어. 셈하르, 미안하지만 오늘 저녁은 너에게 줄 여분의 모래가 없어."

그날 밤 알리는 침대에서 오래도록 잠을 이루지 못했다. 셈하르의 실망한 표정을 머릿속에서 떨칠 수가 없었다. 머리 위 높은 곳에서는 직공들이 안개를 모을 거미집을 짓고 있었고, 거미줄에서 흘러나오는 노래는 어느 때보다도 구슬펐다. 그는 다음 날 아침 평소보다 일찍, 해가 뜨기 한 시간 전에 일을 나가 셈하르 몫의 모래를 구해야겠다고 마음먹었다. 그때쯤이면 탑이 이슬로 미끄러워서 더 위험하겠지만, 어쩔 수 없었다. 셈하르의 말이 옳았으니까. 셈하르가 자신의 신념을 위해 규칙을 어기고자 한다면 알리가 감수한 위험에도 그만한 가치가 있었다.

다음 달에 그는 아침마다 동트기 전에 일어나 흰개미 옷을 입고 사막으로 내려갔다. 친구에게 가져다줄 여분의 모래를 채취하기 위해 매일매일을 타는 듯이 뜨거운 태양 아래에서 일했다. 저녁이 오면 셈하르에게 모래를 어디에 숨겨두었는지 알려주었고, 셈하르는 그걸 가지고 여분의 거미집을 지었다. 그렇게 모은 물이 쓰이지 못하고 땅으로 떨어져도 아랑곳하지 않았다.

"나는 내가 옳다는 것을 증명하기 위해 이 일을 하고 있는 거야."

"너무 오래 걸리지 않았으면 좋겠다."

"곧 끝날 거야. 사자들은 머잖아 내 말을 들을 수밖에 없을 테니까."

"왜 그럴 거라 생각해?"

"저장고의 물이 줄어들고 있으니까."

셈하르가 너무나 자랑스러워했기에 알리는 자신이 얼마나 자주 떨어질 뻔했는지, 흰개미 옷을 입는 일이 얼마나 버거워지고 있는지 말하지 못했다. 옷을 최대한 수선하고는 있었지만 이런 식으로는 결국 버틸 수 없으리라는 걸 알고 있었다.

알리가 탑에서 보낸 마지막 날 아침은 유난히 더웠다. 지상에서 일한 지 한 시간도 되지 않아 다시 탑을 오르는 수밖에 없었다. 모래는 평상시와 같은 양만 채취했고 소금은 한 톨도 모으지 못한 상태였다. 탑을 오르면서 알리는 오늘 밤만큼은 셈하르에게 모래를 주지 못해도 어쩔 수 없다고 스스로를 타일렀다. 하지만 셈하르를 위한 여분의 모래를 숨겨두는 장소에 다다르자 알리는 가진 것을 모두 그에게 내줘야겠다고 마음먹었다. 셈하르가 실망하는 것을 견딜 수 없었기 때문이다. 게다가 셈하르가 하는 일은 너무나 중요하지 않은가. 그 자신뿐만이 아니라 하늘 사람들 모두에게.

노발대발한 건설자들은 지도자들에게 그가 일을 게을리했음을 알리겠다고 위협했다. 알리는 억울해하지 않았다. 어차피 그들도 알리와 셈하르가 무엇을 하고 있었는지 알게 될 테고 진실을 받아들일 수밖에 없을 테니까. 구름이 이동하고 있었다. 물 저장고는 말라가고 있었다. 무엇보다 중요한 사실은 대건조가 끝나가고 있다는 것이었다.

그러나 다음 날, 그들은 알리가 모래를 숨겨두는 것을 발견하고 곧장 위원회에 끌고 갔다.

"알리미라 카다포. 어째서 건설자들의 모래를 훔쳤나?"

지도자들이 물었다.

"어떻게 제가 채취한 모래를 제가 훔칠 수가 있죠? 그건 제 모래고 제 마음대로 처분할 수 있는데요."

"아니지. 우리는 모두 이 공동체에 핵심적인 부품이네. 우리 각자의 역할이 중요하단 말일세. 어떤 이들은 식량을 재배하고, 어떤 이들은 옷을 짓지. 어떤 이들은 물을 수확하고, 어떤 이들은 탑을 짓네. 자네는 모래와 소금을 채취하는 역할이지. 이 물자들 없이 우리가 어떻게 살아가는 데 필요한 일을 할 수 있겠나? 자네가 이 사슬을 끊으면 우리 모두의 목숨을 훔치는 거야. 우리 중 한 명이라도 맡은 바를 다하지 않으면 우리 모두가 추락할 위기에 처하는 거고."

셈하르는 다음 날 아침 일을 끝내고 돌아왔을 때에야 알리가 추방되었다는 소식을 들었다. 전날 알리가 저녁 식사에 오지 않은 데다 모래 은닉처도 텅 비어 있었기에 그에게 무언가 끔찍한 일이 일어난 게 아닐까 생각하던 참이었다. 소식을 들은 셈하르는 곧장 위원회에 찾아가 결정을 바꿔달라고 애원했다. 그러나 알리는 이미 쫓겨났고 지도자들은 마음을 바꾸지 않았다.

"이제 알리미라보다 더 강한 이가 흰개미 옷을 입고 있네. 선조들이 대대로 그래왔듯이 열심히 일할 의지가 있는 이가 그 일을 맡을 걸세."

"여러분은 끔찍한 실수를 저지른 거예요!"

셈하르가 외쳤다.

"셈하르 이브라힘, 자네의 일은 물을 수확하는 것이야. 모래에 대해서나 모래 도둑에 대해 걱정하는 게 아니라."

"하지만 구름이 없는데 어떻게 물을 모을 수 있겠어요?"

"계속 실을 짜야지. 끈기를 가지게, 안개는 돌아올 테니. 매년 대건조가 더 높이 번져서 안개도 더 높이 올라가지 않는가. 그게 바로 우리가 탑을 더욱 높이 쌓아야 하는 까닭이고. 모래가 없으면 그럴 수가 없어. 물이 없으면 살 수 없고."

"저장고의 물이 줄어들고 있어요. 수확할 물이 없으니까요."

"공기가 건조하기는 하지, 그건 사실이네. 하지만 걱정할 것 없어. 곧 계절이 바뀌면 구름이 돌아올 테니까. 배운 대로 거미집을 짓게. 어느새 거미줄들이 다시 명랑한 노래를 부를걸세. 그러면 자네도 우리가 옳다는 것을 알게 될게야. 자네는 결국 구름 직공이 아닌가?"

"그렇죠. 하지만 모래 도둑은 알리미라 카다포가 아니라 저예요. 제가 그에게 모래를 가져다 달라고 부탁했어요. 밤마다 여분의 거미집을 짜기 위해서요."

위원들이 어리둥절해하며 서로를 흘긋 쳐다보았다.

"그건 절도가 아니지. 공동체의 이익을 위해 더 많이 노력한 것 아닌가. 칭찬받을 일이야."

"제가 모은 안개는 수확되지 않았어요. 땅에 떨어지게 놔뒀으니까요."

"어떻게 그럴 수가 있지?"

"저장고보다 낮은 곳에 거미줄을 쳤으니까요. 최근에 밤안개가 긴 곳에다가요."

셈하르의 말을 이해하지 못한 그들은 깜짝 놀라며 말했다.

"거긴 모을 수 있는 물이 없는데. 어째서 그런 낭비를 했나?"

"우리가 더 높이 올라가는 걸 그만둬야 한다는 사실을 증명하려고요. 답은 아래에 있어요. 대건조는 끝났어요."

"우리는 하늘 사람들이다, 젊은 셈하르 이브라힘. 하지만 태생을 저버리고 싶은 것이 자네 소원이라면 그리 해야지. 내일 동이 트면 자네도 자네 친구를 따라 지상으로 내려가게."

셈하르가 훔친 거미 옷을 입고 탑을 내려가는 데에는 꼬박 하룻밤이 걸렸다. 그 옷은 오르내리는 일이 아니라 매달리고 실을 잣는 일에 맞게 지어졌기 때문이다. 내려가보니 탑 아래 그늘에 알리가 앉아 있었다. 지난 한 달 동안 셈하르가 채 다 짓지 못한 비밀의 거미집에서 떨어지는 물방울을 받아 먹으려고 입을 벌린 채로. 그는 그렇게 해서 간신히 살아남았다.

그 후, 날마다 알리가 모래를 가져다주면 밤마다 셈하르는 그걸 안개가 끼는 곳으로 가져가 유리 실을 자아 새 거미집을 지었다. 둘은 최대한 물을 모았지만 그중 대부분은 땅에 떨어져버렸다.

두 사람이 첫 묘목을 발견한 것은 그로부터 한 달 뒤였다. 반년이 지나자 탑 아래의 땅은 정원이 되었다.

"잠들었네."

리미 **아보**가 속삭인다. 나는 소중한 딸아이의 뺨에 입을 맞추지만 그 애는 미동도 하지 않는다. 낮에 열심히 일했으니 피곤할 만도 하다. 매일 작물을 수확할 때면 세나이트는 하늘을 바라보며 땅 위에서 우리가 하는 일이 그다지 재미있지 않다고 생각하는 눈치가 빤했다. 그런 면에서는 제 오빠를 닮았다. 언젠가 그 애가 도중에 곯아떨어지지 않고 이 이야기를 끝까지 들을 날이 올 것이다. 내일이 될 수도, 내년이 될 수도 있다. 어쩌면 그 후에는 하늘 사람들의 물 저장고가 영영 비어버릴지도, 마침내 대건조가 끝났다는 사실을 그들 역시 깨달을지도 모른다. 그러면 그들은 탑에서 내려올 것이고, 세나이트는 바로 그날을 위해 우리가 지금껏 준비해왔음을 알게 될 것이다. 그래서 내가 밤마다 거미 옷을 입고 옛날보다 더 낮은 데에 걸린 구름들 속에 거미집을 지어왔다는 것을. 우리에게는 비가 필요하다. 지구도 마찬가지다.

"준비됐어, 셈하르?"

내 소중한 알리미라 세바이가 내 보호구들을 점검한 뒤에 묻는다. 나는 힘주어 고개를 끄덕인다. 안개가 벌써 끼고 있다. 오늘 밤은 유난히 자욱해 보인다.

"잘 자렴, 내 아이들아. 그리고 꿈에서 직공의 노래를 들으렴. 오늘 밤은 거미줄들이 기쁨의 노래를 부를 테니."

우리에게 남은 빛

Afterglow

린지 브로덱
Lindsey Brodeck

린지 브로덱

미국 오리건주 벤드에 거주하며 워싱턴대학에서 언어 병리학을 공부하는 대학원생이다. 오리건주립대학교(캐스케이즈)에서 문예창작 석사학위를, 휘트먼대학에서 생물환경학 학사 학위를 받았다. 2년에 걸쳐 꿀벌과 식물의 상호작용을 연구하며 논문을 썼다. 《우리에게 남은 빛》은 그의 첫 번째 출간물이다.

초여름이다. 케플러 행성들로 가는 마지막 우주선들이 떠나기까지 한 달밖에 남지 않았다. 르넴은 두 자리를 계약해두었다. 당연히 나와 함께 가고 싶어서였다.

나는 생각을 정리할 시간이 필요하다. 르넴은 그런 나를 이해하지 못한다. 우리는 어차피 이곳에서 아무것도 가진 것이 없기 때문이다. 형편이 좋을 때는 남의 집에서 불법 거주를 하고 안 좋을 때는 노숙을 하며 사는 신세다. 가족에 대해서는 말할 것도 없다. 르넴은 부모가 누구인지도 모르고, 나는 오래전에 부모님의 시신을 매장했다. 내 인생의 절반은 르넴과 함께 보냈다. 사랑보다는 필요에 의한 관계가 아닐까 하는 의구심이 종종 든다.

나는 클럽 안티매터에 있다. 댄스 플로어는 언제나처럼 붐빈다. 품위 있는 장소라고 할 수는 없지만 여기 있으면 편안하다. 내 몸 밖으로 나와서 무언가 더 큰 존재의 일부가 되는 기분이라고 할까. 구석에서 누군가가 '탱글' 알약을 나눠주고 있다. 완전히 불법까지는 아닌 암시장이다. 아마 기존의 약을 분해해서 모방해 만든 것이리라. 나는 내 시각 센서로 알약을 재빨리 스캔해본다. 메타암페타민이 들어 있을 가능성은 0.1퍼센트. 좋은 징조지만 그렇다고 완전히 안전하다는 보장은 없다. 그 밖에 다른 중독 성분이 첨가되어 있을지 모를 일이다. 나는 값을 치르고 한 알을 입에 넣는다. 알약이 녹아들면서 머릿속을 맴돌던 생각들도 덩달아 녹아든다. 남은 흔적은 내 치아에 묻은, 아프도록 달큰한 맛뿐이다. 이윽고 나는 인파에 뒤섞이는 자유로운 에너지가 된다.

　　보통 여기 온 사람들은 신시사이저 음악이 불러일으키는 황홀경에 너무나 깊이 빠져서 누구에게든 무슨 일에든 개의치 않는다. 그런데 오늘 밤은 예외인 모양인지, 내게 닿는 누군가의 시선이 느껴졌다. 나는 춤을 멈추고 시선의 주인을 찾으려 하지만, 내 주위의 형체들을 알아보려고 애를 쓸 때마다 마치 만화경의 반대편 렌즈를 들여다보는 듯하다. 초점이 흐릿해서 모든 게 불명료하고 불확실하다. 그래도 아름답긴 하다. 누군가가 나를 향해 뛰어오다가 되돌아가면서 커다란 고리와 나선 모양들을 자아낸다. 그 움직임을 보고 있자니 머리가 빙빙 돈다. 거미줄처럼 가느다란 날개들이 언뜻 보인다.

인파가 흔들거리고 열에 들뜬다. 뒤죽박죽된 색채들이 순식간에 나타나더니 또 순식간에 사라진다. 저 무지갯빛 섬광등을 잠깐이라도 꺼주면 좋으련만. 나는 끈적거리는 바닥에 털썩 주저앉아 두 손에 얼굴을 묻는다. 눈을 뜬 채로 얼굴을 문지르자 땀이 눈 속으로 들어가 따끔거린다. 그런데 콘크리트 바닥에 무언가가 눈에 띈다. 노란색으로 반짝이며 이어지는 자취 같은 것이.

북적거리는 댄스플로어를 헤집으며 바닥에 난 보일 듯 말 듯한 선을 따라가는 것은 쉽지 않은 일이다. 클럽에서 흔히 먹는 중간 등급 마약에 취한 채 네 발로 엉금엉금 기면서는 더더욱. 밖에 나왔을 때 내 몸은 사람들이 흘린 술로 온통 젖어, 그 끔찍한 남성 단체들에서 샴페인 서빙하는 여자들보다 더 심한 꼬락서니가 되었다. 그 생각을 하니 속이 더 울렁거린다. 시야가 가물거리면서 내 기억도 같이 끊어지려고 한다. 그런데 그렇게 되기 전, 그것이 내 눈에 들어온다.

나는 옥상에 올라 있다. 그 선은 이제 선이라기보다

는 마치 풀어진 실타래로 된 미로처럼 보인다. 선은 반쯤 무너진 벽돌담까지 이어져, 높이가 6미터에 다다르는 커다란 벽화를 이루고 있다. 전혀 예상치 못한 광경이다. 내가 무엇을 예상했는지는 몰라도.

기다란 날개, 비눗방울 같은 눈, 달빛을 받아 초록색으로 빛나는 몸. 이제껏 내가 본 곤충 가운데 가장 아름답다. 나는 그것을 만져보려고 더 가까이 다가가며 팔을 뻗는다. 손끝에 닿는 벽돌 표면을 훑으며 심호흡을 한다. 그 벽화는 페인트가 아니라 더 자극적인 무언가로 칠해져 있다. 부패한 물질이 섞여 있고, 여러 겹으로 이루어져 있으며, 생생히 살아 있는 무언가. 시야가 마침내 꺼져버리기 직전, 시각 센서에 이름이 떠오른다. 내 눈꺼풀 안쪽에 아로새겨진 것은 이 글자들이 전부다. 잔토리아 파리에티나(Xanthoria parietina), 리치나 피그마에아(Lichina pygmaea), 히프넘 쿠프레시포르메(Hypnum cupressiforme).

"오늘 밤 멋진 것을 봤어."

어찌어찌해서 나는 르넴과 함께 머물고 있는, 지붕이 반만 남은 버려진 건물 안에 돌아왔다. 르넴은 나를 안고 머리를 어루만지고 있다. 하지만 그가 화났다는 걸 알 수 있다. 나는 그의 품 안에서 떨고 있다.

"적어도 너는 늘 찾기 쉬운 데에 있긴 하네."

단순한 여덟 단어 아래에서 적개심이 배어난다. 가끔 나는 르넴이 나를 찾지 못하기를 바라지만 그는 그 점을 개의치 않는다. 앞으로도 개의치 않을 것이다. 구원자 콤플렉스를 계속 유지하고 싶어하는 사람이니까.

나는 우리에게 닥쳐올 싸움을 피하려 애쓰며, 이번에는 달랐다고 해명한다.

"누군가가 내게 메시지를 보냈어."

르넴이 고개를 돌린다. 벽에 난 틈새들로 흘러든 달빛이 거무스름하고 강인한 얼굴을 비춘다.

"어린애처럼 굴지 마, 탈리. 언제 철들래?"

르넴이 내 이름을 욕설처럼 내뱉고는 나를 놓고 일어선다. 온기가 그와 함께 내게서 빠져나가고, 르넴을 달래려던 내 노력도 덩달아 흩어진다.

"오, 그래서 452b의 노예가 되는 건 어른스러운 결정인가 보지?"

나는 쏘아붙인다. 원피스에 스며든 땀이 싸늘하게 식어서 몸서리가 쳐진다.

"우리 빚 절대 못 갚을 거라는 거 알잖아. 그들은 그런 식으로 판을 짰냈다고."

　나는 그렇게 주장하지만, 르넴은 내 말이 하등 중요하지 않다는 듯 고개를 휘휘 젓는다.

　"너도 사진 봤잖아. 그 행성들이야말로 우리의 유일한 희망이야. 거기서라면 우리 삶을 꾸릴 수 있어."

　르넴이 내게 돌아와 담요 더미 아래로 들어오려 한다. 나는 몸을 뺀다. 르넴과 붙어 있지 않아도 오늘 밤은 충분히 따뜻하다.

　사방에 벌들이 보인다. 내 피드에 뜨는 광고들에서도 (내가 절대 살 수 없는 옷이며 장신구며 이런저런 쓸모없는 상품들의 광고다), 더듬이와 반짝이는 날개로 장식하고 거리를 걸어 다니는 사람들에게서도. 진짜 벌들도 보인다. 콘크리트 사이로 자라나는 작고 앙상한 식물들 위에 내려앉고, 시내의 폐허 주위를 뱀처럼 구불구불 휘감는 꽃 피는 넝쿨들 주위를 윙윙대며 날아다니는 벌들. 어쩌면 늘 거기 있었는데 내가 이제야 눈치챈 것인지도 모른다. 나는 시각 센서를 계속 켜두고 새로운 종 하나하나를 식별하고 기록한다. 내가 특히 좋아하는 건 대체로 검은색을 띤 작은 곤충들이다. 나는 늘 그게 파리인 줄 알았는데 이제 보니 벌이었고,

아름다운 이름도 가지고 있다. 세라티나 아칸타(Ceratina acantha), 힐라이오스 아눌라투스(Hylaeus annulatus), 첼로스토마 필라델파이(Chelostoma philadelphi), 라시오글로숨 이미타툼(Lasioglossum imitatum), 스페코데스 모닐리코르니스(Sphecodes monilicornis). 시각 센서를 꺼놓고서도 종을 구별할 수 있다. 눈가에 노란 구멍이 있는 개체들은 힐라이오스에 속하고, 스페코데스의 선홍색 배는 재깍 알아볼 수 있다. 내 머릿속에도 무언가가 있다. 희미하지만 좀처럼 떨칠 수 없는 웅웅거리는 소리. 무덥고 나른한 여름날에서 이런 소리가 날 것 같다. 르넴에게 이런 이야기를 꺼낼 때면 그는 내가 우리 둘 모두의 시간을 낭비하고 있다고 핀잔한다.

진짜와 가짜를 구분하는 것은 점점 더 쉬워지고 있다. 유행하는 곤충 외피와 몇 주 전에 내가 본 종류의 형체를 구별할 수 있게 된 것이다. 그러면서 내 안에서 무언가 놀라운 것이 느껴진다. 내가 느낄 거라고 예상치 못했던 감각이다. 더 많은 부자들이 미개척 행성으로 떠나고 그들의 우주선이 남긴 빛이 내 망막에 연두색 잔광을 남길수록, 나는 불안이나 절망에 사로잡히기는커녕 오히려 희망으로 부푸는 것이다.

그들 중 하나가 눈에 띄었을 때, 나는 브렉스턴마인 시내에 있었다. 취하지 않은 맨정신인데도 내가 보는 것을 제대로 묘사하기가 어렵다. 어쩌면 그 사람이 일종의 필드 산란기scatterer 같은 것을 발동해서 추적하기 어렵게 해놓았는지도 모르겠다. 하지만 그들 중 하나는 맞다. 알 수 있다. 느껴진다. 시선을 내리니 지난번과 똑같은 반짝이는 노란색 선이 구불구불 이어지는 게 보인다.

그 사람은 금세 시야에서 사라졌지만 나는 선을 계속 따라간다. 그러자 르넴과 내가 머물고 있는 건물에서 열 블록쯤 떨어진 곳의 한 창고 건물에 다다른다. 원래 지금쯤이면 나는 외곽의 쓰레기 매립지를 뒤져 쓸 만한 물건을 건져 팔고 있어야 했다. 적어도 르넴이 내게 원하는 바는 그랬다.

안에 들어가는 것이 두렵지는 않다. 그런데 묵직한 철문을 열자 내 앞에 펼쳐진 광경과 소리에 나는 깜짝 놀란다. 끊임없이 맹렬히 웅웅거리는 소리, 묘목 수천 그루, 그리고 흰 옷을 입은 한 사람. 양봉가의 옷차림이다.

"우리 흔적을 쫓아왔나 보군요?"

나는 무언가 대답을 하려 하지만 내 입에서는 뒤죽박죽된 말만 튀어나온다. 미칠 듯하면서도 달콤한 소음이 나를 에워싸고, 새하얀 형광등 빛이 창고 안에 초자연적인 광채를 덧입힌다.

"점점 더 많은 사람이 우리를 발견하고 있네요."

베일 달린 후드가 내려가면서 검은 눈과 긴 갈색 머리카락 한 타래가 드러난다. 붉게 상기되어 반짝이는 두 뺨도.

"저는 윌이라고 해요. 여자도, 남자도 아니고요. 당신 이름은?"

"탈리예요. 여자고요."

"어서 와요, 탈리. 오늘 우리를 찾아낸 다른 사람들은 위층에 있어요."

그 말에 나는 뜻밖의 슬픔을 느낀다. 내 반응이 뻔했던지 윌은 쓴웃음을 짓더니 눈썹을 추어올린다. "왜요, 당신 혼자뿐인 줄 알았어요?"라고 묻듯이. 어째서인지 나는 이 장소를 찾아낸 사람들이 더 있을 거라고는 예상하지 못했다. 클럽 안티매터에서 본 벽화, 거리에서 마주친 사람의 형체, 그 모든 게 오로지 나만을 위해 계획된 것처럼 느껴졌다. 무언가를 찾아가도록 그려진 나만의 지도, 나를 구해줄 수 있을 지도 말이다. 정확히는, 우리를 구해줄 수 있을 지도.

엄청나게 다양한 묘목들 사이를 누비며 월을 따라 창고 뒤편으로 가자 웅웅거리는 소리의 진원지가 보인다. 커다란 벌집이다. 그건 놀랍지 않지만, 정확히 무엇인지 알 수 없는 구조물도 있다. 속이 빈 목제 관들이 으리으리하게 쌓여 있고, 흙이 든 탱크들이 벽 전체의 절반을 차지할 만큼 넓게 뻗어 있다.

"벌집에서 사는 벌들은 몇 종 안 되거든요."

월이 말한다.

우리는 계단을 올라간다. 조명 달린 천장 위로 올라가니 또 다른 천장에 철제 문이 달려 있다. 월이 걸쇠를 젖히고 문을 밀어 연다. 그곳에는 눈부신 햇살 아래 수십 명의 사람들이, 줄지어 늘어선 꽃과 채소와 베리 덤불이, 그리고 어치며 박새가 잔뜩 올라앉은 과일나무가 펼쳐져 있다.

"이 세상은 그들이 말하는 것보다 훨씬 나은 곳이에요. 물론 파괴되긴 했죠. 하지만 여기엔 희망도 있어요. 아주 많은 희망이."

월이 말한다. 월이 말하는 '그들'이 누구인지는 굳이 묻지 않아도 뻔하다. 스타스페이스를 가리키는 것이다.

이곳에는 다양한 사람들이 어우러져 있다. 여러 피부색과 표정의 물결이 합쳐져 하나의 조밀한 이미지를 이루고 있다. 나는 월에게 고개를 돌리지만, 그는 사람들 한가운데로 나아간다.

"막 도착한 여러분, 환영합니다."

월이 잠시 말을 멈추고 우리를 향해 따뜻하게 미소 짓는다.

"수호자들의 임무는 간단합니다. 우리는 수천 년 동안 지구상에 있었던 존재 방식을 인지하는 사람들입니다. 공동체를 중심에 두고, 모든 생명체와 관계 맺는 방식 말입니다. 이는 다른 행성의 다른 사람들이 인지해온 방식이기도 합니다. 어디 보자……."

월이 말을 끊더니 군중 앞에 있는 한 젊은 남자에게 손짓한다.

"여기 보이는 존재에게 어떤 대명사를 쓰시겠어요?"

월이 공기 중을 느긋이 날아다니는 벌 한 마리를 가리킨다. 나는 무의식적으로 벌을 향해 다가간다. 그 곤충은 내 옆에 있던 에키나세아 푸르푸레아(Echinacea purpurea)라는 보라색 해바라기 위에 내려앉는다. 꿀벌은 아니다. 금속처럼 반질거리는 초록색을 띤 머리와 가슴 부분을 보면 뻔히 알 수 있는 사실이다. 나는 그 벌의 이름을 안다. 아가포스테몬 비레센스(Agapostemon virescens).

남자는 무언가 속임수에 걸려든 것일까 봐 불안한 듯 의식적인 표정으로 미소 짓는다. 그의 뺨이 그가 입은 셔츠만큼이나 붉게 달아오른다.

"그것이 꽃 위에 앉아 있다?"

월이 빙그레 웃으며 고개를 젓는다.

"그렇게 말씀하실 줄 알았어요. 하지만 우리는 이 세상을, 그리고 세상을 공유하는 거주자들을 다르게 보는 방법을 제시하기 위해 이 자리에 있습니다. 우리 임무는 양봉, 원예, 생태 복원뿐만이 아니에요. 우리는 의미론적 변화를 위해서도 싸우고 있어요. 여러분은 오래전 우주선들이 처음 상륙했던 행성인 452b에 대해 무엇을 아시나요?"

나는 군중 사이에서 소리 높여 내 의견을 말하는 성격이 아닌데, 이번에는 그런 충동이 든다.

"거기 사는 사람들은 아무것도 구분하지 못한다고 하던데요. 타인과 자신을 구분하지 못할 뿐 아니라, 살아 있는 생명체는 그 무엇도 구분하지 못한다고요. 모든 게 연결되어 있대요. 그래서 그들의 언어가 그토록 이해하기 어려운 거라더군요."

월이 고개를 끄덕인다. 내가 맞는 답을 한 모양이다.

"비슷해요. 하지만 정확하진 않아요."

나는 입을 다문다. 이제 내 뺨도 화끈 달아오른다.

"한 가지는 맞았어요. 헬리오겐 언어는 확실히 우리 언어로 옮기기 어렵지요. 영어 화자들은 제국주의자들의 언어를 물려받아서, '그것'과 접촉하는 모든 것을 대상화하고 이용해요. 헬리오겐어는 사뭇 다릅니다. 그들의 언어는 우리를 분리하는 임의적 경계들이 아니라 우리 사이의 연결 고리들을 강조해요. 헬리오겐어에는 심지어 모든 존재와 모든 것을 가리키는 대명사도 있어요. 그걸 세se라고 해요. 헬리오겐인은 '그것이 공중을 날아가고 있다'고 하지 않아요. 우리가 다른 생명체들과 공유하는 유사점들이 차이점보다 훨씬 중요하다는 것을 알기 때문이죠. '세'는 우리—우리가 아니라 '세'라고 해야 할까요—가 다른 모든 존재와 맺는 연결을 표현하는, 궁극적인 존경의 형식이에요. 이 벌, 세는 우리 꽃들을 수분하지요. 꽃들, 세는 우리에게 영양분과 아름다움을 주고요. 우리가 쓰는 말은 우리 행동만큼이나 중요해요. 말은 정신을, 세상을 보는 방식을, 지각을 형성하니까요."

월이 하는 이야기는 아름답지만 이해하기 어렵다. 내가 하는 말이 내가 세상을 받아들이는 방식에 영향을 준다고 생각하자니 머리가 흐리멍텅해지는 기분이다.

"우리 자신을 가리킬 때도 '세'를 쓸 수 있어요. '당신'이나 '나'가 인간성만으로 구성되었다는 생각은 옳지 않기 때문입니다. 실제로 세들은 수조 개의 원핵 세포들과 협력하고 있습니다. 그럼으로써 우리가 융합체, 홀로바이온트,* 키메라가 되어, 끊임없이 변화하면서도 하나가 되는 것이지요."

윌이 말을 멈추고 숨을 고른다. 그러고 보니 나도 그동안 숨을 참고 있었다.

"그만큼 중요한 또 다른 사고방식이 있어요. 변화와 연결을 지속적인 것으로 보는 사고방식이죠. 파사마쿠오디 사람들을 생각해봅시다. 그들은 우리가 발 딛고 서 있는 땅의 토착민으로, 제 민족이기도 합니다. 우리는 '강', '들', '바람'을 가리키는 단어를 많이 갖고 있어요. 유정명사 animate noun인 동시에 동사인 단어들이지요. 강을 생각해보세요. 영어에 끊임없이 흐르는 힘을 가리키는 단어가 하나뿐이라는 것은 얼마나 이상한 일인가요. 파사마쿠오디어에는 강이 넓어지는 곳을 가리키는 '크스코페케'라는 말

---

*   한 개체에 공생하는 미생물을 그 개체와 함께 묶어서 생명체를 규정하는 개념.

이 있어요. 강이 굽이쳐 들어오는 곳은 '크세피베'. 강이 갈라지거나 합쳐지는 곳은 '니크투위쿠원'. 몇 가지만 예를 든 거예요. 언어와 맺는 관계를 바꾸기는 어렵지만 불가능하지는 않아요. 먼저 의식이 필요하죠."

월이 계속해서 말한다. 들판을 '그것'과 같은 사물로 분류하는 것이 얼마나 땅을 착취하고 멸시하게 만드는지를. 대신에 들판을 무언가 연결되어 있고 중요한 것의 일부로, 시간대의 한 지점에 위치한 땅을 가리키는 개념으로—계속되는 들판으로서의 '폼스쿠테'로— 생각한다면 우리는 그것, 즉 세를 더 공정하게 대할 수 있으리라고도.

"우리 고향을 돌보는 것이 우리 책임이라는 사실을 깨닫고 나면 모든 것이 변해요. 거꾸로 세가 우리를 돌봐주리라는 희망을 품을 수도 있죠. 자연은 회복력이 있고, 변화무쌍하고, 융통성이 있어요. 그리고 자연을 관리하고 변화시키는 존재로서 우리 역할은 전혀 새로울 것이 없고요. 인간은 수천, 수만 년 전부터 자연을 변화시켜왔으니까요. 지질학적 역사를 따져봤을 때 이 변화가 재앙과 파괴를 불러온 것은 최근 들어서의 일이에요."

급진적인 생태 복원에서부터 도심 원예에 이르기까지, 다양한 해결책을 포함하는 수호자들의 비전에 대한 월의 설명이 이어진다. 나는 주위를 둘러본다. 비옥한 흙, 커다란 나무들, 풍부한 식량과 꽃. 이 풍경은 팜코FarmCo의 선전을 통해 봐왔던, 단일 작물만 심긴 척박한 대지와는 전혀 다르다. 세는 콘크리트 위에서 인간의 손 아래 번성했지만 반쯤은 야생에 가깝고 아름답다.

도착한 지 몇 분밖에 지나지 않은 기분인데 어느덧 해가 저물고 있다. 윌은 이야기를 다 마쳤고, 나는 그 옆에 앉아 구름들이 색채로 물드는 것을 바라보고 있다. 나는 윌에게 언제부터 수호자들과 함께했느냐고 묻는다.

"몇 년 전부터요."

윌이 미소 짓고는 눈 위에 손차양을 친다.

"그 전에는 내 삶이 어땠는지 기억이 잘 안 나요."

"당신 말이 사실이라면, 세상에 당신과 같은 사람이 수천 명 있다면……."

"왜 진작 우리를 보지 못했느냐고요?"

나는 고개를 끄덕인다.

"봤을 거예요. 알아차리지 못했을 뿐."

윌은 말을 멈추고 근처 화단에 자란 꽃 한 송이를 꺾는다. 가일라르디아 아리스타타(Gaillardia aristata).

"사람들의 그런 생각이 문제예요. 우리가 다 직접 짠

옷을 입고 자급자족 공동체에서 살고 뭐 그래야 하는 것처럼 생각하거든요. 물론 그렇게 사는 사람도 있기는 하지만."

윌이 소리 내어 웃더니 엄지와 검지로 꽃을 빙글빙글 돌린다. 꽃잎은 가장자리가 노란색이고 바탕은 노을처럼 붉은빛이다.

"중요한 것은 누구나 원한다면 수호자가 될 수 있다는 거예요."

"저도 되고 싶어요."

속삭이듯 조그맣게 꺼낸 내 말에 윌은 잠시 아무 말도 하지 않는다. 하지만 침묵이 불편하지는 않다. 몇 초 뒤 윌이 입을 연다.

"그렇게 말해주기를 바랐어요. 당신은 우리와 잘 맞는 사람으로 보여요, 탈리. 그리고 당신도 이미 어느 정도는 시민 과학자인 걸요."

나는 의문스러운 눈으로 윌을 본다. 그가 웃는다.

"걱정 말아요, 당신을 뒷조사한 건 아니에요. 당신이 올린 게시글들은 공개되어 있잖아요. 그뿐이에요."

나는 내 몸이 편안하게 풀어지는 것을 느끼며 미소 짓는다. 그리고 모든 게 괜찮을 거라고 스스로를 다잡는다.

르넴과 내 사이는 괜찮을 거라고, 이곳이 우리에게 얼마나 적합한 장소인지 르넴을 이해시킬 수 있을 거라고. 지구는 멸망한 행성이 아니라고. 바로 여기에 여전히 수많은 가능성과 잠재력이 남아 있다고.

생각하자니 아찔해져서 나는 지금 이 순간으로 주의를 돌린다. 월에게 브렉스턴마인 밖으로 나가본 적이 있느냐고 묻자 월은 조용히, 친근한 웃음을 흘린다.

"제가 어딘들 안 가봤겠어요?"

월이 잠깐 말을 끊더니 계속 이어나간다.

"첫 경험은 뉴텍사스에서였어요. 거기서 홍적세* 생태 복원 작업에 참여했죠."

나는 입을 떡 벌린다.

"그 얘기 들었어요. 거대한 거북과 낙타들을 사막에 풀어놓았다고요. 사자나 치타 같은 육식 동물들도. 거기 지도자들이 엄청 화를 냈다면서요."

"그랬죠."

월이 씩 웃는다.

---

* 약 258만 년 전에 시작된, 지질시대 중 신생대 제4기 전반에 해당하는 세.

"대단히 성공적이었어요. 우리는 사용되지 않는, 버려진 땅 수천 에이커를 매입해서 그렇게 한 거였어요. 그 땅에 울타리를 쳐서 격리하는 조치를 취하지 않아서 몇몇 사람들이 화를 내긴 했죠. 하지만 그럴 만한 가치가 있었어요. 처음에는 동물 몇백 마리로 시작했어요. 모두 멸종 위험이 매우 높은 종이었어요. 이제 세들은 번성하고 있고, 그 땅은 지난 수천 년 중 어느 때보다도 생명력 넘치는 곳이 되었죠."

윌의 목소리가 잦아든다. 석양이 비추는 가운데 윌의 머리카락이 부드럽게 흩날리고 있다.

"가까운 곳에서 더 작은 규모로도 야생 복원 작업을 했어요. 보고 싶나요?"

나는 내 강한 열의를 표현할 적절한 말을 찾지 못해 다만 고개를 주억거린다.

윌이 나를 건물 밖으로, 건물 뒤쪽 거리에 세워져 있는 차로 이끈다. 내가 차를 보고 말한다.

"차 타본 지 진짜 오래됐어요."

윌이 싱긋 웃는다.

"도시에 전기 요금을 내지 않고 차를 쓰면 훨씬 싸게 먹혀요."

우리는 차를 타고 나아간다. 30분이 지나자 차는 이 도시에서도 가장 습한 구역에 들어선다. 침수가 일상인 구역이어서, 이곳의 불운한 주민들은 곰팡이에 뒤덮이고 썩어가는 집을 견디며 살아간다.

드넓은 공터에 이르러 월이 갑자기 차를 세운다. 딱히 중요한 장소처럼 보이지는 않는다. 그곳은 풀이 무성하게 자라고 모기가 들끓는 습지대다. 하지만 월이 차에서 내리기에 나도 그를 따라나선다. 진흙과 갈대를 헤치고 나아가다 보니 크지도 작지도 않은 연못 하나가 나온다. 월이 소규모 야생 복원 작업이라고는 했지만 이 정도로 작고 사소할 줄은 미처 예상치 못했다.

"이거예요?"

나는 실망감을 감추려 애쓰며 말한다.

"해가 거의 다 졌어요. 기다려봐요."

월이 몸을 웅크리더니 내게 똑같이 하라고 손짓한다.

월의 말이 옳았다. 하늘이 금세 검게 물들고 낮의 열기가 식는다. 모기도 좀 줄어든 것 같다. 등이 쑤시고, 모기에 물려 부어오른 곳이 가렵다. 팔다리를 긁으며 자리를 뜰 핑계를 생각하던 중에, 어떤 소리가 들린다. 언뜻 사람 목소리 같은 소리, 목쉰 듯 귀에 거슬리는 소리, 거의 음악과도 같은 소리가.

"이런 곳 수백 군데에 생명을 심어놨어요. 퍼스파코미케, 즉 습지라고 하죠. 눈치챈 적 있나요?"

어두워서 윌에게 내 모습이 보이지 않을 텐데도 나는 고개를 젓는다. 겸연쩍은 기분을 삼키고 질문을 던진다.

"이 소리는 뭐예요?"

윌이 속삭이듯 조그맣게 말한다.

"개구리예요, 탈리. 개구리 수백 마리요."

나도 따라 속닥인다.

"그럴 리가. 수십 년 전에 멸종한 것 아니었어요?"

나는 내 생각이 옳다고 확신한다. 몇 년 전 북동부를 휩쓸었던 곰팡이에 대한 기사를 읽은 적이 있다. 그 곰팡이 때문에 개구리나 도롱뇽 같은 양서류들이 죽어나갔다고.

"어떤 의미에서는 그랬죠. 하지만 곰팡이에 영향을 받지 않은 종도 몇몇 있었어요. 우리는 세들을 여기 풀어놓았고요."

나는 입을 다문 채 내심 개구리 몇 마리 데려다놓은 것이 뭐가 그리 대단한가 하는 생각을 한다. 홍적세 야생 복원까지는 이해가 된다. 하지만 이건 별 의미 없는 일에 지나치게 많은 공을 들였다고밖에 느껴지지 않는다.

"개구리는 핵심적인 종이에요."

월이 내 마음을 읽은 듯 말한다.

"남서부에 우리가 풀어놓은 대형 동물들과 마찬가지로요. 개구리들을 여기 데려다놓은 이후로 다른 동물들도 돌아왔어요. 뱀, 새, 소형 포유동물들이요. 이 작은 연못은 온전히 기능하는 생태계랍니다."

이곳에 적응하고 있는 건 내 눈만이 아니었다. 나는 반들반들 빛나는 축축한 돌멩이들을 유심히 들여다본다. 당연하게도 그것들은 돌멩이가 아니었다. 반짝이고 동그스름한 몸을 가진, 아름다운 개구리들이었다.

우리는 차로 돌아온다. 이 순간에 영원히 머무르고 싶다. 나는 내 주위의 모든 것을 눈여겨보기 위해 시간을 늦춘다. 월의 코가 살짝 찌그러지는 모양, 얼굴에 퍼져 있는 약간의 주근깨. 르넴의 눈과 꼭 닮은 진갈색 눈동자. 르넴. 월이 틀어놓은 슬프고도 달콤한 음악이 시간을 더 길게 늘이는 것 같다. 가사는 없는, 클래식 같은 느낌의 음악이다. 하지만 나 같은 사람은 들어도 알 길이 없다. 월은 필요 이상으로 느리게 운전하는 것 같다. 그도 상황의 심각성을 느끼고 있는 것인지도 모른다. 나는 시계추 끝에 매달린 채

한쪽 끝까지 온 것 같고, 다른 쪽 끝으로 다시 돌아갈 수 있을지 잘 모르겠다. 내 진짜 삶의 야생은 복원되지 않고 이 세상을 새로운 단어들로 기리고 있지도 않다. 내 삶은 경직된 대화, 생존을 위한 싸움, 우리가 지구를 떠날 필요가 없다고 르넴을 설득하는 것으로 이루어져 있다.

월이 침묵을 깨고 말한다.

"몇 시간 더 내줄 수 있나요? 당신에게 한 가지 더 보여주고 싶은 게 있어요."

차는 이미 우리 집 근처까지 와 있다. 몇 분만 더 가면 지금 르넴과 내가 집이라고 부르는, 오래전에 버려진 정육점이 나온다. 마지막으로 르넴에게 연락한 지 몇 시간은 지났다.

"가야 한다 해도 이해해요."

월이 차를 세우고 대시보드를 손가락으로 초조하게 두드린다.

"몇 시간쯤 더 보낸다고 큰일 나지는 않을 거예요."

내 말에 월이 미소를 짓고 유턴을 한다.

"후회하지 않을 거예요. 약속해요."

몇 시간은 금방 흘러간다. 우리는, 아니 정확히 말하자면 월은 21세기 환경주의자들의 잘못된 주장들에 대해서도 이야기하고("그들의 의도는 좋았지만, 어째서 '지구를 구합시다'를 모토로 삼았을까요? 그냥 '우리 자신을 구합시다'라고 하지 않고요?"), 시베리아, 사하라, 멕시코만에서 수호자들이 벌이고 있는 테라포밍 프로젝트에 대해서도 이야기한다. 수다를 듣고 있다 보니 시간이 좀 더 정상적인 속도로 흘러가지만, 점점 더 무거워지는 내 마음을 잊을 만큼 빠르게 흐르지는 않는다.

때마침 르넴에게서 메시지가 온다.

'어디야?'

신경망 메시지에 음성 정보는 들어 있지 않은데도 나를 추궁하는 날카로운 어조가 들리는 듯하다. 아마 걱정되기도 할 것이다. 나는 30분 가까이 메시지를 무시하지만, 결국엔 답을 보낸다.

'우리 둘을 위한 무언가를 찾아내고 있어.'

그의 대답은 놀랍지 않다.

'사이비 종교가 너를 구할 수 있을 거라고 생각한다면 넌 미친 거야.'

'우리 둘 다를 구할 수 있는 일이야.'

'우린 내일 떠나야 해.'

날카로운 굉음이 울리더니 하늘이 붉어진다. 나는 조

수석에서 몸을 웅크리고 양쪽 귀를 막는다. 또 다른 우주선 한 무리가 대기권을 뚫고 솟아오르고 있다. 진홍색 빛줄기들이 이내 검게 사그라든다. 내일이라는 것을 미처 잊고 있었다. 가슴이 더더욱 저려온다.

"거의 다 왔어요."

윌이 말한다. 우리는 어느덧 탁 트인 시골에 와 있다. 원래는 시골이 아니었던 것 같지만. 버려진 산업 단지 건물들의 뼈대가 수풀과 꽃들 사이로 삐죽 튀어나와 있다. 보름달 아래에 펼쳐진 풍경이어서 더욱 기묘해 보인다. 도로가 급격히 구부러진다. 모든 게 선명히 보이지는 않지만, 높다란 언덕 하나를 지나자 이내 작은 집 십수 채, 야생에 가까워 보이는 밭들, 번뜩이는 태양 전지판들이 또렷하게 시야에 들어온다.

"우리 공동체들 중 하나를 보면 좋아할 것 같았어요."

윌이 차에서 내려 내게 따라오라고 손짓한다. 우리는 밭들 중 하나로 걸어간다. 격자 구조물에 뱀처럼 휘감긴 콩과 호박 넝쿨이 달빛 속에서 생경하게 보인다.

윌이 구조물에 매여 있는 자루 속에 손을 넣더니 반짝이는 무언가를 한 움큼 꺼낸다.

"씨는 어디에든 심을 수 있죠. 완벽한 상태가 아니어

도 자랄 수 있고요."

월은 몇 알을 내 손바닥 위에 떨어트리고 손가락을
단단히 오므려준다.

"우리 도시에서 자연은 결코 사라지지 않았어요. 당
신은 이 사실을 알죠. 단지 돌봐줄 필요가 있을 뿐이에요.
당신도 우리 수호자의 일원이 되겠어요?"

대답하려는 순간 메시지 수신음이 들린다. 내 눈에서
눈물이 솟구친다. 슬픔과 안도감에서 비롯된 눈물이다. 눈
물은 내 아래의 흙에 떨어져 생명력을 갖고 스며든다. 나는
손안의 씨앗들에서 눈을 들어 월의 눈을 마주 본다. 그리고
고개를 끄덕인다.

소식들

Tidings

리치 라슨
Rich Larson

리치 라슨

아프리카 니제르에서 태어나 스페인과 체코에서 살았으며, 지금은 캐나다의 그랜드프레리에 거주하고 있다.《애넥스Annex》와《투모로우 팩토리Tomorrow Factory》를 썼으며, 그의 소설은 12개 이상의 언어로 번역되었다. 영화로 각색된 〈아이스Ice〉는 2021 에미상 단편 애니메이션 부문 우수상을 받았다.

2038년 니제르, 마라디

"안 먹히네."

차야바가 넌더리를 내며 고개를 젓고는 외친다.

"야!"

오우마가 떨리는 손으로 자기 스카프를 매만지며 말
한다.

"기다려봐. 조심해, 좀 있어보라고."

춥고 먼지 많은 날이다. 진데르와 니아메에서 날씨
조절 드론을 띄우는데도 불구하고, 하르마탄[*] 철에는 날씨
가 점점 더 종잡을 수 없어진다. 잿빛 하늘은 먼지로 가득

[*] 사하라 사막에 부는 동북 무역풍.

해서 해가 꼭 누르스름한 얼룩처럼 보인다. 그걸 본 오우마는 레몬 사탕을 떠올린다.

오우마가 재킷 주머니에서 레몬 사탕을 한 알 꺼내 차야바에게 내밀자 그는 사탕을 노려본다.

"이거 비닐 껍질에 싸여 있잖아, 오우마. 날 미치게 할 셈이야?"

오우마는 껍질을 벗겨낸 사탕을 자기 입에 넣는다. 그는 자신의 사촌 언니가 이미 약간…… 아니, '미쳤다'고 해서는 안 된다(오우마는 그 단어가 어째서 타인에게 오명을 씌우는 모욕적인 표현이 되었는지 인터넷에서 읽었다). 차야바는 다만 조금 유별날 뿐이다. 좋은 의미에서 말이다. 저 예쁘게 땋아내린 머리카락으로 감싸인 두개골 안에 지나치게 큰 뇌가 들어 있어서 꿈틀거리는 것이다.

차야바가 인터넷의 밈들을 창조하면서 돈을 벌어들인 것도, 나이지리아로 가 카노에서 생화학을, 라고스에서 생명공학을 공부한 것도, 그러다 중퇴하고 자기만의 조그마한 유전자 연구실을 세운 것도 그래서였다. 그럼에도 그는 메시지를 끊임없이 보냈고 가능할 때는 전화도 했다.

이제 차야바는 이 작은 생물학적 기계를 시험하기 위해 그가 오우마와 함께 자란 이곳, 먼지투성이 마라디에 돌아왔다. 차야바는 이 기계를 수리하는 데 1년 반을 보냈다. 이따금 100년쯤 들었다고 투덜거리기도 하지만.

이 이름 없는 기계는 오우마의 주먹만 한 크기로, 벌집 나방의 소화관을 본따 만들어진 것이다. 표면이 미끌미끌하고 섬모가 있어서, 관절이 있는 보스토봇들이 움직이기 어려워하는 모래밭에서도 종종거리며 쉽게 나아갈 수 있도록 말이다.

하지만 그것은 지금 꿈쩍하지도 않는다.

"시뮬레이션에서는 완벽했는데. 모의 실험에서도 성공적으로 작동했고. 내 방을 온통 모래와 쓰레기로 채워놨었다고."

차야바가 중얼거리더니 커다란 노트북에 달린 고무 버튼 몇 개를 누른다. 오우마가 알기로 그는 비윤리적으로 채굴된 금과 텅스텐을 쓰지 않으려고 중고 부품들로만 저 노트북을 제작하려 했지만, 결국 반도체는 새로 사야 했다. 오늘은 차야바가 목표를 단념하게 되지는 않기를 바랄 뿐이다.

"여기서는 안 굴러가는 게 너무 많아. 내 블록폰도 가끔 에러가 나."

오우마가 경쾌하게 말을 뱉었다가 움찔한다. 블록폰

이 유전자 연구실에서 만들어진 기계와 같은 방식으로 작동할 리는 없기 때문이다. 그는 차야바가 자신을 바보라고 생각하지는 않기를 바란다. 다행히도 그의 사촌 언니는 그런 생각을 하기에는 너무 친절할뿐더러 애초에 오우마의 말에 신경 쓸 겨를이 없다.

"여기서 작동하기를 바랐는데."

차야바가 눈을 비비며 말을 잇는다.

"여기서 개시하고 싶었어. 왜냐하면 여기가 바로 내가 시작한 곳이니까. 우리 가족이 시작한 곳이고. 네 덕분에 내가 중요한 일들을 할 수 있다는 걸 깨달은 곳이기도 하지."

오우마는 뿌듯해진다. 그는 차야바가 중요한 일들은 전부 카노와 라고스에서 배운 줄 알았다. 오우마는 차야바의 기계가 작동하기를 바라며 웅크리고 앉아 레몬 사탕 껍질을 그 표면에 대고서 간절히 기도한다.

그러자 사탕 껍질이 보이지 않는 입에 삼켜지더니 고무처럼 흐늘거리는 기계의 몸속에서 모래 폭풍처럼 소용돌이치며 작은 입자들로 분해된다. 기계가 섬모로 이루어진 발을 꿈틀거린다. 이어 길거리에 피어난 꽃들처럼 주변에 온통 널린 검은색 비닐 봉투들을 발견하더니 갑자기 배가 고픈 듯 움직이기 시작한다.

"입맛을 돋워주기만 하면 됐나 보네."

오우마가 말한다.

"나도 그걸 시도해보려고 했어."

차야바가 쏘아붙이지만 얼굴은 활짝 웃고 있다. 그는 오우마를 한 팔로 당겨 안는다.

"고마워. 나랑 같이 밖에 나와준 것도 고맙고. 엄청 춥지?"

오우마도 차야바를 마주 안아주면서 그의 꿈이 실현되는 것을 상상한다. 한 무리의 생물학 기계들이 모래밭을 기어다니고 바다를 헤치며 온실가스를 조금도 배출하지 않는 방식으로 저밀도 폴리에틸렌들을 하염없이 분해하는 광경을. 짜릿한 꿈이다.

"이름은 뭐라고 지을 거야? 고무 뱀? 플라스틱 먹보?"

차야바가 기계에서 눈을 떼지 않은 채 미소 짓는다.

"모르겠어. 생각해볼게."

2044년 체코, 프라하

카트는 얀을 라스크앳이라는 지역 내 소규모 앱을 통

해 만난다. NFT 결제 수단만 받고, 사용자의 얼굴을 비롯한 생체 정보를 절대 저장하지 않고 곧바로 '악마'에게 보낸다고 하는 앱이다. 이런 앱을 이용하는 것의 단점은 데이트 상대를 구할 수 있는 범위가 너무나 협소해진다는 것이고, 장점은 그 협소한 시장에서 나타나는 사람들이 더 흥미롭다는 것이다.

얀도 마찬가지다. 신新 무정부주의자이자, 어째서인지 꽃무늬 정장이 잘 어울리는 그는 박테리아로 직접 양조한 맥주를 들고서 레트나 힐 꼭대기까지 올라왔다. 그가 팔꿈치를 내민다. 프라하는 백신 접종이 다 끝난 도시이긴 하지만, '큰 놈'이 한번 이 지역을 강타하는 바람에 이렇게 거리를 두는 인사 예절이 지금도 통용되고 있다.

"잘된 일이에요. '더 큰 놈'이 오고 있으니까요."

얀이 말한다. 카트는 적어도 오늘 밤엔 그 생각을 하고 싶지 않다. 낮 동안 이미 충분히 생각했으니까. 그는 찰스 대학에서 샘플과 실험 도구들을 준비하는 일을 했다. 다음번에 어떤 전염병이 닥치든 그에 맞서 싸울 mRNA 백신을 개발하는 연구진들이 사용할 수 있도록 말이다.

카트는 매년 지나치게 더운 여름을 이곳 프라하에서 아니면 고향 로테르담에서 보내며 생각하곤 한다. 기후 변화는 인류의 변화를 의미하고 그것은 인구 과밀화, 삼림 파괴, 질병 매개체 증가를 의미하고 또……

"술이나 마시죠."

카트가 길었던 한 주를 돌이켜 생각하며 말한다. 얀은 순순히 응한다. 둘은 맥주병을 다 비우고는 노천석이 마련된 맥줏집에서 리필을 한다. 카트가 통역 앱을 쓰지 않고 서투른 체코어로 주문을 넣자 얀은 박수를 친다. 활짝 웃는 얀의 표정이 아니었더라면 빈정거린다고 느낄 수도 있었을 것이다.

서너 병을 더 비운 후 둘은 홀레쇼비체 주위를 걷는다. 밤이 되니 가로등의 흐릿한 오렌지색 불빛들로 아름다운 야경이 펼쳐진다. 공산주의 시대의 오래된 건축물들은 태양광 창문과 옥상 텃밭 등 친환경적이고도 반쯤은 불법적인 장치들로 증축되어 있다. 공원들은 모두 확장되었다.

둘은 서로 손이 스치지도 않을 만큼 떨어져서 걷는다. 그러다 얀이 카트를 묘한 눈길로 바라보자 카트는 불현듯 맥주 냄새가 나는 그 남자의 입에 간절히 키스하고 싶어진다. 그래서 그렇게 한다. 그 짜릿함 때문에 카트는 다가올 재난들을 모두 잊는다.

3, 4분 뒤 둘은 카트의 아파트에 도착한다. 비좁은 엘

리베이터 안에서 시작된 애무는 비좁은 아파트 안으로 들어가서도 이어진다. 카트는 소파 위의 물건들을 밀어내 치우고 얀이 셔츠를 벗는 것을 돕는다. 둘 다 흥분해서 손을 더듬는다. 마침내 셔츠가 얀의 헝클어진 머리 위로 벗겨져 나가자 카트는 어떤 여자와 얼굴을 마주한다. 보트에 올라탄, 볼이 움푹 패어 있는 여자다.

카트는 눈을 껌뻑인다. 여자도 눈을 껌뻑인다. 나노 잉크로 구현된 선명한 이미지는 실시간으로 변하고 있다.

"어, 얀? 당신 배 위에 누가 있는데요?"

얀이 시선을 흘끔 내린다.

"오, 깜빡했네."

얀은 맥주가 들어찬 배를 쿡 찌른다. 나노 잉크로 누군가의 이름이 뜬다. 타랑가 멘디스.

"위에서 내려다보려니까 읽기 어렵네요. 하지만 누군지 알겠어요. 네곰보 출신 난민이에요. 거긴 습구 온도가 38도예요. 땀이 증발하질 않으니 떠나든지 죽든지 할 수밖에 없죠."

카트의 취기는 물러가고 익숙한 죄책감과 성가심이 치솟는다. 섹스하고 싶은 생각뿐인 밤에 죄책감을 느껴야 한다는 것에 대한 성가심, 그리고 성가심을 느낀다는 것에 대한 죄책감.

"남들의 고통을 피부에 전사(傳寫)하거나 얼굴을 공유해서는 안 되죠. 징그러운 짓이에요."

카트가 쏘아붙인다. 얀의 청회색 눈동자에 엄숙한 빛이 스민다.

"꼭 징그러운 짓만은 아니에요. 이 사람은 얼굴이 이미 알려져 있어요. 이 영상은 국경 감시 카메라에서 송출된 것이고요. 저는 이 사람을 비롯해 배에 탄 모든 사람을 감시하는 카메라를 지켜보고 있어요."

카트가 얼굴을 찌푸린다.

"책임은 어떻게 지고요?"

얀이 고개를 젓고 비뚜름한 미소를 짓는다.

"좀 낫군요. 카탈루냐는 고용 증명서를 가진 이민자들만 받아주고 있죠."

나노 잉크가 움직이더니 이번에는 한 아이를 보여준다. 난민들은 배 주위를 맴도는 국경 감시 드론을 볼 때마다 얼굴을 찌푸린다.

"충분히 많은 사람이 생중계 방송을 보고 있으면 이 사람들이 방송인으로 분류될 수 있어요. 법률 AI를 통해 계약서를 수정시켜뒀거든요."

얀이 그렇게 말하고는 핸드폰을 집어 들어 피드를 보여준다.

"온 사방에 송출하고 있어요. 내 배의 스마트 문신만이 아니에요."

"그 방법이 먹힌다 해도 한 번뿐일 거예요. 당신도 알죠?"

카트가 소파에 털썩 앉으며 말한다.

"그래도 괜찮아요. 우리는 아이디어가 많거든요. 그냥 계속 시도해보는 거죠. 한 번에 하나씩."

얀이 이맛살을 찌푸리며 말을 잇는다.

"여전히 섹스하고 싶어요?"

"글쎄요. 어느 정도는."

카트는 얼굴을 문지르다가 눈을 치뜬다.

"어떻게 당신 배에 그 영상을 띄우고 있었다는 걸 잊을 수가 있죠? 어떻게 그렇게…… 관심을 다른 데로 돌릴 수가 있어요?"

"제 책임이 아니니까요. 모두의 책임이죠. 그리고 그 모두가 제 역할을 하지는 않지만 그중 많은 사람이 하고 있고요. 나는 그 사람들을 많이 신뢰하는 거예요."

얀이 어깨를 으쓱하고 덧붙인다.

"그래서 제가 할 수 있는 건 하고 나머지는 흘려보내는 거죠."

카트는 눈을 질끈 감는다. 이런 날 밤 엄격한 국경 보안을 뚫기 위해 분투하는 기후 난민들에 대해 생각하고 싶지는 않았다. 하지만 세상은 너무 작고, 너무 덥고, 너무 꽉 닫혀 있어서 이런 생각을 몰아낼 수가 없다. 심지어 단 하룻밤조차.

"셔츠 입어요."

카트는 셔츠를 그에게 들이밀며 말한다.

"그런데, 음, 그 피드 저한테도 보내주세요."

지금은 이런 식으로 하는 수밖에 없다. 카트도 자신이 할 수 있는 것을 하고 나머지는 흘려보내는 것이다.

2066년 오스트레일리아, IDC-59

난민 수용소에 돌아와 철조망을 따라 칙칙한 회색 천막들 사이를 걷고 있으니 아주 묘한 기분이 든다. 엘리의 손자는 그에게 여기 오지 말자고 했다. 요즘 학교에서 트라우마 반응에 대해 배우고 있는 손자는 엘리가 이런 장소에 왔다가는 공황 발작을 일으킬지도 모른다고, 가뜩이나 낡아서 힘겹게 뛰고 있는 엘리의 심장이 버텨내지 못할지도 모른다고 생각했다.

그래도 엘리는 오고 싶었다. 간절히. 기억하고 싶었다. 이제 그는 어린 시절을 보냈던 E 천막 쪽으로 가고 있다. 엘리는 그곳에서 엄마, 아빠, 그리고 미얀마에서 목숨 걸고 도망쳐 나올 때 데려왔던 유령들과 함께 자랐다. 붉은 흙바닥에 발을 끌다 보니 그 시절 이랑 진 모래가 물결치는 바다라고 상상했던 기억이 떠오른다. 물에 대한 공상을 무척 많이 했다. 수용소에는 물이 별로 없었으니까.

지금도 여전히 그렇다. 뙤약볕이 맹렬히 내리쬐는 가운데 새로 온 난민들은 천막들 아래 드리워진 빈약한 그늘 속에 널브러져 있다. 입술에 소금기가 묻은 채로. 그들이 입술을 움직이는 모양을 보면 혀가 뼈처럼 비쩍 말라붙었음을 알 수 있다. 그들의 얼굴은 지쳐 있고, 어쩐지 친숙하게 느껴진다. 엘리는 그들을 모르는데도.

경비원들은 대부분 남자고 예전과 같은 암녹색 재킷을 입고 있다. 엘리는 그중 대부분이 부채를 들고 실내를 어슬렁거린다는 것을 알고 있다. 하지만 밖에서 순찰을 도는 이들은 하나같이 땀에 푹 젖어 있고 더위 때문에 예민해져서 조금만 신경이 거슬려도 짜증을 쏟을 준비가 되어 있다.

그들의 묵직한 부츠는 흙먼지가 묻어 불그스름하고 벨트에는 검은 시곗줄이 진드기처럼 매달려 있다. 아이들은 모두 그 시곗줄을 훔치는 공상에 빠져들었다. 하지만 그들에게 온 세상이나 마찬가지인 수용소를 떠나느니, 차라리 한 경비원이 자꾸만 아이들 보란 듯이 코앞에서 먹어대는 초콜릿 바를 찾아내기 위해 부엌에 숨어들고 싶은 마음이 더 컸다.

언젠가 엘리의 발을 걸어 넘어뜨렸던 것도 바로 그 경비원이었다. 아이들끼리 술래잡기 놀이를 하다가 그에게 너무 가까이 다가간 순간이었다. 엘리는 흙바닥에 나동그라져 자갈에 머리를 찧었다. 그러자 남자의 얼굴에 놀람과 죄책감이 떠올랐지만 그건 잠시뿐이었고, 그는 여느 때와 같은 찌푸린 표정으로 그 감정을 숨기고는 엘리에게 가서 상처를 소독하라고 윽박질렀다.

나중에 천막에서 엄마는 엘리에게 잔인함이란 아래로 내려가는 속성을 가지고 있다고 말했다. 한때 엄마가 연구했던, 물고기들 몸속에 든 수은처럼. 엄마는 타인의 잔인함을 받고서 그걸 더 아래의 누군가에게로 흘려보내지 않는 것이야말로 세상에서 가장 어려운 일이라고 했다.

"기분이 어떠세요, 할아버지?"

작은 모히브가 그의 손을 꼭 잡으며 묻는다.

"괜찮아."

엘리는 그렇게 대답하고는 땀에 젖은 고글을 벗는다. 가상의 기념관이 사라지고 붉은 흙바닥 위에 AR 가이드라인의 흔적과 플라스틱 쓰레기를 쫓아다니는 오우마 몇 대만 남는다.

실제 수용소는 이보다 더 천천히 사라졌다. 이민자 2세대와 토착민 출신인 몇몇 정치인들이 함께 오랜 세월을 싸운 끝에 얻어낸 결과였다. 처음에는 해안의 수용소들이, 나중에는 내륙에 있는 수용소들까지 해체되었고, 이제 그것들은 나쁜 기억으로만 남아 있다.

엘리는 완전히 잊는 편이 더 낫다고 생각했다. 기념관이라는 개념 자체가 어쩐지 시대를 역행하는 것처럼 느껴졌다. 절망에 빠진 수많은 사람들을 억압했던 감시 시스템들을 이용해, 그 비참했던 세월에 찍힌 온갖 자료 영상들을 이어 붙여 만든 것이니까.

하지만 지금 그것을 보고 나니 생각이 달라진다. 잊지 않고 용서하는 일은 잔인함이 더 이상 아래로 흘러가지 않도록 막는 힘을 발휘한다.

"할아버지 심장은요? 어떤데요?"

모히브가 눈을 깜빡이며 묻는다. 엘리는 손자를 내려다본다. 저 아이는 깨끗한 운동화를 신고 생체 전기 셔츠를 입고 있는데도, 불현듯 저 나이대의 자기 자신이 눈앞에 어른거린다. 빼빼 마른 몸, 검은 눈동자, 그 안에서 좀처럼 가만있지 못하고 일렁거리는 에너지. 그러나 모히브는 결코 철조망에 둘러싸이지 않을 것이다.

"아주 좋아."

엘리가 대답한다. 모히브는 조그마한 가슴에서 우러나온 안도의 한숨을 크게 뱉는다. 엘리도 숨을 내쉰다.

2099년 데넌데 영토, 시그닛 공동체

한 발 물러서서 생각해보면 수마의 아이디어는 얼토당토않다. 그럼에도 그들은 그 아이디어에 완전히 뛰어들었다. 지난 몇 주 동안 둘은 공동체에서 걸어서 갈 수 있는 거리에 있는 모든 기술 무덤을 파헤치며, 프린터가 바벨 통역 장치를 만드는 데 필요한 재료를 구하기 위해 돌아다녔다.

그래서 목요일 오후에 수마가 태양광 패널로 둘러싸

인 프린터실에서 뛰쳐나오며 최종 단계의 장치를 허공에 들고 흔들어 보인 순간, 카데는 저 아이의 꿈이 끝났을지도 모른다는 희망과 불안으로 가슴이 먹먹해진다. 수마는 열 살치고는 총명한 아이지만 청사진은 어마어마하게 복잡했고 저 애는 차야바 이소우포우가 아니었다.

"작동할 거야."

수마가 단호하게 말한다. 카데는 수마가 자신의 의심을 눈치챘다는 것을 깨닫는다. 그는 기대치를 바로잡는다.

"수. 네가 정말, 정말 자랑스럽다."

수마의 갈색 뺨이 발그스름히 달아오르더니 칭찬을 들을 때 으레 그러듯 몸을 꿈틀거린다.

카데는 수마를 도와 정원 울타리 중에서도 무스 때문에 파손된 부분을 따라 장치를 설치한다. 처음에만 해도 무스는 울타리 너머로 고개를 길게 빼고 가장 가느다란 나뭇가지에 달린 유전자 개조 사과를 낚아채는 것으로 만족했지만, 최근에는 철조망을 부수고 루바브 밭을 온통 짓밟고 돌아다니고 있다.

공동체는 투표 끝에 프린터로 로봇 파리들을 만들어 내 무스를 쫓아내는 데 만장일치로 의결했다. 로봇 파리들의 조그마한 전기 침은 때때로 남쪽으로 내려오는 회색곰

마저 쫓아버릴 만큼의 힘을 발휘하니까. 하지만 수마가 그러는 대신 교섭을 해보는 게 어떻겠냐고 제안했다. 그러자면 소통 수단을 만들어야 했다.

카데가 지켜보는 앞에서 수마는 무선 포트들을 모두 점검하고 응답기가 고무 상자에 안전하게 싸여 있는지 확인한다. 카데의 딸은 언제나 비인간 생명체들에게 매료되었다. 바벨 통역 기술을 사용해 캐나다 북서부 원주민 연합과 어업 영토를 협상한 구久 밴쿠버 해안의 범고래 서식지라든지, 때때로 토크넷을 혼란스러운 일화와 법적 분쟁으로 떠들썩하게 만드는 떠돌이 까마귀 공동체라든지.

카데가 아는 한 이제껏 바벨 통역 기술로 무스와 대화하는 데 성공한 사람은 없다. 그러나 전례가 없다고 해서 불가능한 것은 아니다. 주위를 둘러보면 전례 없이도 성공한 일들이 어디에나 있다. 드넓은 카놀라밭과 밀밭에 복작複作을 하게 된 것도, 옛 석유 시설의 유정과 굴착 장치, 유정탑 등의 뼈대를 해체해 풍력 발전 단지를 짓고 공동체 프린터들에 원료를 공급하게 된 것도.

침수된 섬들과 치명적인 더위에 노출된 지역들에서 도망쳐 온 수많은 기후 난민들을 받아들이고, 그들을 사라져가는 해안 도시들이 아니라 초원으로 보내 정착시키고,

작은 마을 수백 곳을 세운 것도. 카데와 수마가 고향이라고 부르는 마을 역시 그런 곳들 중 하나였다.

다음 날 아침 무스가 나타나 수마가 막 일어나 부스스한 머리를 한 채 태블릿을 집어 들고 현관으로 달려나간 순간, 카데는 전례 없이도 성공한 일들의 목록에 '무스와 대화하기'도 추가될 수 있기를 마음속으로 빈다. 수마가 바벨 통역 장치를 연결한다. 두 사람은 무스가 평소처럼 느긋하게 울타리로 다가와 코를 킁킁거리는 것을 지켜본다.

그러다 바벨 통역 장치의 정전기장을 느낀 무스는 커다랗고 앙상한 어깨를 꿈틀거린다. 카데는 그 모습이 자신의 딸과 닮았다는 생각이 든다.

"안녕. 내 이름은 수마야."

수마가 흥분으로 살짝 떨리는 목소리로 말한다. 무스가 커다란 머리를 왼쪽으로 흔들었다가 다시 오른쪽으로 흔든다. 그러고는 코를 힝힝거린다.

"울타리 부수는 것, 그만하면 안 될까? 원한다면 사과 한 동이를 줄게. 밟을 수 있는 루바브도."

통역 장치가 작동한다. 무스의 비인간적 신경 전달 과정이 합성되고 인간의 언어로 재현되어 수마의 태블릿을 통해 터져 나온다.

"제기랄. 제기랄. 제기랄. 제기랄."

수마가 깜짝 놀라 눈을 깜빡이다 나지막이 묻는다.

"엄마, 쟤가 왜 저러지?"

카데는 웃음을 눌러 삼키느라 배가 터질 것만 같다.

"어, 아마 발정기인가 봐. 2주쯤 뒤면 대화를 나눌 만한 상태가 되지 않을까."

수마가 입술을 오므린다.

"무스가 저런 말을 해도 되는 거면, 나도 해도 돼?"

"이번 한 번만. 네가 만든 바벨 통역 장치가 사슴과 동물을 상대로 먹혔으니까 상으로 주는 거야."

수마가 씩 웃는다.

"쟤가 우리를 향해 욕만 한다고 해도, 무진장 멋진 일이네."

2132년 태국, 코팡안

늦은 오후, 하늘이 AI로 출력된 색깔처럼 새파랗고 햇빛이 물결에 반짝일 때 '남'은 배를 타고 나간다. 그는 네트워크상에서 112명의 친구와 함께하고 있다. 아쿠아마린 빛깔의 파도가 시야에 어른거리고 소금기 어린 포말이 신경 수트를 타고 전해질 때 그들은 남의 고글 렌즈에 하트를 잔뜩 띄워 올린다.

남은 파도를 헤치고 나아간다. 모터가 윙윙거리며 태양 에너지를 전진 운동으로 변환하면서 순수한 행복을 불러온다. 맑은 물속에는 총천연색 물고기 떼가 가득하고 미세 플라스틱을 걸러내는 오우마도 드문드문 눈에 띈다. 이따금 커다란 플라스틱 쓰레기도 보인다. 옛 싱하 맥주병이나 일회용 장갑 같은 것들. 그에게는 신화적이다 못해 왕이 존재했던 것처럼 느껴지는 시절의 유물이다.

돌고래 떼를 본 친구들이 보내는 하트가 폭발하듯 렌즈를 채운다. 남은 자신의 진짜 심장이 조금 더 빠르게 뛰는 것을 느낀다. 여덟 마리의 매끈한 분홍색 곡예사들이 헤엄치고, 뛰어오르고, 뛰어내리며 물을 가르는 광경을 지켜볼 때면 늘 그렇다. 남은 돌고래 한 마리 한 마리의 이름을 안다. 하지만 지난주 이후로 또 바뀌었을지도 모른다. 돌고래들은 이름을 바꾸거나 서로 별명을 지어주기를 좋아하니까. 남은 돌고래들에게 그게 매우 태국인 같은 면이라고 말해준 적이 있다.

남은 모터를 끈다. 작은 배는 이제껏 모터가 일으킨 물살에 떠밀려 출렁거리며 앞으로 나아간다. 돌고래 떼가 더 가까이 다가오며 깩깩거리며 대화를 나눈다. 한편 남의 고글에는 더 많은 친구들이 입장하는 것이 보인다. 오늘이 야말로 특별한 날이 될지도 모른다는 기대를 품고서.

누에바 그란 콜롬비아 같은 먼 데서 온 친구도 있다. 언젠가 남은 콜롬비아 북서부 지역 여자의 고글에 방문해, 자투리 공간마다 탄소 포집 이끼가 깔려 있는 짙푸른 도시 풍경에 경탄한 적이 있다. 또 어떤 친구는 누크에서 왔다. 칼라아릿 누나트*의 알록달록한 수도인 누크는 건물들 아래에 길이가 조절되는 다리가 달려 있었다.

다들 소액의 네트워크 머니를 후원한다. 남은 그 돈으로 여분의 신경 수트, 막내 동생에게 생일 선물로 준 날개 장비, 그 밖에 식량이나 집이나 건강이나 행복을 위한 필수품이라고는 여겨지지 않는 이런저런 물건들을 샀다.

'진실'이 방긋 웃음을 띤 채 배로 다가오자 남의 얼굴에도 웃음이 번진다.

"안녕, 진실. 오늘 기분 어때?"

마흔 살쯤 된 진실은 무리 중에서 가장 나이가 많지만 그러면서도 가장 민첩하고 장난기 많은 돌고래다. 진실

---

* 그린란드어로 표기한 그린란드의 이름이다.

은 늘 어린 돌고래들 밑에서 엎치락뒤치락 헤엄치거나 그들의 배에 조그마한 공기 방울을 불며 장난을 친다.

"오징어 오징어 오징어!"

진실이 삑삑거리자 그 소리가 남의 고글에서 합성 언어로 변환된다.

"맛있는 바다. 남?"

남은 진실이 자신을 부르는 소리를 통역 없이도 알아듣는다. 돌고래들이 누군가의 이름을 부르는 소리를 알아들을 때면 늘 가슴이 떨린다. 남은 냉장고에 손을 넣어 진실이 좋아하는, 갓 잡은 짧은꼬리오징어 몇 마리를 꺼내 물에 던진다.

"여기 있어. 진실, 오늘은 수트 입을 거야?"

진실이 오징어를 게걸스럽게 삼키고 나서 배 주위를 빙글 돌더니 수면 위로 솟아올라 대답한다.

"수트의 날이다! 그래, 그래. 비호감 수트 날!"

남은 눈을 껌뻑거린다. 가끔 바벨 통역기가 돌고래 언어를 엉뚱하게 옮길 때가 있다. 그래도 진실의 열의만큼은 분명해 보이기에, 남은 여분의 신경 수트를 꺼낸다. 남이 직접 해체하고 재조립하고 방수 처리를 한 수트다. 남은 그걸 진실의 미끌미끌한 분홍색 몸에 입혀준다. 다른 돌고래들이 주위를 빙빙 돌며 호기심을 보인다.

"308명의 네트워크 친구들이 보고 있어. 그래도 괜찮아?"

진실이 삑삑거린다.

"친구들. 많은 헤엄. 남 헤엄. 모두 헤엄."

남은 네트워크에 접속 제한을 건 다음 배 안에 등을 기대고 앉아 309번째 멤버로 합류한다. 기대감으로 심장이 두근거린다. 드디어 신경 수트가 연결되고…….

어느새 남은 물속에 들어와 지방층으로 감싸인 진실의 몸에 와닿는 서늘한 물결을 느끼고, 빛이 약하게 들어오는 진실의 눈동자를 통해 주변을 보고 있다. 남은 헤엄을 잘 친다. 그는 물살을 헤쳐나가는 완벽한 감각을, 오므린 손으로 수면을 할퀴고 이완된 발로 물장구를 치며 조화롭게 움직이는 온몸의 느낌을 만끽한다.

돌고래로 헤엄치는 것은 그토록 황홀한 경험이다. 수컷들 중 하나가 바다 밑바닥으로 급강하한다. 진실이 된 남은 그 뒤를 따라 모래 바닥을 향해 코를 겨누고 나아간다. 그는 밑바닥에 배를 부딪고 모래를 사방에 흩뿌린다.

그러다 꼬리를 휘두르며 위로, 위로, 투명한 햇빛을 향해 빠르게 솟아오른다. 앞서 간 수컷이 수면을 뚫고 솟구친다. 남이자 진실은 그를 똑같이 따라 한다. 지느러미와 꼬리 너머로 바다를 벗어버리고 하늘 높이 떠올라 부드러운 유리 조각들의 구름 속에 정지해 있는 아름다운 순간은 끝없이 이어질 듯하다.

남은 하늘을 날고 있다. 동시에 배 안에 누워 있다. 동시에 전 세계에 흩어진 300여 개의 전기 맥동과 연결되어 있다. 어쩌면 이것이야말로 신화적으로 느껴지는 일일지 모른다. 옛 플라스틱의 시대처럼, 가스를 펑펑 쓰던 비행기와 바다를 횡단하던 화물선의 시대처럼.

그러나 오히려 이것은 진실되게만 느껴진다.

A Worm To The Wise

Wise

마리사 링겐
Marissa Lingen

마리사 링겐

미국 미니애폴리스 교외에서 가족과 함께 살고 있는 SF 및 판타지 작가다. 최근에는 에세이와 시 분야로 영역을 넓히고 있다. 《네이처》 등 여러 언론에 작품이 실렸다.

어거스타는 벌레를 대수롭잖게 여겨서는 안 된다고 배웠다.

　프로젝트 일터에 처음 왔을 때만 해도 어거스타는 벌레들이란 비가 올 때 나타나는 것, 그러다 사람들 발에 짓밟혀 보도를 약간 냄새 나게 만드는 것이라고만 생각했다. 만약 그때 벌레를 거래하는 사람들도 있다는 말을 들었다면 초현실적인 이야기라고 생각했을 것이다. 하물며 어거스타 자신이 그 거래에 참여한다는 것은 얼토당토않은 상상이라고 치부했을 것이다.

　그런데 지금, 이 선선한 아침에 어거스타는 산 호세 외딴 지역에서 양동이 여럿을 미심쩍게 내려다보며 서 있다. 그 안에 든 흙은 검고 축축하고 비옥했다. 어거스타가 보기에도 커다란 콘크리트 덩어리에서 긁어낸 건조한 회색 부스러기보다는 나을 것 같았다. 그 속에서 불그스름한 벌레들이 희열에 차 꿈틀거리고 있었다.

"앨라배마 점퍼 지렁이는 아니네요, 그렇죠? 비키가 그 지렁이는 더 이상 가져오지 말랬어요. 도마뱀들에게 안 좋다고."

루벤이 천천히 고개를 끄덕였다. 어거스타는 기다렸다. 루벤을 상대로는 기다려야 한다는 것을 배웠기 때문이다. 벌레들의 가치를 알아보는 법을 배웠듯이. 루벤은 노스다코타에서 왔는데, 부모님 중 한 분은 맨던족*이었고, 다른 한 분은 스탠딩 록 원주민 보호구역 출신이었다. 그들은 루벤이 가고자 하는 곳에 다다르기까지 하루 온종일을 써도 된다는 식으로 가르쳤다고 한다.

루벤은 어거스타와 지렁이 주인이 조바심으로 숨이 막혀올 때쯤에야 입을 열었다.

"앨라배마 점퍼는 아니에요. 그 종도 어느 정도까지는 괜찮아요. 많이 들이면 안 되지만. 흙에 공기를 통하게 해주거든요. 지금 이 녀석들은 대부분 '나이트크롤러'의 이

---

*   지금의 노스다코타에서 수 세기 동안 살아온 아메리카 선주민 부족이다.

종이에요."

"유익한 종인가요?"

루벤이 마침내 눈을 들며 말했다.

"유익하긴 한데, 무엇을 원하느냐에 따라 다르죠."

어거스타는 한숨을 눌러 삼켰다. 이 말은 루벤과 저 지렁이들을 가져온 여자가 앞으로 30분을 또 흥정해야 한다는 뜻이었다. 가진 게 별로 없는 사람들이 그걸 두고 다투는 데 그렇게나 많은 시간을 쓸 수 있다는 게 놀랍기만 했다. 게다가 어거스타와 루벤이 지렁이를 얻는 대가로 무엇을 내줘야 하는지 결정하느라 썼던 시간에 비하면 지금 이 입씨름은 아무것도 아니었다.

어거스타는 지렁이 판매인의 농장을 둘러보러 걸음을 옮겼다. 루벤이 말없이 고갯짓을 함으로써 나중에 만나자는 신호를 보냈다. 어거스타는 지금 당장 기록을 하고 싶어졌다. 무엇이 제시되었는지, 모임에 나온 다른 사람들은 어떻게 생겼는지—온갖 키와 체격이 섞여 있었고, 온갖 인종이 있었지만 대부분은 햇볕에 그을렸고, 예상했던 것보다 훨씬 나이가 많았다. 철거되고 불탄 집들의 잔해가 주위를 둘러싼 풍경에 대해서도, 농장이 이런 환경에 적응한 과정에 대해서도 쓰고 싶었다. 길게, 여러 장에 걸쳐서. 하지만 그러면 정체가 탄로 날 터였다. 그래서 어거스타는 다만 최대한 많은 것을 기억 속에 저장해둔 다음 자신의 방으로 돌아왔다.

산타클라라 남부의 값싼 주택가에 버스가 끊긴 이후, 어거스타는 장학금을 받았음에도 불구하고 스탠퍼드를 떠나야 했다. 연료가 너무 비싸서 버스는 소수의 가난한 사람들을 태우기 위해 도시 외곽에까지 오지 않았고, 그렇다고 차를 살 수도 없는 노릇이었다. 그 동네 사람들 누구나 마찬가지 형편이었다.

어거스타의 지도 교수는 어깨를 으쓱했다.

"솔직히 언론학 학위가 예전만큼의 값어치는 없지. 정말로 이걸 원한다면, 그러니까 지금에 와서도 원한다면......"

그렇게 말하다가 그는 의미가 분명히 전달됐는지 확인하려는 듯 어거스타를 건너다보았다. '큰 놈' 이후 '작은 놈들'이 몰려온 지금. 시장이 엉망진창이 된 지금. 기후가 이상하게 변해서 캘리포니아 북부가 더는 예전처럼 습한 계절과 건조한 계절로 나뉘지 않게 된 지금. 온갖 '지금'의 행렬.

어거스타의 꿈은 오직 기자가 되는 것이었다. 진실이

필요한 곳에 진실을 전하는 일을 하고 싶었다.

"여전히 갖고 싶어요."

교수가 고개를 끄덕였다.

"그렇다면, 자네의 이야기를 찾아내는 게 가장 좋은 방법일세. 프리랜서로 조사하고 글을 쓰게. 뭔가 시선을 끄는 것, 한 방이 될 만한 것을 찾아서. 요즘 커리어는 그런 식으로 만들어지니까. 개척 시대처럼 말이야. 자네가 할 수 있는 일을 사람들에게 보여주게. 하나를 쓰고 나면 다른 걸 또 쓰고, 또 쓰면서."

사람들에게 '보여주는' 동안 어떻게 먹고살 것인지는 어거스트가 풀어야 할 숙제로 남았다.

스카일러가 아니었더라면 어거스타는 그냥 포기하고 취업을 갈망하는 청년들을 낚아채려 서성거리는 회사들 중 한 곳과 근로 계약서를 썼을지도 모를 일이었다. 스카일러는 신입생 시절 룸메이트였다. 비록 그 시절에 스카일러가 일주일 내내 분출하던 열정과 어거스트의 냉담한 무심함이 부대끼기는 했지만, 둘은 서로를 정답게 참아주곤 했다. 대단한 우정은 못 되어도 함께 살 수 있는 정도는 됐다.

그래서 스카일러는 자신이 사우스베이에서 진행되

는 토양 개선 프로젝트에 참여할 거라고 말했을 때 어거스타가 따라오겠다고 할 줄은 예상하지 못했다. 하지만 그렇다고 해서 놀란 눈치도 아니었다. 어거스타에게 다른 선택지가 많은 것도 아니었으니까.

스카일러는 프로젝트에 한 주만 참여했다. 어거스타는 아직까지도 참여하고 있었다.

어거스타는 자신이 번지르르한 대형 주택들이 드문드문 남아 있는 철거 주택 단지에서 일하게 될 줄은 예상하지 못했다. 자신이 정확히 무엇을 예상했는지는 알 수 없었지만. 막연히 무언가 목가적이고, 자연 친화적이고, 진솔한 일일 거라 생각했다. 전원에서 하는 일 말이다.

그래도 진솔한 점이 있기는 했다.

헤이워드 언덕은 원래도 화재에 취약했지만, 주택 단지에 사람이 얼마 남지 않게 되자 부지 대부분은 더욱 건조해졌다. 지진이 일어났고, 그것은 큰 화재로 번졌다. 아직 단지에 남아 있던 사람 중 서른 명이 죽었다. 학교에 들어가지도 못한 어린아이 다섯 명이 포함된 숫자였다. 기겁한 사우스베이 교외 당국은 이스트베이의 전철을 밟지 않겠다고 선언했다. 그래서 버려지다시피 한 공동체 사람들은 집을 비워야 했고 건물들은 철거되었다. 부동산 가치가 떨어질 대로 떨어져서 피해를 입지 않은 건물이라고 해도 유지하고 싶어하는 사람이 없었다.

비키와 루벤을 비롯한 사람들은 그 건물들 주위에 모여서 일했다. 불도저들이 떠나고 황량해진 땅에는 어마어마한 양의 콘크리트 쓰레기가 남았다. 덤프트럭이 채 싣고 가지 못한 잔해들과 침입종들도. 엉망진창이었다. 할 수 있는 한 많은 사람이 달려들어야 해낼 수 있을 법한 일이었다. 어거스타가 도착했을 때는 첫 번째 구획을 복구하는 데 성공해 커다란 채소밭이 만들어졌다.

넓은 어깨에 레게머리를 한 프로젝트 리더 비키는 사람들에게 콘크리트 덩어리들을 실은 손수레를 끌고 가게 했다. 주어진 도구는 망치, 목장갑, 격려 연설이 다였고, 공급되는 동력이라고는 인간이 가까스로 발휘하는 힘뿐이었다. 사람들은 대여섯 명의 프로젝트 멤버와 함께 콘크리트 덩어리들을 끌고 가 지정된 지하 구역에 버렸다. 그다음은 땅을 고르고 비료를 쳐서 결함투성이 개발 사업 이전의 비옥한 농경 지대로 최대한 복원하는 일이었다.

멋진 계획이었다. 어거스타도 몇 시간 동안이나 콘크리트를 끌고 다녀야 했다는 점을 제외하면. 목장갑을 끼고 스탠퍼드에서 가져온 부츠를 신었음에도 불구하고 하루 일이 끝나고 나면 여기저기 멍이 들어 있었고 진이 다 빠졌다. 기사를 쓰기 위해 짬짬이 메모할 에너지를 짜내는 것마저 힘들었지만, 애초에 상세한 르포 기사를 쓰기 위해서가 아니라면 여기 왜 왔겠는가?

처음에는 스캔들을 바랐다. 위선적인 행각이 밝혀진다면 가장 좋을 것 같았다. 환경주의자들이 실은 환경을 오염시키는 기술을 거의 모든 일에 활용하고 있었다든지. 대중이 스스로를 위로하기 위해 듣고 싶어하는 종류의 이야기는 그런 것이었다. 아니면 현대판 히피들의 생활상을 자극적으로 폭로하는 것도 재미있을 것 같았다. 모닥불 주위에서 펼쳐지는 난잡한 파티, 마약 중독, 집단 내부의 작은 권력을 부도덕하게 남용하는 실태 등등. 그런 이야기는 소셜미디어에서 쉽게 전파되니만큼 어거스타에게 명성을 가져다줄 수도 있었다.

그런데 파티는커녕 모닥불조차 없고, 마약을 하는 광경은 오히려 스탠퍼드에서보다 보기 힘든 곳에서 죽어라 일만 하며 2주를 보내고 나니, 어거스타의 계획은 바뀌었다. 그렇다고 토지 복원 사업 홍보 대사처럼 칭찬을 늘어놓을 생각은 없었다. 그건 확실했다. 다만…… 추문을 캐낼

일은 아니라는 생각이 들었다.

'추문을 캐내다'라는 표현을 처음 만든 사람이 정말로 흙을 캐내는 일을 해본 적이 있을까 하는 의문이 들었다. 말만 들으면 쉬운 일 같았다.

그날 밤 어거스타는 메모를 다 쓰고(혹은 나름대로 메모라고 생각하는 무언가를 쓰고) 좁은 방 안 침대에 누워 천장을 쳐다보았다. 옆방 사람이 형편없는 솜씨로 기타를 치고 있었다. A현이 약간 날카로워서 다른 소리도 다 어그러졌다.

그나마 이것이 어거스타가 여기서 캐낸 추문에 가까운 무언가였다. 누군가가 돈을 내고 기타 레슨을 받았는데 이 정도 연주밖에 할 수 없다는 사실 말이다.

그때 노크 소리가 나서 어거스타의 생각의 흐름도, 기타 소리도 멎었다. 비키였다.

"그냥 당신이 좀 어떤지 확인하러 왔어요. 친구 분은 떠났는데 당신은 여기 남기로 결정했으니까요."

어거스타는 얼굴에 사회적 미소를 걸쳤다.

"속상하긴 하죠. 그래도 괜찮을 거예요, 저는."

"그렇다니 다행이네요. 타박상에 아르니카 약을 써 봤나요? 약장에 있으니까 필요하면 쓰세요. 신입들은 아직 안 써본 경우가 많지만, 콘크리트를 끌고 다니다 보면…….

여기저기 까지고 멍들게 마련이죠."

"고마워요."

어거스타는 만약 자신이 젊고 열정적인 환경주의자라면 이럴 때 무슨 말을 할까 궁리했다.

"오늘 좋은 벌레 들어왔나요?"

비키가 씩 웃었다.

"그런 것 같아요. 이제 시작이죠. 계속 먹이를 주면서 어떻게 되는지 살펴봐야 해요."

기후가 변하기 전에도 사우스베이에 겨울다운 겨울은 없었다. 다만 비가 내렸고, 여전히 비는 내렸지만 한파는 닥치지 않았다. 그들이 작업을 중단하고 벌레들처럼 안으로 허둥지둥 숨어들 만한 악천후는 없었다.

어거스타는 노동절에 열릴 파티를 기대하고 있는 자기 자신을 발견했다. 나아가 자신이 사람들에게서 신뢰받고 있다는 것도 알았다. 굼뜬 흥정을 하는 루벤의 곁을 벗어나고 싶은 충동은 증발해버리고, 그가 상인들을 상대로 최대한 유리한 거래를 해낼 수 있기를 바라는 마음이 커졌다.

그래서 어느 날 비키가 이렇게 말했을 때 어거스타는 자랑스럽기까지 했다.

"엄청 질 좋은 쥐며느리들을 구했네, 루벤! 와, 대박이다."

루벤이 둘 모두를 보며 미소 지었다.

"내가 아니야, 어거스타가 구한 거야."

어거스타는 비키가 놀랄 거라고 생각했는데, 뜻밖에도 비키는 활짝 웃더니 이렇게 말했다.

"봐, 너희가 이해할 줄 알았어. 우린 더 많은 일손이 필요해. 이제 너희도 알겠지."

한순간 어거스타는 비키가 자신과 다른 신입들에게 그렇게 말한 줄 알았다. 하지만 아니었다. 비키는 상자 안에 든 쥐며느리들을 내려다보며 녀석들을 끔찍이 아끼는 듯한 어조로 속삭이고 있었다.

이럴 때 들키지 않고 사진 한 장 찍을 수 있다면 얼마나 좋을까 싶었다. 오늘날 프리랜서 기자들에게 돈을 지불하는 소수의 독자들이 홀딱 빠져들 만한 주제가 바로 이런 것이었다. 벌레를 끌어안고 애지중지하는 괴짜 히피들 이야기. 어거스타는 그런 생각을 한 것만으로 약간 기분이 상해서 비키의 열성적인 행동으로부터 시선을 돌렸다. 어거스타 자신도 쥐며느리 때문에 흥분했었기 때문이다.

잠복 취재의 위험이란 이런 것이다. 쥐며느리에 열광

하는 기자의 자화상이라니. 중요한 것은 어거스타가 독자로 하여금 쥐며느리에 흥분하도록 만들 수 있느냐 없느냐였다. 녀석들은 그저 얇고 단단한 껍질을 가진 흔한 벌레같아 보였다. 바위 밑에서 사삭거리며 돌아다니는, 그다지 목격하고 싶지 않은 벌레. 하지만 이제는 목격하고 싶었다. 어떻게 그렇게 변할 수 있었나? 벌레들을 자세히 보는 데에서 느껴지는 기쁨이나 아름다움 때문은 분명 아니었다. 쥐며느리를 많이 본다고 해서 그렇게 되지는 않았다.

추수감사절 즈음이 되자 어거스타는 신입 몇 명에게 샤워를 얼마나 긴 시간 동안 해도 되는지, 작업화를 어디에 두면 될지 따위를 가르치기에 이르렀다. 심지어 비키에게서 속내를 듣기도 했다. 어거스타는 기자다운 거리감을 유지하려고 노력했지만, 매일같이 함께 지내는 사람이 사과주를 들고 찾아와 불평을 털어놓는 데에 무심하기란 매우 어려운 일이었다.

"아무도 우리를 진지하게 봐주지 않아요."

비키가 전에 없이 취한 채로 말했다. 비키는 방바닥에, 어거스타는 침대에 앉아 있었다. 그보다는 어거스타가 침대에 술을 엎지르지 않을 자신이 있었기 때문이다.

"음, 글쎄요."

어거스타가 조심스럽게 응수하자 비키는 사과주를 길게 들이켜고 고개를 설레설레 저었다. 어거스타는 과감히 말을 꺼냈다.

"사람들은 그저…… 우리가 무엇을 하는지, 그게 왜 중요한지 몰라서 그럴 거예요."

"아뇨, 아녜요. 그들은 중요하지 않다고 생각해버려요. 만약 비료를 제조하는 일이었다면 가치 있는 일이라고 생각했겠죠."

비키가 입바람을 훅 불어 이마에 드리워진 앞머리를 흩날리며 말을 이었다.

"돈을 주고 사기도 했을 걸요. 하지만 흙을 더 건강하게 만들고 생명을 되찾아주는 일은 모두를 이롭게 하는데도 돈을 지불하는 사람은 없어요. 아무도 바라지 않는다고요. 사람들은 눈에 보이는 것만을 원해요. 이런 일에는 심지어 분노하기까지 한다고요."

"제 생각엔……"

어거스타는 머뭇거렸다.

"괜찮아요, 말해요."

"사람들은 그걸 목적에 도달하는 수단으로만 보는 것 같아요. 그러니까 우리가 흙을 더 건강하게 만든다면, 그건 '우리' 땅에서 '우리' 작물을 '우리가' 키우기 위한 것이어야 한다는 거죠. 아니면 '우리' 마당에 '우리가' 좋은 텃밭을 가꾸기 위해서라든지. 하지만 '우리' 동네, '우리' 생태계는……. 그런 것들은 소유의 대상으로 느껴지지 않나 봐요. 그걸 위해 일할 의무가 있는 사람은 아무도 없는 거죠."

비키가 투덜거렸다.

"'우리' 지구도 말이죠. 아무렴요."

"그래서…… 이런 상황을 어떻게 바꿀 수 있을까요? 자기 주변에서 무슨 일이 벌어지는지 모르는 사람들, 주의를 기울일 필요도 느껴본 적 없는 사람들에게…… 메시지를 보낼 수 있다면 어떨까요?"

"'주의를 기울일 필요도 느끼지 않았다'라……."

비키가 중얼거렸다. 아무래도 지금은 비키와 진지한 토론을 할 시점이 아닌 것 같았다. 어거스타는 부드럽게 제안했다.

"내일 아침에 마저 이야기할까요? 저는 정말로 도움이 되고 싶어요."

그런데 아침이 되자 비키는 평소와 다름없는 모습으로 박테리아 실험이며 좋은 박테리아, 나쁜 박테리아, 균형 있는 박테리아에 대해 이야기하고 있었다. 한창 집중하는 듯한 비키를 방해하고 싶지 않았다.

아니면 비키가 겁쟁이여서 외면하고 있는 것인지도 몰랐다. 하지만 박테리아 문제는 흥미로웠다. 그는 대변 이 식을 통해 체내의 유익한 장내 세균을 다른 사람에게로 옮 길 수 있는 기능적 방법들이 있다는 사실을 알고 있었다. 그 방법이 흙에서도 통할까? 아니면 거름에는? 그들 근처 에 있는 누군가가 자기네 거름에 어떤 박테리아가 있는지 테스트할 수 있을까? 테스트하고 싶어하긴 할까?

그날 밤, 어거스타는 포켓 컴퓨터로 조사를 해봤다. 똥과 박테리아에 대한 심란한 정보들 사이에서 좀 헤매고 나서야 흙과 관련된 진짜 유용한 정보들을 찾을 수 있었다. 그가 평소에 손가락 사이로 자꾸만 빠져나가는 이야기를 잡아채느라 메모를 끼적이며 보냈던 시간을 이번에는 똥 실험에 대한 자료를 읽는 데 썼다.

매혹적이었다.

다음 날 그는 만 건너편 사람들에게 양 똥을 주는 대 가로 염소 똥을 받아오는 게 어떻겠냐고 제안했다. 그러면 두 토양의 생물군계를 모두 풍요롭게 할 수 있을 거라고.

"그걸 어떻게 알아요?"

루벤이 물었다.

"논문에서 읽었어요. 여덟 건인데, 링크 보내드릴게요."

루벤이 고개를 끄덕이며 묘한 표정을 지었다. 어거스타는 그 표정이 마지못한 존경의 표시이기를, 혹은, 어쩌면, 진심 어린 존경의 표시이기를 바랐다. 루벤의 얼굴은 읽기가 어려웠다.

어거스타는 크리스마스와 새해를 맞아 부모님 댁에 갈 여유가 없었지만, 대학 지도교수가 자신이 가르쳤던 학생들 몇 명을 초대한 저녁 식사 자리에는 가기로 했다. 그는 애서턴에서 온 새로운 프로젝트 멤버의 차를 얻어 탔다. 다행히도 멤버의 부모님은 그를 데려다주기 위해 경유하는 것을 개의치 않았다. 조명이 별로 없는 토양 개선 프로젝트 현장에 눈이 익숙해져서인지 지도교수 집을 밝힌 지나치게 많은 전깃불이 눈부시고 거슬리게 느껴졌다.

거기 모인 사람들은 전부 (어거스타를 제외하고) 회사에 취직해 일하고 있었다. 언론학을 가르친 교수 밑에서 언론가는 한 사람도 나오지 않았다는 사실에 교수가 울적해할지 궁금했다. 사람들이 어거스타에게 무슨 일을 하느냐고 묻자 그는 자기도 모르게 균류에 대한 이야기를 잔뜩 늘어놓았다. 어떤 종류가 유익한지, 어떤 종류가 파괴적인지 등등. 사람들은 예의상 경청하는 표정이었다. 하지만 지도교수는 손으로 턱을 괸 채 열심히 귀를 기울였다.

"교수님이 균근 상호 작용에 그렇게 관심이 많으신 줄 몰랐어요."

자리가 파할 때쯤 어거스타가 교수에게 말했다.

"나야말로 자네가 그쪽에 관심이 많은 줄은 몰랐는데. 중요한 건 이 부분이지."

교수가 팔짱을 낀 채 어거스타를 찬찬히 뜯어보며 말을 이었다.

"자네만 준비되면 뭔가를 맡길 수도 있을 것 같네. 좀 남다른 일이라고 할까. 과학 잡지? 아니, 그건 아니지. 그쪽 사람들은 이 모든 지식을 이미 알고 있으니까. 하지만 일반 대중을 상대로 한 과학 지면은 있지. 많지는 않지만 몇 군데는 있어. 준비가 되면 내게 찾아오게."

"감사합니다."

어거스타는 충동적으로 교수를 포용했다. 하지만 돌아가는 차 안에서는 자신이 과연 준비가 '될' 날이 올까 하는 생각에 사로잡혔다. 이제껏 메모만 끼적였을 뿐 제대로 된 글은 한 편도 쓰지 못했다. 더 이상 글에 대한 생각조차 별로 안 하고 있었다. 이야깃거리가 있기나 한가? 교수는 그렇게 생각하는 듯했지만, 어거스타는 이제 흙이 어떤 색깔로 변하는지, 삽이 흙을 파고들 때 어떤 느낌이 드는지에 대한 이야기에 훨씬 더 빠져들고 있었다.

새해가 되고 얼마 지나지 않아 어거스타는 신입 자원자들을 새로운 현장으로 데려갔다. 그런데 그동안 프로젝트 팀이 대부분의 시간을 쏟았던 땅 주위에 웬 플라스틱 울타리가 쳐져 있었다.

"저게 뭐죠?"

신입들 중 한 명이 말했다. 어거스타는 입술을 오므리고 대꾸했다.

"가서 비키를 데려와요."

길게 이어지는 울타리를 따라가보니 한 지점에 팻말이 걸려 있었다. 누군가가 이 새로운 비옥한 땅을 여러 구획으로 나누어, 작은 농장을 지을 사람들에게 판매한다는 내용이었다.

"이러면 안 되잖아요. 이건 우리 땅인데요."

어거스타의 말에 비키가 인상을 찌푸렸다.

"우리 거잖아요, 안 그래요?"

"이따 저녁에 얘기합시다."

어거스타는 콘크리트 덩어리들을 옮기는 작업에 애써 몰두했다. 이제 그는 좀 더 복잡한 일들을 맡게 됐지만, 무섭고 화가 나고 혼란스럽고 또 그 밖에 여러 감정이 치솟을 때는 순전한 육체 노동이 필요했다. 그런 감정들에 사로잡히느니 차라리 몸이 지치는 편이 나으니까. 육체적 피로는 신뢰할 만했다.

그래서 저녁 식사 후에 비키를 마주했을 때, 어거스타는 고래고래 소리 지르지 않을 수 있었다.

"아까 이 땅이 우리 거 아니냐고 물었을 때 어째서 대답하지 않았어요? 난 우리 땅인 줄 알았는데요. 우리가 다른 기업을 위해 이 일을 하고 있는 줄은 몰랐다고요."

비키가 턱을 내밀었다.

"그런 게 아니에요! 그럴 일도 없을 거고요. 다만……복잡해요."

"어떻게 복잡한데요?"

복잡하다는 건 추문거리가 있다는 뜻으로 들렸다. 어거스타는 자신이 추문을 바라지 않은 지 몇 달은 됐다는 사실을 깨달았다.

루벤이 어거스타의 어깨에 손을 얹었다. 그가 이 자리에 있는 줄도 몰랐다. 루벤은 평소와 같이 간결하게 말했다.

"무단 점유자의 권리를 말하는 거예요."

어거스타가 비키를 돌아보자 그가 고개를 끄덕였다.

"이 땅은 버려져 있었어요. 법도 확인했고요. 만약 당신이 어떤 땅에 5년 이상 거주하면, 땅 소유권을 갖게 돼요. 다른 규정들도 있기는 한데 골자는 그거예요. 특히 당신이 그 땅에서 일했고, 기존 소유주가 땅에 위험 요소들을 남겨두었다면 더더욱. 여기서 온갖 삐죽빼죽한 건물 파편들을 보았으니 잘 알겠죠."

"하지만 그들은……."

"그들은 우리가 변호사를 쓸 돈이 없을 거라고 생각하고 이러는 거예요. 그러니 변호사를 구할 돈을 어떻게 마련할지 생각해봐야죠."

비키가 한숨을 쉬고 말을 이었다.

"우리가 건물들이 있었던 좁은 구획만이 아니라 이 땅 전체에서 살았다는 걸 증명해야 해요. 증명을……. 그런데, 지금 이런 말을 왜 하는지도 모르겠고, 돈을 어디서 구해야 할지도 모르겠고, 게다가 증거가 꼭 중요한 것도 아니에요. 때로는 대중의 지지가 더 중요하게 작용하니까요. 이런 말하기는 싫지만, 사실이에요."

루벤이 말했다.

"우리도 다 알아요."

"그래요. 여러분 모두 정말 열심히 일했잖아요. 너무 유감이에요……."

어거스타는 숨을 깊이 들이쉬었다.

"대중의 지지를 얻기 위해 할 수 있는 일이 있다면 어때요?"

루벤과 비키가 열띤 눈으로 어거스타를 쳐다보았다.

"그럴 수만 있다면 최고죠. 뭔데요?"

비키가 물었다.

"저는…… 사실 거짓 명분으로 여기 들어왔어요. 죄송해요. 저는 기자예요. 음, 정확히는 언론학을 전공한, 기자가 되고 '싶었던' 학생이라고 해야겠네요. 저는 여기서 취재한 걸로 기사를 쓸 생각이었어요. 그런데 막상 일해보니 까발릴 만한 게 없더라고요. 그리고…… 그리고 이 일이 마음에 들었어요."

둘 다 아무 말도 하지 않았다. 어거스타는 애써 말을 이었다.

"그러니까…… 제 예전 지도교수님이 제 글이 실릴 수 있게 도와주겠다고 하셨어요. 이 장소에 대한, 우리가 하는 일에 대한 글이요. 크리스마스 때 그분이 제가 균류에 대해 하는 이야기를 들으시더니……."

어거스타는 생각을 정리하며 말을 골랐다.

"교수님은 더 깊은 접근이 좋을 거라고 생각하셨던 것 같아요. 추문을 캐내는 것보다는요. 하지만 제게 여기서 무슨 일이 벌어지는지, 또 무엇에 대해 이야기할지 생각하라고 하셨죠. 아직 뭘 쓴 건 아니에요. 원래는 메모를 적어두곤 했었는데 몇 달 전부터 그마저도 안 하고 있었어요. 하지만 그거라도 도움이 된다면……."

어거스타는 숨을 죽였다. 지금까지 염탐하고 있었다는 이유로 쫓겨나게 될까? 만약 그렇게 된다면 쥐며느리가 그리워지리라. 지렁이들도. 콘크리트는 조금도 그립지 않겠지만, 그게 핵심이었다.

하지만 루벤은 고개를 끄덕였다.

"좋네요. 글 써보세요."

"저는…… 과장되게 부풀려서 쓸 생각은 없어요. 그런 건 아무도 받아들이지 않을 거예요. 저 자신도 그렇고요."

루벤이 고개를 갸웃했다.

"저도 그런 걸 기대하지는 않아요."

비키가 끼어들었다.

"설령 그런 글이 아니라 해도, 아니, 물론 그런 글을 쓰지야 않겠죠."

비키가 손을 흔들며 말을 이었다.

"당신에게는 언론가로서의 윤리 의식, 뭐 그런 게 있을 테니까요. 하지만 우리에겐 도움이 돼요, 어거스타. 필요한 일이에요."

"하지만⋯⋯."

어거스타는 세상이 빙글빙글 도는 기분이 들었다.

"저는 기자 일을 시작하고 싶지 않아요. 그런 줄 알았는데, 아니었어요."

루벤이 명쾌하게 말했다.

"그렇군요."

"하지만 우리에겐 당신 도움이 필요하다고요!"

비키와 루벤이 서로를 마주 보았다.

"앉아요, 친애하는 어거스타."

비키가 말했다. 어거스타는 유치원생이 된 기분이 들었지만 잠자코 말을 들었다.

"당신은 뭘 원하는 거예요?"

비키가 물었다. 어거스타의 얼굴에 어떤 표정이 떠올랐는지 몰라도, 비키는 손을 들더니 다시 말했다.

"아니, 그런 거 말고요. 진심으로 '뭘' 원하느냐고요."

어거스타는 얼굴을 일그러뜨렸다.

"벌레들을 데리고 일하고 싶어요."

루벤이 웃음을 터뜨렸다.

"좋죠!"

"그냥…… 그 일이 정말로 좋아서요. 한 주 한 주 달라지는 걸 보는 게 정말 좋아요."

비키가 고개를 끄덕였다.

"그렇군요. 좋아요, 계속하세요."

"하지만 원래는 이런 일을 하려고 온 게 아니었는데요!"

그 말에 이번에는 비키도 루벤도 웃음을 터뜨렸다. 어거스타는 눈살을 찌푸리고 재차 말했다.

"제가 '원래' 이런 사람은 아니었다고요."

비키가 그의 어깨를 두드렸다.

"나는 내가 의사가 될 줄 알았어요."

"제 어머니는 제가 전기 기술자가 될 줄 알았대요."

루벤이 덧붙였다.

"그래, 하지만 그건 네 어머니 생각이었잖아."

비키가 짐짓 인상을 쓰며 말했다. 그 모습을 보며 어

거스타는 자신이 여기서 아직 신참이고 그들 사이에 통하는 농담과 배경지식을 모두 이해하지는 못한다는 것을 새삼 실감했다.

"누구나 '원래'라는 게 있죠. 그건 우리도 알고 있었어요. 당신이 우리 일을 망치려고 여기 온 건 아니잖아요. 중요한 건 당신이 일을 한다는 사실이죠. 두 가지 다 해보는 건 어떻겠어요? 벌레를 데리고 일하면서 가끔 우리에 대한 글을 쓴다면?"

"아마도…… 가능할 것 같아요. 시도는 해볼 수 있겠죠."

비키가 씩 웃었다.

"우리 모두 시도만 할 수 있을 따름인 걸요."

어거스타는 안도감에 북받쳐 진이 쭉 빠졌다. 다음 날 아침, 프로젝트에 참여한 지 몇 달 만에 처음으로 식사 호출도, 아침 근무 호출도 못 듣고 늦잠을 잤다. 어리벙벙한 채 일어나보니 모두가 나가서 일하고 있었다. 하지만 이것이 바로 어거스타의 새로운 일이었다. 그래서 그는 나가서 빗물받이 통을 책상 삼아 머리를 처박고 일을 시작했다.

아니면 그러려고 시도했다고 해야 할지도 모른다. 어거스타는 축축한 흙에서 살아가는 지렁이들에 대해, 분뇨가 잿빛 흙으로 바뀌고, 거기에 생명력이 되돌아오는 과정을 지켜보는 일에 대해, 어거스타와 같은 일을 해온 사람들 십수 명에게서 나는 땀 냄새에 대해 말하는 온화한 글을 쓰고 싶었다. 하지만 결론 부분에 이르자 성난 어조가 나오고 말았다. 그들의 노고를 남들에게 도둑맞았다는 데에 대한 분노가 쏟아져 나왔다. 흙 대신 불을 쓴 셈이었다.

어거스타는 단단히 마음먹고 저녁 식사 자리에서 비키에게 글을 보여주었다. 그런데 비키는 그의 실패작을 보고 한숨 짓거나 비판하는 대신 고개를 끄덕였다.

"좋네요. 다음 글도 써보세요."

"다음 글이요?"

"다음 글에서 또 당신 목소리를 꺼내봐야죠. 왜 그래요, 한 편 이상은 써야 한다는 걸 알고 있었잖아요."

어거스타는 콘크리트를 옮기느라 손바닥에 생긴 물집에 대해서는 한 번도 불평한 적 없었다. 하지만 타이핑을 해야 할 앞날에 대해서는 불평하고 싶어졌다.

"지도교수님이 제게 지면을 얼마나 내주실지 모르겠는데요."

"그러니 알아보자고요. 부자들이 읽는 원예 잡지에 어떤 글을 보낼 수 있을지. 아니면 동물학 잡지라든지. 어떤 지면이든요. 그렇게 다 해보고 나면 처음 자리에서 다시 시작하는 거예요. 우리 운동의 또 다른 측면들에 대한 글을 쓰면서요. 당신이 무슨 초능력자도 아니고, 글 한 편으로 우리 문제를 뚝딱 해결해줄 수 있다고 믿은 건 아니겠죠?"

"물론 그건 아니죠. 절대로요. 하지만…… 저는 이 운동에 대해 충분히 알지 못하는데요."

말은 그렇게 했지만 어거스타의 마음은 꺾이고 있었다. 비키는 그가 긍정적인 답을 했다는 듯이 말했다.

"좋아요. 배우면 되죠. 긴 싸움이 될 거예요. 그래도 우리 천막 외부가 아니라 내부에서 세상을 향해 말해주는 사람이 있다면……."

"그런데 우리에겐 또 다른 천막이 필요해."

루벤이 끼어들어 그렇게 말했다. 두 사람은 그걸 가지고 말다툼을 벌이기 시작했다. 따분해진 어거스타는 다른 데로 가서 지붕 수리를 돕고, 설거지를 하고, 그 밖에 세상이 굴러가는 데 필요한 이런저런 일들을 했다.

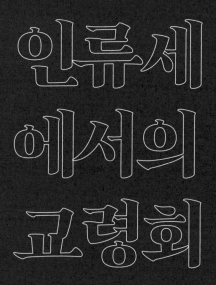

인류세
에서의
교령회

A Séance in The
Anthropocene

애비게일 라킨
Abigail Larkin

애비게일 라킨

미국 워싱턴 D.C.에 있는 천연자원보호협회의 창작 지원을 받은 작가
다.《실크로드 리뷰》등에 작품이 실렸다.

윌라에게 한때 세상이 유령들에 의해 움직였다고 말
해준 사람은 만 할머니였다.

"석유, 석탄. 그 모든 게 까마득한 옛것들, 지구에 묻
혀 있던 죽은 것들에게서 나온 거야."

윌라는 기상천외한 주장에 건강한 회의주의를 제기
하기 위해 고개를 들었다.

"말도 안 돼요."

"말 돼."

"공룡처럼요?"

"음, 그건 아니고."

만 할머니가 말했다. 할머니는 전정 가위를 내려놓고
이마를 닦았다. 문외한의 눈에 그들의 집 텃밭은 너저분하
고 다루기 힘들어 보일 것이다. 격자 구조물을 휘감은 덩굴

들 사이로 마구 뒤엉켜 자란 포아풀, 가득 열매 맺힌 토마토(대부분은 초록색이었지만 몇몇은 발갛게 물들어 있었다), 그 주위로 무성히 자란 페퍼민트와 수레박하와 혈근초. 하지만 윌라는 이 텃밭이 세심한 주의를 기울여 설계됐다는 사실, 잎사귀 한 장까지도 모두 제자리에 있다는 사실을 알고 있었다. 박주가리는 꽃가루를 옮기는 곤충들을 끌어당겼다. 마늘과 박하는 해충을 쫓아냈다. 만 원 할머니는 과학자였고, 어떤 일이든 과학자다운 자세로 대했다.

만 할머니가 일어서서 자신의 왕국을 예리한 눈으로 훑어보더니 만족스러워했다.

"공룡은 훨씬 더 늦게 나타났어. 석유는 작은 유기체들에게서 나왔지. 까마득히 오래전, 이 모든 것이 아직 바다였을 때 존재했던 조류와 동물성 플랑크톤에서 말이야."

윌라는 책과 영화에서 본 커다란 기계들이 땅을 파고 들어 시커먼 시체 더미에 구멍을 뚫고 분노에 찬 수많은 유령들을 하늘에 풀어놓는 광경을 상상했다.

"저는 지금 방식이 더 좋아요."

윌라는 옆에 있던 덤불에서 잘 익은 블랙베리 하나를 따 입에 넣었다. 따스한 햇살을 머금은 블랙베리는 달콤했다. 만 할머니가 소리 내 웃었다.

"나도 그렇단다."

그들은 안으로 들어가서 블랙베리 잼을 만들었다. 증기를 쐬어 병을 밀봉하고 지하 저장실에 보관해두었다. 그러면 나중에 베리 철이 지나고 나서도 여름의 맛을 파이에 넣거나 갓 구운 빵에 바르거나 숟가락으로 떠먹을 수 있을 것이다. 하지만 윌라의 머릿속에는 옛 방식에 대한 이야기가 맴돌고 있었다. 석유와 석탄의 유령들, 그들이 세상을 뒤흔들며 지구상의 생명체들을 벼랑 끝으로 내몰았던 방식을, 그들의 복수에 희생된 무수한 생명들을. 사람들이 과연 그 유령들을 잘 잠재웠을까?

몇 년 뒤, 윌라는 메넨데즈 선생님에게 자신의 최종 프로젝트에 대해 설명하던 도중 그때의 기억을 떠올렸다. 메넨데즈 선생님은 책상 위에 펼쳐진 홀로그램 문서를 넘겨보다가 연녹색 안경테 너머로 윌라를 올려다보았다.

"이해가 잘 안 되는군요. 책을 쓰고 싶은 건가요? 역사책?"

"본질적으론 그렇습니다."

"하지만 이런 책은 이미 있을 텐데요. 당신의 프로젝트는 공동체에 새롭게 기여할 수 있어야 해요. 그러지 않으면 통과되지 못할 거예요."

"맞아요. '재편성'의 기술적 측면들, 21세기의 대격변, 오펙(OPEC)과 과두제를 상대로 진행된 소송들에 대한 책은 이미 수없이 많죠."

윌라는 심호흡을 했다. 이번 주 내내 욕실에서 거울을 보며 이 발표를 연습한 참이었다.

"하지만 저는 더 인간적인 시각에서 본 책을 쓰고 싶어요. 그 시대를 살았던 사람들, 그러니까 '암흑의 10년'을 기억하거나 어쩌면 자기 차에 직접 휘발유를 채워보기까지 했을 사람들의 증언을 싣고 싶은 거예요."

메넨데즈 선생님이 얼굴을 찡그렸다.

"그런 사람들이 아직 살아 있나요?"

"조금은요."

"그들이 과연 자기 경험을 털어놓으려 할까요?"

"전 그럴 거라고 생각해요."

교수는 윌라가 제출한 프로포절을 다시 훑어보았다.

"잘 모르겠군요, 윌라. 이건 좀…… 병적이에요. 나는 만 원의 손녀라면 눈에 띄는 공학 기술 프로포절을 가져올 줄 알았는데요. 당신은 굉장히 유리한 위치에 있잖아요. 선필즈 주식회사의 자료에 접근할 수도 있고. 다른 학생들은 가지지 못한 많은 자원이 있죠."

윌라는 한숨을 쉬었다. 만 할머니는 선필즈, 노스캐롤라이나에서 가장 큰 태양광 발전소이자 동부 지역 최대 에너지 공급사의 창립자였고 CEO였다. 트라이어드 에너지 연합의 이사였고, '공학자들의 신군단' 운영 위원회 위원장이기도 했다. 윌라는 평생을 할머니가 드리운 긴 그림자 속에서 살았다.

"무슨 말씀이신지 이해해요. 하지만 메넨데즈 선생님, 저는 유리한 건 원하지 않아요. 제 자신의 길을 가고 싶습니다."

메넨데즈 선생님이 입술을 깨물었다. 윌라의 말을 반신반의하는 표정이었다. 예상한 바였다. 번컴 카운티의 삼부족 기술 아카데미는 재편성 시기에 설립된 엘리트 부족 학교 중 하나로, 보육 학교들 중에서도 가장 걸출했으며, 유력한 기술자들을 배출하는 기관으로 세계적 명성을 얻었다. 이전의 프로젝트들은 배터리 용량을 개선하거나, 광발전 시스템을 효율화하거나, E급 비원형 물질의 새로운 쓰임새를 찾아내는 등의 성과를 냈다. 독창성, 회복력, 지략 등 인류의 가장 고결한 이상을 구현하는 프로젝트들이었다. 반면 윌라의 프로젝트는 인류의 악령을 뒤쫓는 일이될 터였다.

"최종 프로젝트 평가 기준에는 프로젝트 근거를 체로키족의 가치에 두어야 한다는 것도 있잖아요. 이야기를 짓고, 우리 과거와의 연결점을 만드는 것처럼요."

월라는 더 꼿꼿이 앉아 만 할머니가 가르쳐준 대로 진심을 담아 말했다.

"반 애들은 근사한 공학적 발상들을 써왔죠. 이건 색다를 거예요. 독특할 거고요. 부탁해요, 선생님. 저는 확신이 있어요."

메넨데즈 선생님은 월라를 가늠해보는 듯했다. 그러더니 고개를 한쪽으로 젖히고서 말했다.

"좋아요, 월라. 승인하겠어요. 하지만 스스로 무엇을 하는지 확실히 알고 가세요. 당신의 미래가 여기 걸려 있으니."

월라는 의자에서 벌떡 일어나 메넨데즈 선생님의 손을 붙잡고 흔들었다.

"장담해요. 실망하지 않으실 겁니다!"

프로젝트 준비로 너무 바쁘다 보니 속죄 의식을 완전히 잊고 있었다. 엄마가 방문을 두드리며 10분 안에 모임에 나갈 준비를 끝내라고 했다. 월라는 욕을 중얼거리며 컴퓨터 전원을 끄고 옷장에서 검은색 점프수트를 꺼내 입었다.

광장으로 걸어가는 길에 필을 보았다. 검은 옷을 입은 필은 사색에 잠긴 듯 침울해 보였다. 속죄 의식이 원래 그런 자리이긴 했다. 하지만 베빈 가문 사람들에게는 또 다른 의미일 터였다. 이 학교에는 두 종류의 장학생이 있었다. 윌라처럼 부족 내에 뿌리를 둔 가문 출신인 경우, 필처럼 한때 석유나 가스나 석탄과 관련된 일에 종사했던 가문 출신인 경우. 원주민 청년들은 자신들이 물려받은 유산을 자랑스럽게 여겼지만 필 같은 사람들은 별로 이야기하고 싶어하지 않았다. 윌라는 잰걸음으로 그의 옆으로 다가갔다.

"안녕, 필."

"안녕, 윈."

"어젯밤 발티모어가 피츠버그 처부순 거 못 본 척하지 마."

필이 신음을 흘렸다.

"네가 못 봤기를 바랐는데."

"나는 얼마든지 너랑 부엌일 당번 바꿔줄 수 있어."

"경기가 계속 이런 식이라면 나는 우리 증조할아버지

나이가 될 때까지 설거지 당번을 해야 할 것 같아."

그가 씩 웃었다. 하지만 윌라는 그 미소가 경직된 것을 알아차리지 않을 수 없었다.

광장에 도착했을 때는 이미 바티스타 추장이 다른 의원 몇 명과 함께 중앙 단상에 자리 잡고 있었다. 해가 지기 시작하자 허공에 있는, 거의 눈에 보이지 않는 스피커들을 통해 목소리가 쩌렁쩌렁 울려 퍼졌다.

"마흔여섯 번째 국가 속죄 의식에 오신 여러분을 환영합니다. 오늘은 괴로우면서도 기쁜 날입니다. 온 나라에 걸쳐 암흑의 10년을 통과할 수 있게 우리를 이끌어준, 세상을 다시 만들어준 이들을 기립니다."

윌라는 만 할머니를 흘끔 보았다. 다른 원로 몇 명과 함께 중앙 단상에 앉아 있는 할머니의 얼굴은 무표정하기만 했다.

"하지만 우리는 우리가 잃어버린 세상도 기억합니다."

추장 뒤에 있던 입체 환등기가 켜졌다. 고래 한 마리가 어마어마한 꼬리를 너울거리며 허공을 맴돌았다.

"의도적 무지와 탐욕으로 잃어버린 세상 말입니다."

추장 뒤에서는 맨해튼 홍수를 담은 상징적 자료 영상이 재생되고 있었다. 영상 속 군중은 불어난 허드슨강에 휩

싸여 무너져가는 건물들을 바라보며 고개를 젓고 혀를 차고 있었다. 석양 속에, 바닥을 물끄러미 응시하고 있는 필이 보였다.

"우리는 희생된 사람들을 대신하여, 더욱 의로운 미래를 건설하는 데에 우리의 '우탈라워스카', 즉 과거를 향한 분노를 쏟기 위해 거듭 헌신합니다."

영상이 또 바뀌었다. 이번에는 해안 지대를 뒤엎을 만큼 강력한 허리케인이 집들을 단숨에 쓸어버리는 영상이었다. 이어 포키프시 외곽의 야영지에 옹송그린 피난민들이 나왔다. 식량 배급을 받기 위해 몇 블록에 걸쳐 긴 줄을 선 사람들의 행렬. 마이애미, 브루클린, 뉴올리언스에서 일어난 홍수. 캘리포니아 산불. 비좁은 배에 빽빽하게 올라타 끓는 바다에 잠겨들며 비명을 지르는 이민자들. 폭동을 일으키는 시민들과 그들을 향해 총을 쏘는 군인들. 그리고 물고기를 쫓는 개구리를 쫓는 쥐를 쫓는 새……. 그렇게 윌라가 사진과 영상 밖에서는 한 번도 본 적 없고 앞으로도 보지 못할 생명체들의 행렬이 끝없이 이어지다 흐릿해졌다.

자세히 보면 스크린 너머 반대편 잔디밭에서 빛나는 얼굴들이 어른거렸다. 귀를 기울이면 매미들이 노래하는 소리가 들렸다.

월라가 프로젝트를 위해 처음으로 인터뷰한 사람은 만 할머니였다. 전통 숄로 어깨를 감싼 할머니가 양봉장에서 가져온 꿀을 넣은 사사프라스 차를 두 잔 따르는 동안 월라는 컴퓨터를 켰다.

"녹음해도 될까요?"

월라가 묻자 만 할머니는 고개를 끄덕였다. 마이크를 설치하는데 창밖에서 까마귀 한 마리가 울었다. 만 할머니는 눈을 굴리더니 일어나서 창문을 닫았다.

"몇 주 전부터 매일 저기 있네. 좀처럼 조용히 할 줄을 몰라."

할머니가 다시 앉아 머그잔을 쥐었다.

"한때는 까마귀만이 아니었어. 온갖 종류의 새가 있었지. 저마다 다른 노래를 했고. 아침마다 그 소리들이 합쳐져서 교향곡이 울려 퍼졌는데, 넌 상상도 못 할 거야. 그게 멈추고 나니 이젠 기억나지 않는다는 게 이상하구나."

할머니가 창밖을 내다보았다. 월라는 그렇게 아름다운 것이 손가락 사이로 빠져나갔다니 아깝다는 생각이 들었다. 어쩌다 그런 일이 일어났을까? 간절히 이해하고 싶었다.

만 할머니가 몸을 돌리고 미소 지었다.

"그래서 무엇을 알고 싶으니?"

"시간 순서대로 가보면 어떨까 해요. 암흑의 10년에 대해 기억나시는 것이 있나요?"

"흐으음. 힘겨운 시기였지. 나는 어린아이였고, 그 시절 많은 사람들이 그랬듯이 통조림과 보존 식량만 간신히 구해 먹을 수 있었어. 그런 경험 때문에 유기농 농법에 관심이 생긴 것 같구나. 1년 동안 녹색 채소라고는 구경도 못했거든."

할머니가 말을 끊더니 생각에 잠겼다.

"그래도 '라 초이' 브랜드의 인스턴트 식품은 여전히 먹고 싶구나."

"어떻게 헤어나셨어요?"

만 할머니가 어깨를 으쓱했다.

"그럭저럭. 충격이긴 했지. 암흑의 10년에 다다르는 많은 과정이 점진적이었지만 식량 부족 사태는 갑자기 일어났거든. 그 전까지는 완전히 다른 삶을 살았단다."

할머니가 목소리를 낮추고 말을 이었다.

"가게마다 상상도 못할 만큼 많은 식품을 쌓아두고

있던 시절이 기억나는구나. 게다가 특정 날짜가 지날 때까지 팔지 못한 식품은 그냥 '버렸어.'"

월라는 기록하다 말고 경악해서 고개를 들었다.

"왜 그런 짓을 하죠?"

할머니는 다시 어깨를 으쓱했다.

"식량이 부족해질 일은 절대 없을 거라고들 생각했나 보지. 어쨌든 우리는 물자가 부족해서 고생해본 경험이 없는 사람들이었어. 그래서 중산층 가족이 갑자기 바나나 한 송이도 사지 못하게 됐을 때에는……."

"힘들었겠군요."

할머니가 엄숙하게 고개를 끄덕였다.

"결국 모든 게 배급제가 되었지. 언젠가 엄마와 같이 가게에 갔는데 식료품을 나눠주던 남자가 우리에게 지나가는 말로 '운이 좋으시네요, 이게 마지막 커피예요'라고 하는 거야. 그러자 뒤에 있던 남자가 화가 나서는 우리한테 그걸 내놓으라고 했어. 엄마는 거부했고, 직원들과 다른 손님들이 엄마를 두둔했지. 그런데도 그 남자가 엄마를 가게 밖까지 따라 나오지 뭐니."

월라는 가슴이 조여드는 기분이 들었다.

"그래서 어떻게 하셨어요?"

"도망쳤지. 나는 거의 몸을 던지듯이 차에 올라탔어. 정신을 차려보니 그 남자가 차창을 두들기고 있었지. 엄마는 그냥 차를 몰았고. 나는 남자가 우릴 쫓아올까 봐 겁에 질렸어. 우리 집 진입로에 다다라서야 비로소 마음을 놓았는데, 엄마가 울음을 터뜨렸어. 식료품을 주차장에 떨어트렸다고 말이야."

윌라는 그 모든 일을 머릿속에 그려보았다.

"그러면 그때 사람들이 에너지 정책을 많이 바꿨겠어요."

"별로 그렇지는 않았어."

"아니었다고요?"

윌라는 아연실색해서 되물었다.

"대다수 사람들이 요행만으로는 문제를 해결할 수 없다는 사실을 깨달은 건 기근이 시작되고 3년이 지나서의 일이야. 그때에야 사람들은 화석 연료를 퇴출하라고 요구했지. 그리고 우리의 문제는 막 시작된 것이나 마찬가지였어. 대체 에너지에 충분히 투자하지 않았기 때문에, 화석 연료 사용을 중단한 순간부터 배전망이 불안정해졌고 에너지 값은 치솟았지."

윌라는 잠시 침묵하다 입을 열었다.

"하지만 재편성이 시작되고부터 상황이 나아졌겠죠."

"음, 그래. 하지만 그때는 확실한 게 아무것도 없었어. 우리가 올바른 길을 가고 있는지 아무도 확신할 수 없었지."

"그게 무슨 뜻이에요?"

"글쎄, 보육 학교를 예로 들어보자. 지금이야 그게 불가피해 보이지만, 당시에는 쉬운 결정이 아니었어. 지금은 상상하기 힘들어도 그땐 토착민 거주 지역들 대부분이 가난하고 살기 힘들었거든. 배전망을 관리할 인력을 훈련시키는 차원을 넘어서는 문제였어. 우리는 빈곤의 순환을 끊고 싶었으니까. 하지만 많은 사람들 눈에는 우리가 다른 사람들을 희생시켜 이득을 얻는 것처럼 비쳤지. 또 어떤 사람들은 화석 연료 업계 종사자들과 그 자녀들은 기회를 얻을 자격이 없다고 여겼어. 그들이 우리를 이 지경으로 만들었는데 왜 특혜를 받아야 하느냐고 말이야. 그렇지만 더 많은 사람들은 학생들을 가족으로부터 떼어놓는 게 착취적이라고 생각했지. 그건 정말로 부족을 갈라놓다시피 했으니까. 원주민 아이들을 기숙학교나 다름없는 곳에 보내는 것은…… 넘치도록 많은 의미가 있는 개념이었어."

윌라는 가만히 생각하다가 말했다.

"음, 그 사람들 뜻대로 되지 않아서 다행이네요."

"반발이 격하긴 했어. 어떤 사람들은 나와 내 친구들이 등교하는데 돌을 던지기도 했단다. 그중 일부는 체로키족이었어. 그게 내겐 가장 가슴 아픈 부분이었지."

월라는 테이블 너머로 손을 뻗어 할머니의 손을 꼭 잡았다. 할머니가 미소 지었다.

"옛날 일인걸."

"그러면 우리가 어떻게 앞으로 나아갈 수 있었나요?"

할머니는 곰곰이 생각에 잠겼다.

"그 질문에는 어떻게 답해야 할지 모르겠구나."

그러더니 토기 찻주전자에 든 차를 따르며 말을 이었다.

"까딱하면 반대 방향으로 갈 수도 있었는데 말이야."

월라는 가슴을 찌르는 '우탈라워스카'를 느꼈다.

"행동하기까지 너무나 오래 기다렸잖아요! 더 일찍 조치를 취할 수도 있었는데 그러지 않았죠. 앞날을 전혀 생각하지 않았어요. 그 탓에 너무나 많은 사람이 고통받았고요."

만 할머니가 잠시 월라를 바라보더니 의자에서 일어나 창가의 책상으로 건너갔다. 그러고는 책상 서랍에서 무언가를 꺼내 와서 테이블 위에 올렸다. 월라의 눈이 휘둥그

레해졌다.

"이건······."

할머니가 고개를 끄덕였다.

"석탄. 정확히는 무연탄이야. 산업계에서는 이걸 '깨끗한 석탄'이라고 이름붙여 팔려고 했어. 결국 이것도 몰락했지만."

"어디서 나셨어요?"

"내 선생님들 중 한 분이 항구에서 일하셨거든. 일을 그만두던 날에 화물이 도착했는데, 그때쯤에는 석탄 가격이 너무 떨어져서 아무도 그걸 찾으러 오지 않은 거야. 바이어들이 화물을 그냥 거기 버려둔 거지. 선생님은 그중 몇 개를 기념품으로 챙겼다가 이걸 내게 주셨어."

월라는 석탄을 쥐어보았다. 단단하고 반짝거리는 물체였다. 일종의 호크룩스*처럼 느껴졌다. 그 안에 들어 있는 영혼들의 기적이 느껴지는 것만 같았다.

"부적 삼아 간직하렴."

월라는 자신이 그걸 갖고 싶은지 아닌지 긴가민가했지만 그래도 가방 안에 넣었다. 할머니가 실망하는 모습을

---

*   '해리 포터' 시리즈에 등장하는, 사람의 영혼 일부를 담은 물체.

보고 싶지는 않았다.

"고맙습니다, 할머니."

윌라는 아홉 시 정각에 애쉬빌 에이머로레일 역에 도착했다. 작은 배낭 안에는 커피가 든 보온병과 할머니가 떠 안겨준 옥수수빵과 잼이 든 양철통이 있었다. 에이머로레일을 탈 때면 늘 활기가 솟았다. 이 열차는 시골의 야생 동물 서식지를 통과하는 건널목들을 누비며 마치 천을 바느질하듯 땅을 이어 붙이기 때문에 '바늘'이라고도 불렸다. 건널목들은 숲 위의 허공으로 뻗어 있었다. 시간을 가로지르는, 느리고 거대하며 단일한 유기체들이었다.

윌라는 찻간에 자리 잡고 앉아 그 순간을 음미했다. 혼자 기차를 타는 건 처음이었다. 어른이 된 기분이 들었다. 완벽하게 준비되어 있고 시간을 맞출 줄 아는 어른. 창밖을 내다보니 언덕 아래로 초원과 헛간 따위가 빠르게 스쳐 지나가는 게, 마치 수채화로 만든 스톱모션 애니메이션을 보는 듯했다. 컴퓨터를 켜고 아침을 먹으면서 참고 자료를 읽다 보니 한 시간 반도 지나지 않아 바늘이 유니언 역에 들어섰다. 윌라는 중앙 홀로 걸어나가 금색 꽃 장식이 새겨진 높다란 아치형 천장을 올려다보았다. 사람들의 신발 굽이 타일 바닥을 뚜벅뚜벅 울리는 소리가 홀 전체에 울려 퍼졌다. 윌라가 묵을 곳은 침대 하나와 아담한 작업 공간이 딸린 작은 호스텔 방이었다. 프로젝트에 필요한 여비를 약간 지원받긴 했지만 예산을 워낙 빠듯하게 잡아서 그보다 나은 방에 묵을 수 없었다. 체크인하고 나서는 국립 기록 보관소에서 남은 하루를 보냈다.

신문 헤드라인, 증언이 담긴 영상, 디지털 기록 등을 살피다 보니 몇 시간이 훌쩍 지나갔다. 시끌벅적한 홀을 나왔을 때에는 아침 빛은 사라지고 피로감이 몸을 뒤덮고 있었다. 윌라는 좀 쉬기로 마음먹고 워싱턴 D.C.의 훈훈한 공기 속으로 걸어 나왔다. 내내 물속에 있다가 공기 중으로 빠져나온 듯한 기분이었다.

암흑의 10년 동안 재앙에 가까운 일들이 일어났다. 카리브해, 미크로네시아, 필리핀, 방글라데시의 정부가 붕괴했다. 다른 나라에서 피난처를 찾지 못한 난민들은 기근과 경제난으로 휘청거렸다. 아이들이 굶주렸고, 생물종들이 멸종되었다.

하지만 장밋빛 이야기들도 있었다. 거의 실수로 마주친 것에 가까웠지만, 그런 이야기들은 형용하기 어려운 방식으로 윌라의 마음을 건드렸다. 예컨대 이제는 침수되어 사라진 마서즈 빈야드라는 지역에서 자란 한 남자는 어린 시절 삼촌의 낚싯배를 타고 나갔다가 푸른 고래를 본 적이 있다고 했다.

"고래가 바로 내 앞까지 왔어요. 정말로요! 손을 뻗어 고래의 등을 어루만졌더니 나를 이렇게 똑바로 쳐다보는 거 있죠. 나를 가늠해 보듯이, 내가 뭘로 만들어졌는지 확인하려는 듯이요. 굉장했어요. 당신도 봤어야 했는데."

월라가 느낀 감정이 상실감은 아니었다. 마서즈 빈야드도, 푸른 고래도 애초에 월라가 가져본 적 없고 가질 일도 없는 것이었으니까. 가지지 않은 것을 상실할 수는 없다. 이것이 '우탈라워스카'일까? 과거를 향한 분노? '공정한' 분노?

어쩌면 그럴지도.

그날 저녁 침대에 들어가면서 월라는 이 감정을 프로젝트에 쏟아 넣어야겠다고 결심했다. 과거를 이해하고, 더 나아가 미래를 빚어내기까지 하는 것. 언젠가 고래를 볼 수 있으리라 믿었을 할머니를 위해서라도.

그날 밤 월라는 캄캄한 바닷속에 가라앉아 사라진 거대한 유령들의 꿈을 꾸었다.

필의 증조할아버지는 마을 반대편에 줄지어 늘어서 있는 작고 네모난 집들 중 노란 집에 살았다. 이 인터뷰를 기대했는데도 막상 그 순간이 닥치니 신경이 곤두서고 손바닥이 땀으로 축축해졌다. 윌라는 손바닥을 반바지에 문질러 닦으며 이대로 돌아서서 집에 가고 싶은 충동을 억눌렀다. 등 뒤에 도사린 유령들의 한기가 느껴졌다. 채 살지 못한 생명들, 고래들, 안식처에서 끌려 나와 불탄 망자들. 그들은 대답을 들을 자격이 있지 않나? 윌라 자신은 어떤가?

윌라는 문을 두드렸다. 개가 짖는 소리가 났다. 곧이어 누군가가 발을 끌고 걷는 소리가 들리더니, 문간에 나온 베빈 씨가 윌라를 맞아주었다. 그의 얼굴은 오크나무 그루터기로 깎아 만든 듯 보였다. 치아는 누리끼리했고 수염과 머리카락은 솜사탕처럼 희고 성글었다. 하지만 눈동자는 세월에도 변치 않는 유물처럼 예리했다.

"만나서 반갑다, 윌라."

그가 커다란 손을 뻗어 윌라와 악수했다.

"나는 폴 베빈이란다. 이 녀석은 칼리."

조그만 흰 개가 달려들어 윌라의 정강이에 두 앞발을 올렸다. 무게가 거의 느껴지지 않을 만큼 가벼웠다. 윌라는 녀석의 머리를 긁어주었다.

베빈 씨가 씩 웃었다. 마치 칼에 베인 상처 같은 미소였다. 월라는 그가 손짓하는 대로 어두침침한 거실 안으로 들어가, 푹신한 안락의자 세 개 중 하나에 자리를 잡고 앉았다. 베빈 씨는 접시에 놓여 있던, 먼지 앉은 듯 보이는 사탕을 권했지만 월라는 사양했다.

"그래서 내가 뭘 도와주면 되겠니?"

베빈 씨가 사탕 한 알을 입에 넣으며 물었다. 월라는 프로젝트의 골자를 설명했다. 베빈 씨가 골똘히 귀 기울이며 고개를 끄덕였다.

"이 프로젝트에 필요한 증언들을 모으고 있어요. 그리고, 음, 이제 어르신 같은 일을 했던 분들 중에는 남은 사람이 많지 않기 때문에……."

"석탄을 채굴했던 사람들 말이지?"

"네."

"그래, 뭘 알고 싶으니?"

알고 싶은 것이야 너무나 많았지만 차근차근 접근하기로 했다.

"'폭스 퓨얼스'에서 일하는 건 어떤 경험이었나요?"

베빈 씨는 수염을 긁적거리더니 시선을 돌렸다.

"일단 지루했지. 그곳은 당시 이 나라에 얼마 남지 않은 탄광 중 하나였어. 그때쯤에는 대부분의 작업이 자동화되어 있었고. 나는 끝까지 매달려 있던 낙오자들 중 하나였던 셈이지. 대부분은 행정 일을 했지만 가끔은 장비 점검을 위해 탄광으로 내려가기도 했단다."

"탄광은 어떤 곳이었나요?"

그가 끙 앓는 소리를 냈다.

"땅에 난 어둡고 커다란 구덩이지 뭐. 특별히 자랑할 만한 구석은 없어."

잠시 침묵이 맴돌았다. 칼리가 안락의자들 주위를 총총 돌아다니다 베빈 씨의 발치에 앉았다. 그가 묵묵히 칼리를 안아 들어 무릎에 앉혔다. 방 안은 먼지투성이였고 답답했다. 침묵이 이어지자 윌라는 몸을 꿈틀거리다 더 참지 못하고 말했다.

"그게 어떤 일인지 알고 계셨나요? 석탄을 태운다는 게?"

"알고도 지구에 독을 풀고 있었느냐고 묻는 거니?"

그가 킬킬 웃었다. 윌라는 그 웃음에 마음속이 얼어붙는 기분이 들었다.

"그 표현이 더 적절하다고 생각하신다면요."

그가 웃음을 멈추더니 한숨을 쉬었다.

"미안하구나. 경박하게 말하려던 건 아니었는데."

베빈 씨는 개를 내려다보고 귀 뒤를 긁어주며 말을 이었다.

"그때로부터 99년이나 지났으니 이제 옹졸한 불안감 쯤이야 다 털어낼 만도 한데. 나는 아직도 어떤 주제에 대해서는 약간 방어적인 자세를 취하게 되는 것 같구나."

"그러면 탄소 오염에 대해 알고 계셨던 건가요? 기후 변화에 대해서도요?"

"물론 알고 있었지. 누구나 다 알았어."

"그걸 알고 나서 어르신이 그 일에 임하는 태도가 달라졌나요?"

그가 잠시 생각에 잠겼다.

"솔직히 말할까? 별로 달라지지 않았단다. 전혀 달라지지 않았다 해도 과언이 아니지."

윌라는 의자에서 벌떡 일어나고 싶은 충동에 사로잡혔다.

"왜요?"

"그야, 나하고는 아무 상관없는 일이라 생각했으니까."

윌라는 자기도 모르게 입을 벌렸다가 뒤늦게 다물었

다. 해수면이 상승했는데도? 수많은 해양 생물의 사체가 해변으로 떠밀려 왔는데도? 중서부의 밀과 옥수수가 모두 물에 잠기고, 전 세계 곳곳의 사람들이 굶주리고, 오래된 도시들이 침수되었는데도?

"죄송하지만 이해가 안 되네요."

그가 앉은 채로 몸을 기울이자 칼리가 바닥으로 뛰어내렸다.

"얘야, 네가 이해할 거라 기대하진 않는다. 하지만 나와 대화하러 여기까지 왔으니 내 이야기를 듣고 싶긴 한 거겠지. 내가 탄광 일을 시작했을 때 인간에 의한 기후 변화는 거의 누구나 아는 상식이었어. 하지만 그 결과로 닥쳐올 참상이 어느 정도인지는 아직 분명하지 않은 상태였지. 너는 우리가 상황이 나빠지기 '전에' 뭔가 조치를 취했어야 했다고 말할 거야. 그 말이 맞을지도 모르지. 하지만 당시에는 기후 변화의 여파 따위, 에너지를 향한 우리의 끝없는 욕구에 비해서는 대단찮은 것으로 느껴졌단다. 그건 하찮게 치부할 만한 것이 아니야. 만약 사람들이 폭스 퓨얼스가 생산하는 전기를 소비하지 않았다면 내가 탄광 일을 했을 거라고 생각하니? 그때는 모두가 우리 에너지를 쓰고 있었어. 심지어 환경주의자들도, 활동가들도, 탄광을 폐쇄해야 한다고 주장하는 정치인들조차도. 과연 내가 그 사람들보다 더 큰 잘못을 한 걸까? 나는 그들이 필요로 하는 걸 줬을 뿐이지, 안 그러니?"

월라는 반발심이 들었다.

"어째서 그 일을 택하셨는데요?"

베빈 씨가 쓴웃음을 흘렸다.

"막판에는 다른 일을 했더라면 좋았겠다고 후회했지. 우리는 축구공처럼 이리저리 치였어. 어느 날은 우리 일자리가 안전했는데, 또 어느 날은 다른 일자리를 찾아보라는 말을 듣고, 그런 식이었지."

"이직 지원 프로그램이 없었나요?"

"결국에는 생겼지. 나도 받아들였고. 하지만 초창기에는 지원 정책의 방향에 많은 사람들이 거부감을 느꼈어. 그러다 보니 필요 이상으로 시간이 오래 걸렸지."

"어떻게요?"

베빈 씨가 일어나 바를 향해 걸어가더니 유리병에 들어 있던 아이스티를 컵에 따랐다. 월라에게도 한 잔 권했지만 그는 고개를 저어 사양했다. 입 안이 사막처럼 바싹 말라붙어 있었는데도.

"음, 그건 우리에게 희생을 감수하라는 요구였는데,

그 사실을 인정하는 분위기가 아니었어. 말했듯이 나는 태양 에너지 회사나 풍력 발전소에서 일할 수도 있었어. 하지만 나보다 나이 들고 경력이 긴 사람들은 더 애를 먹었지. 이미 자기 커리어에서 자리를 잡은 사람들이 새로운 회사, 새로운 상품으로 옮겨 간다는 건…… 쉽지 않은 일이니까. 게다가 사람들은 우리가 이직 지원을 받는 걸 무릎 꿇고 고마워해야 한다는 식으로 대했거든."

그가 아이스티를 길게 들이켜더니 바 위에 탁 소리 나게 내려놓았다.

"어째서 탄광 일을 선택했느냐고 물었지. 그건 아마 내가 할 수 있는 일이었기 때문일 거야. 하지만 나는 거기서 공동체 의식을 키웠어. 우리는 사람들에게 무언가 유용한 것을 내주고 있었고, 그 사실에 자부심을 느꼈지. 너는 내가 우리 상품에 대해, 그러니까 석탄에 대해 어떻게 생각하느냐고도 물었지. 요즘에는 이런 말이 금기시된다는 걸 안다만, 이 모든 부작용에도 불구하고 나는 그것에 감사하고 있단다. 그것 덕분에 내가 많은 일을 할 수 있었으니까. 그날그날 먹을 음식을 식탁 위에 올릴 수 있었고, 딸을 학교에 보낼 수 있었고. 그게 환경에 그렇게나 해롭다는 걸 받아들이기는 쉽지 않았단다. 어쨌든, 슬픈 일이었지, 그래."

그가 차를 또 한 모금 마시고는 말했다.

"정말 안 마실 거니?"

윌라는 비로소 마시겠다고 했다. 그가 잔을 건넸다.
차는 차갑고 씁쓸했다.

윌라는 차창 밖으로 스쳐 지나가는 풍경을 바라보았
다. 짙푸른 수풀이 이어지다 별안간 은색, 호박색, 연두색
으로 바뀌었다. 열차가 선필즈 태양광 발전소를 지나고 있
었다. 위로 뻗은 인공 나무들이 광발전 에너지를 빨아들여
남동부 배전망으로 내보내 거의 모든 것에 전력을 공급하
고 있었다.

'어머니 대자연의 설계를 구태여 개선하려 하지 말라'.

이것이 만 할머니의 철칙이었다. 할머니는 태양 전지
판을 나무로 만듦으로써 더 큰 효과를 거두었을 뿐 아니라
지구에 미치는 영향을 최소화했다. 이론상 그 전지판들은
삼림을 파괴하지 않고도 어디에든 '심을' 수 있었다. 물론
현실적으로는 해가 잘 드는 곳에 전지판들을 모아두는 것
이 더 경제적이기는 했다. 하지만 그렇게 하더라도 만 할머
니는 전지판들을 일종의 숲으로, 생태계로 조성했다. 햇빛
은 잎사귀들 속에서 전력으로 변환되고 줄기 안에서 변형

되어 복잡한 뿌리 시스템으로 전송되었다. 심지어 야생 동물들이 보금자리를 꾸릴 공간도 마련되어 있었다. 할머니는 이러한 접근이 체로키족의 사고방식이라고, 원주민들은 늘 창조자이자 발명가였다고 말했다. 월라도 그렇게 될 거라고.

열차가 애버리 크리크 역으로 들어섰다. 여기서 내리는 사람은 월라뿐이었다. 월라는 CTV라는 공용 수송 차량에 올라타 자동 목적지 설정을 취소하고 고유 좌표를 입력했다. CTV가 역을 빠져나가 애슈빌 교외를 가로질렀다. 월라는 창밖을 내다보며 카메라 렌즈를 만지작거리다 연습 삼아 몇 차례 찍어보았다.

CTV가 서서히 멈춰 섰다. 월라는 풀로 뒤덮인 들판 한가운데로 걸어나갔다. 아직 좀 더 걸어야 했지만 이미 저 편에 서 있는 최종 목적지가 보였다. 타키오스테 강에서 갈라져 나온 개울을 건너는 다리 너머, 노스캐롤라이나 최후의 석탄 화력 발전소 잔해가 서 있었다.

월라는 '위험: 들어오지 마시오'라고 적혀 있는 경고 판을 무시하고, 울타리가 허물어진 부분을 통해 안으로 비집고 들어갔다. 그리고 주변을 살피면서 사진을 찍었다. 한때는 넓은 산업 단지였지만 거의 모든 시설이 오래전에 철거되고 없었다. 콘크리트는 여기저기 갈라졌고, 사방은 너저분한 잡초로 가득했다. 한편에는 커다란 철제 드럼통이 있었다. 옛 발전소에 대해 아는 바가 별로 없으니 그것이 무엇에 쓰였는지도 알 턱이 없었다. 그 너머에 발전소 건물이 있었다.

폭스 퓨얼스에서 석탄을 보낸 발전소가 바로 여기였다. 베빈 씨가 탄광에서 일하던 시절 여기 와서 담당자를 만났을지도 모를 일이었다. 그때는 이곳에 육중한 기계들이 있었겠지만 이제는 다 사라지고 없었다. 커다랗고 텅 빈 창들로 햇빛이 비쳐 들어 발전소 안을 황금빛으로 채웠다. 담쟁이덩굴이 벽을 휘감고 올라갔고, 공기가 마치 숨을 쉬듯 그 사이로 움직였다. 그때 무언가가 등 뒤에서 움직이는 기척에 윌라는 화들짝 놀랐다. 돌아보니 함몰된 벽 앞에서 여우 한 마리가 돌무더기를 뒤적이고 있었다. 녀석은 윌라를 흘긋 보더니, 그가 사진을 찍어야겠다는 생각을 떠올리기도 전에 사라져버렸다.

그제야 윌라는 깨달았다. 이 장소가 살아 있다는 것을. 순간 어렴풋한 악취가 느껴지긴 했지만 발전소는 그것이 생기기 이전 상태로 되돌아와 있었다. 자연에는 회복력이 있구나, 윌라는 생각했다. 아니, '우리'에게는 회복력이 있구나.

　속죄 의식 때 바티스타 추장은 우리가 과오를 되풀이하지 않는 데에 '우탈라워스카'를 활용해야 한다고 말했다. 하지만 '우탈라워스카'가 전부는 아닌지도 모른다. 과거를 고려하면 우리는 현재를 어떻게 살고 있는가? 기뻐하고 감사하며 현재를 살 수 있는가? 그것을 무엇이라 부를 수 있는가?

　그건 바로 '누다번디브'였다. 과거를 향한 친절함.

　윌라는 가방을 뒤졌다. 만 할머니에게서 받은 무연탄이 반짝이고 있었다. 그걸 손에 쥐니 기묘한 만족감이 들었다. 윌라는 무릎을 꿇고 바닥에 작은 구덩이를 판 다음 거기에 무연탄을 내려놓았다. 그 안에 어떤 정령들이 들어 있을지는 몰라도. 그걸 흙으로 덮고서 짧은 기도문을 외웠다.

　"고마워. 이제 넌 자유야."

　윌라는 그 자리에 잠시 서 있다가 집으로 향하는 CTV를 타기 위해 돌아섰다.

뒤뜰의 나무

The Tree in the Back Yard

미셸 윤
Michelle Yoon

미셸 윤

말레이시아 쿠알라룸푸르에 살고 있는 프리랜서 작가다. 그의 작품은
Fixi Novo와 MPH Publishing에서 출판되었다.

마리스카는 눈앞의 선택 카드들을 보면서 만약 아빠가 돌아가시기 전에 시간이 있었더라면 '메르바우'와 '자티' 중 무엇을 골랐을까 생각했다. 하지만 아빠라면 마지막 휴식처로 아예 다른 곳을 골랐을 것이다. 아빠는 실용적인 사람이었고, 언제나 당신이 생각하는 가장 합리적인 길을 선택하곤 했으니까. 그러나 한편으로는 고집이 굉장히 세서, 아빠 자신이나 엄마가 아니고서는 그 누구도 아빠의 마음을 바꿀 수 없을 때가 있었다.

지금 아빠가 당신 마음대로 밀어붙일 수 있었다면 아마 엄마와 같은 방식을 선택했을 것이다. 화장한 후 재를 바다에 뿌리는 방식을.

마리스카는 메르바우를 골랐다. 그게 다른 선택지보다 더 마음에 들어서는 아니었다. M자로 시작하는 이름 때문이었다. 그런데 어쩐지 그 이유만으로는 부족한 듯싶어서, 메르바우라는 나무가 이 땅에 자생하는 종이라는 점도 뒤늦게 떠올렸다. 선택 카드에는 메르바우가 튼튼하고 단단하며 '한때 말레이시아의 국목國木이었다'라는 설명이 붙어 있었다.

마리스카는 그 단어들을 소리 내어 읊조려보았다. 말레이시아 메르바우. 생소하면서도 묘하게 편안하고 친숙하게 느껴졌다. 마치 조상들이 오래전에 밀려난 토착어의 실마리들을 망자와 연관되는 특수한 경우에 한해서만 일종의 빵 부스러기처럼 남겨둔 것만 같았다.

마리스카는 선택 카드들을 원래 있던 작은 상자에 집어넣고 '메르바우'를 맨 위에 올려놓았다. 그리고 전화를 걸었다. 누군가가 활기찬 목소리로 전화를 받았다.

"네, 전화 받았습니다. 물 땅, 북서부, 진흙 지역에서 전화하신 분이군요. 맞나요?"

마리스카가 "네"라고 조그맣게 말하기가 무섭게 오퍼레이터가 마리스카의 집 주소를 읊었다. 그의 목소리가 방 안에 쩌렁쩌렁 울려 퍼졌다.

"전화 주셨으니 결정을 내리신 것으로 알겠습니다. 모든 선택 카드를 상자 안에 돌려놓으시고, 고르신 묘목을 맨 위에 놓아주세요. 이제 곧 저희가 가서 상자와 고인의 시신을 함께 수거하겠습니다. 저희를 선택해주셔서 감사합니다. 또한 오랜 세월 약탈당했던 어머니 지구를 다시 채우는 결정을 하신 데에 감사 인사를 전합니다. 즐거운 하루 되세요."

마리스카는 아빠의 시신으로 다가가 작은 상자를 그의 오른쪽 어깨 바로 위에 내려놓았다. 시신의 피부가 벌써 잿빛으로 변했고 입술은 영원히 찡그린 표정으로 굳어 있었다.

"아빠, 우리가 다시 대화할 수 있을까요?"

마리스카가 아빠의 귓가에 그렇게 속삭였을 때, 누군가의 부드러운 목소리가 끼어들었다.

"안녕하세요."

마리스카는 뒤를 돌아보았다. 또래로 보이는 남자 둘이 문간에 서서 기다리고 있었다. 그들은 상자 안에 카드가 모두 빠짐없이 들어 있는지 세어보고 마리스카가 선택한 것이 메르바우가 맞는지 확인했다.

"좋은 나무를 고르셨네요."

부드러운 목소리로 인사한 남자가 그렇게 말했다.

"요즘은 그 나무를 고르는 분이 많지 않아요. 저희가

'백야드'의 온도 조절기를 업그레이드한 이후로 점점 더 많은 분들이 미국에 자생하는 나무들을 고르시거든요. 전나무나 단풍나무처럼요. 이따금 토착 자생종을 선택하는 분을 보면 반갑네요."

그들은 시신에 흰 천을 덮고 집 바로 앞에 있던 이동대 위로 옮겼다.

"내일 고객님이 선택하신 묘목에 아버님을 안치할 거고, 모레에는 매장할 겁니다. 백야드를 방문하시려거든 일주일에서 이주일 뒤에 찾아와주세요."

두 남자는 아빠를 데리고 에스컬레이터 너머로 사라졌다. 마리스카는 눈을 감고 그들의 움직임을 마음속에 새겼다. 그들이 작고 비좁은 공간에서 62층 아래로 내려가는 모습이 그려졌다. 순백색 천에 덮인 아빠를 수송선 뒤칸에 싣고 이동대를 접어 넣는 것도. 심지어는 수송선이 빠르게 나아가면서 엔진이 윙윙거리고 물이 철썩이며 부드러운 물결을 일으켜 마리스카의 아파트에서 '영원목들의 탑: 추억이 잠드는 곳'까지 선을 긋는 소리까지 어렴풋이 들리는 듯했다.

마리스카는 렌트한 수송선을 세우고 엔진을 껐다. 익

숙했던 도시의 정적은 멀어지고, 끊임없이 웅웅거리는 나지막한 소음이 주위를 에워쌌다. 성가실 법한데도 이상하게 오히려 침착해졌다.

마리스카는 신발을 벗고 가지런히 정돈한 다음 수송선에서 내려 땅을 딛고 섰다. 흙은 서늘하고 약간 축축했다. 그가 발을 디딜 때마다 흙이 아주 조금씩 움직였다. 마리스카는 발가락을 꿈틀거리며 발바닥에서부터 심장까지 곧장 올라오는 감각들을 느꼈다. 준비가 다 됐다 싶자 그는 백야드의 아치형 입구로 걸어갔다.

발밑의 땅은 울퉁불퉁했다. 도시 어디에나 깔려 있는 평평한 바닥과는 전혀 달랐다. 한 걸음 내딛기만 해도 균형이 무너질 듯 스스로의 몸이 어설프게 느껴졌다. 하지만 인간은 어떤 환경에든 쉽게 적응하는 동물이다. 아치형 입구 옆의 커다란 바위 앞에 이르렀을 때쯤에는 콘크리트 바닥에서 신발을 신고 다녔던 게 어떤 기분이었는지 기억도 나지 않았다.

바위에는 글자들이 새겨져 있었다. 끊임없는 비와 햇볕에 닳고 닳아, 한참을 들여다보고 나서야 무슨 글자인지 알아볼 수 있었다.

타나 아이르의 페르구눙안 티티왕사 너머
추억이 잠들다

    역사 수업 시간에 티티왕사 산맥이 오래전에는 '말레
이반도의 등뼈'라고도 불렸다고 배웠던 기억이 났다. 해수
면이 대폭 상승해 산들이 육지에서 떨어진 섬이 되기 이전
의 일. 그의 조상 나라인 말레이시아가 인접한 두 국가인
싱가포르와 인도네시아와 편의상 연합을 맺기도 전의 일
이었다. 이 연합은 서로 자원을 나누며, 나라가 점점 줄어
들어 사라지고 잊히지 않도록 막아주는 역할을 했다.
    '타나 아이르'는 각 나라들이 고유의 토착어로 공유하
는 합성어로, 고향을 의미했다. 태어난 곳, 충성을 맹세하는
곳, 마침내 휴식을 취할 곳. 합성어가 각각 '땅'과 '물'을 뜻
하는 낱말로 이루어져 있다는 것은 희한한 우연이었다.
    마리스카는 입구를 조심조심 지나 백야드로 들어갔
다. 그러자마자 주위 공기가 다른 빛깔을 띠며 아른거렸다.
더 가볍고 건조하고 서늘한 듯하더니, 그다음 순간에는 더
무겁고 축축하고 따뜻하게 느껴졌다. 마리스카는 팔을 뻗
어 그를 둘러싼 나무들의 껍질을 손끝으로 살며시 훑어보
았다. 온갖 종류와 온갖 수령의 나무들이 있었다. 적어도

그가 볼 수 있는 한에서는 나무가 맞았다.

그리고 그의 귓가에 들려왔다. 목소리들이. 혼령들이. 처음에는 나지막한 소리였지만 점차 커져서 숲에 낮게 맴돌던 웅웅거리는 소리는 배경음이 되었다.

마리스카가 처음으로 그 목소리들을 들은 것은 열 살 때였다. 어느 날 작가 모임에 갔던 엄마가 친구들에게서 들은 이야기에 흥분한 채로 집에 돌아왔다. 석굴 안에 숨어든 새로운 영매에 대한 이야기였고, 엄마는 호기심에 가득 차 있었다.

아빠는 시큰둥했다.

"그런 영매들이 하는 일에 과학적 근거가 없다는 건 당신도 잘 알잖아. 기술에 의지해서 앞으로 나아가야지. 기계! 인공지능! 눈에 보이고, 손에 만져지고, 프로그래밍할 수 있는 것들! 공기 중에 혼령이 있고 어쩌고저쩌고하는 건 다 말장난일 뿐이야."

엄마가 아빠에게 조용히 하라고 다그쳤다.

"기술과 진보에는 로봇 말고도 다른 요소가 많아."

그렇게 실랑이는 끝났고, 가는 것으로 결론이 났다.

석굴은 집에서 멀지 않았다. 아빠의 업무용 수송선으로 한 시간이 걸려서 긴 방파제 옆에 멈춰 섰다. 마리스카는 석굴을 올려다봤다. 머리 위로 우뚝 솟은 장엄한 바위들과 수풀들은 놀라울 정도였다. 더 놀라운 것은 석굴 입구로 이어지는 계단이었다.

평생 열 단보다 더 높은 계단을 본 적이 없었던 마리스카는 계단을 올라가면서 단 수를 헤아렸다. 꼭대기까지 84단이었다. 안으로 들어가니 계단이 동굴 한가운데로 더 이어져 있었다. 그곳에는 어떻게 해서인지 바위와 나무 사이의 틈새를 찾아 새어든 햇살이 작은 사원의 지붕을 비추고 있었다.

마리스카는 엄마를 뒤따라 사원으로 서둘러 다가갔다. 그는 주위를 두리번거리며 기묘한 옷차림을 한 채 자신을 쳐다보는 여자들의 조각상을 훑어보았다. 그중 몇몇은 춤을 추다가 얼어붙은 듯한 자세였다. 마리스카는 그들이 언젠가 얼어붙지 않았던 때가 있었을지, 그 시간을 즐겼을지 궁금해졌다.

그러다 별안간 공기 중에서 속삭임이 들렸다. 마리스카는 멈칫하고 조각상들을 빤히 쳐다보았다. 그들이 혹시 동상인 척하는 사람이 아닌가 싶어서였지만, 움찔거리는 조각상은 하나도 없었다. 사원에 가까워질수록 속삭임은 더 커지더니 명료한 목소리가 되어 마리스카의 마음속을 차지했다. 마리스카는 심지어 아빠가 몸을 숙여 제 손을 잡아당길 때까지도 곁에 다가오는 기척을 전혀 느끼지 못했다.

"이리 와, 마리. 가야지."

영매는 사원 한가운데의 작은 방석 위에 책상다리를 하고 앉아 있었다. 춤추는 조각상들이 입은 알록달록한 드레스와는 사뭇 다른 긴 베이지색 로브를 걸치고 친절한 표정을 하고 있었다. 엄마가 영매 앞에 놓인 방석으로 건너가 그를 마주하고 앉았다. 두 사람이 눈을 감자 주변의 모든 사람이 숨을 죽였다.

마리스카에게는 그 정적 때문에 도리어 목소리들이 더욱 크게 들렸다. 숫제 동굴 벽에 메아리쳐 울리고 있었다. 마리스카는 귀를 막아보았지만 목소리들은 마음속으로 곧장 파고들었다. 무시무시한 경험이었다. 마리스카는 아빠의 바짓가랑이를 꽉 붙잡고 매달렸다. 그걸 놓으면 무슨 일이 벌어질지 알 수 없었다.

바로 그때 목소리들 중 하나가 유난히 높고 또렷하게 치솟았다. 너무 또렷해서 충격적일 정도였다. 혼란스러워하다 정신을 차리고 보니, 어느새 영매가 마리스카의 머릿속에서 들려오는 말과 정확히 같은 말을 하고 있었다.

미나? 미나. 나 엄마야. 내 말 들리니?

심장이 철렁했다. 저 낯선 사람이 엄마의 이름을 부르고 있었기 때문이다. 엄마가 고개를 젖히더니 눈을 번쩍 떴다. 경악한 표정이 이내 안도감과 슬픔으로 바뀌었다. 엄마가 소리쳤다.

"엄마, 미나 여기 있어요. 엄마 말 들려요. 엄마도 제 말이 들리나요?"

영매가 대답했다. 그런데 마리스카에게는 영매의 말이 머릿속에서도 들렸다. 영매가 하는 모든 말이 그랬다.

그래, 미나야. 아주 잘 들려. 오, 보고 싶었단다.

엄마가 우는 모습을 본 것은 그때가 처음이자 마지막이었다.

마리스카는 집중하려고 애썼다. 마음속에 거름망을 쳐서 주위에서 맴도는 혼령들을 걸러내고 자신이 찾는 하나의 목소리에 신경을 기울였다. 백야드 안으로 더 깊이 들어가다 보니 여기 나무들은 더 작다는 게 눈에 띄었다. 어린 나무들이었다.

마리스카는 발걸음을 재촉했다. 어린 나무들이 말하는 바는 하나였다. 이 영원목永遠木들이 입구에 있던 것들보다 더 최근에 묻혔다는 뜻이었다.

　마침내 골짜기에 접어들었을 때는 숨이 가빠왔다. 백야드는 눈앞에 펼쳐진 녹색 언덕들보다 훨씬 더 멀리까지 뻗어 있었지만 마리스카가 오고 싶었던 곳은 여기였다. 가장 어린 묘목들이 있는 곳.

　마리스카는 주위를 둘러보며, 뚜렷하게 분간할 수 있는 특징이 없는 나무를 고른 스스로를 책망했다. 전나무나 단풍나무를 고른 사람들은 그럴 만한 이유가 있었던 것이다.

　그는 마음을 가라앉히고 혼령들이 자신의 감각을 뒤덮는 동안 잠잠히 기다렸다. 눈을 감고 내면에 집중하며 자신이 가야 할 곳으로 이끌어줄 무언가를 찾고 또 찾았다.

　부드러운 속삭임이 들려오더니 다른 혼령들 사이로 사라졌다. 마리스카는 숨을 헉 들이켰다. 오래전 석굴에서 엄마가 어떤 기분을 느꼈을지 비로소 완전히 이해되었다. 지난 두 주 동안 욱신거렸던 가슴이 조금 가벼워지더니, 그 대신 날카로운 통증이 온몸에 맥박치듯 퍼졌다.

　마리스카는 숨을 짧게 들이쉬었다. 싸늘한 공기가 폐를 찔렀지만 머릿속 안개는 걷혔다. 갑자기 감각이 명료해졌다. 더 이상 찾을 필요도 없었다. 그것이 어디에 있는지 정확히 알았으니까. 가까이 갈수록 혼령의 목소리가 더욱 선명해졌다. 그것은 〈델타 던Delta Dawn〉이라는 노래를 흥얼거리고 있었다. 어렸을 때 아빠가 불러주던 유일한 노래였다.

그날도 아빠는 그 노래를 흥얼거리고 있었다. 부엌을 돌아다니면서 세 사람을 위한 저녁 식사를 준비하고 있던 날에. 아빠가 시금치를 데치고 고추를 빻는 동안 마리스카는 발코니의 텃밭에서 쪽파를 땄다. 그때 시계에서 알림이 울렸다. 마리스카는 기대감에 차서 문을 돌아보았다. 엄마는 늘 똑같은 시간에 귀가했다. 매일 어김없이.

그런데 그날은 예외였다.

나중에 들은 바에 따르면 엄마는 수송선 삼중 추돌 사고에 휘말렸고, 그 결과 익사한 피해자 네 명 중 한 명이었다. 마리스카는 엄마를 보고 싶을 때 찾아갈 수 있도록 시신을 온전하게 보전해 영원목에 안치하자고 아빠에게 간청했다. 조르기도 하고, 떼를 쓰기도 하고, 아빠랑 다시는 말 안 하겠다고 으름장까지 놓았다. 하지만 아빠는 꿈쩍하지 않았다.

"하지만 엄마 목소리를 다시 듣고 싶단 말이에요. 화장하면 엄마 영혼은 어떻게 되는데요? 영혼이 어디로 가요? 제가 어떻게 엄마와 다시 대화할 수 있어요?"

"마리스카."

평소에 아빠는 '마리스카'라는 이름으로 부르는 일이 없었다.

"네 허튼소리는 더 이상 듣고 싶지 않구나."

결국 마리스카의 마음을 흔들고 입을 다물게 한 것은 아빠의 눈에서 엿보이던 슬픔이었다. 아빠는 그 슬픔을 결코 떨치지 못했고, 〈델타 던〉도 다시는 부르지 않았다.

마리스카가 메르바우 묘목의 작은 가지들 중 하나에 손끝을 올리자 허밍이 멈췄다. 완전한 정적이 흘렀다. 혼령들이 서로에게 스며들고 귀뚜라미들이 울음을 멈췄다.

마리?

마리스카는 자기도 모르게 숨을 참고 있었다. 입을 벌리자 눈물이 뺨을 타고 흘러내렸다. 아빠를 부르려 했지만 심장이 너무 빠르게 뛰어서 숨이 잘 골라지지 않았다. 진정하려고 해도 자신의 중심을 찾을 수가 없었다.

그래서 그냥 포기해버렸다. 목 놓아 울음을 터뜨렸다.

마침내 말을 쥐어짜니 쉰 코맹맹이 소리가 튀어나왔다.

"아빠, 아빠. 내 말 들려요?"

마리?

마리스카는 좀 더 큰 목소리로 외쳤다.

"아빠, 아빠. 내 말 들려요?"

아빠는 듣지 못했다.

마리스카는 계단 꼭대기에서 저 아래를 내려다보다
가 꼭대기에 칠해진 빛바랜 페인트를 돌아보았다. 272단.
이번에도 수를 헤아렸다. 84단은 272단에서 멀리 떨어져
있었다.

마리스카는 동굴 한가운데의 사원으로 나아갔다. 춤
추는 조각상들은 페인트를 새로 칠해서 전성기를 보내고
있는 듯 보였다. 이번에는 사원 앞에 사람들이 짧은 줄을
서 있었다. 사람들이 더 '영적으로 조율되면서' 영매의 인
기도 높아졌다. 이제는 유행이 되다시피 했다.

주위의 혼령들은 마리스카가 기억하는 것보다 더 다
양했다. 대다수는 알 수 없는 언어로 말하고 있었지만, 그
언어들 근간에 깔린 감정은 이해할 수 있었다. 그들은 차마
놓을 수 없는 그리움, 기억, 역사, 과거의 혼령들이었다.

마리스카 차례가 되었다. 그는 엄마가 했던 대로 영
매 앞의 방석에 앉았다. 영매는 그때와 같은 긴 베이지색

로브를 걸치고 있었지만 이제 눈가에 주름이 생겼고 머리 카락은 회색을 띠어 위엄 있어 보였다. 영매가 마리스카를 잠시 보더니 곧 그를 알아보는 표정을 지었다.

"당신을 알아요. 예전에도 왔었죠. 그때도 나는 지금 처럼 당신을 알고 있었어요."

마리스카는 침묵했다. 머릿속에서는 이 석굴을 처음 방문했을 때 엄마와 나눴던 대화를 떠올리고 있었다. 그날 밤 엄마가 재워주러 왔을 때 마리스카는 말했다.

"오늘 목소리를 들었어요, 엄마. 사원에서 아주 많은 목소리를 들었어요."

엄마가 깜짝 놀랐다.

"목소리?"

"네, 무척 많은 목소리요. 주변에서 온통 울려 퍼졌어 요. 엄마랑 대화하던 분의 목소리도요."

엄마가 부드럽게 말했다.

"오, 마리. 그건 영혼들이란다. 죽은 사람들, 그들의 기억, 그들에 대한 우리의 기억에 속하는 존재들이야."

"엄마도 들었어요?"

"아니, 난 못 들었어. 아무나 들을 수 있는 게 아니야. 그래서 오늘 사원에서 본 그 친절한 여자 분을 만나러 갔던

거란다. 그분은 너처럼 목소리를 들을 수 있거든."

"아빠한테도 말했는데 믿어주지 않았어요."

엄마가 마리스카의 머리를 쓰다듬고 이마에 입을 살짝 맞춰주었다.

"괜찮아, 마리. 나는 너를 믿어. 그리고 분명 아빠도 너를 믿을 거야. 아직 이해하지 못했을 뿐이야. 언젠가는 이해하겠지."

"정말로요?"

"약속해. 네가 포기하지 않으면 언젠가 아빠도 이해할 거야."

영매가 마리스카에게 말했다.

"당신은 그들과 대화할 수 있기를 바랐지요."

마리스카는 고개를 끄덕였다. 너무 살짝 끄덕여서 영매가 눈치채지 못했을지도 모르겠다는 생각에 입을 열어 갈라지는 목소리로 대답했다.

"네."

영매가 미소 지었다. 그는 오래전 그때와 마찬가지로 친절해 보였다.

"지금도 할 수 있어요. 귀를 기울이기만 한다면요. 참을성을 가져요. 그리고 마음을 열어요."

영매가 손을 뻗어 마리스카의 두 손을 잡았다.

"포기하지 말아요. 포기하지 말아요."

눈에 눈물이 차올랐다. 마리스카는 영매의 시선을 피하며 부랴부랴 일어났다. 고맙다는 인사를 웅얼거리고서 재빨리 사원을 빠져나와, 계단을 내려가 방파제까지 갔다.

영매의 손길은 부드러웠는데도 마리스카의 온몸에 충격을 안겨줬다. 그것은 마리스카가 아빠의 영원목 묘목에 손을 댔을 때 느꼈던 기분을 상기시켰다. 벼락을 맞은 듯, 모든 것이 떨어져 나간 듯했던 기분을. 그 순간의 선명함은 너무나 순수하고도 짧아서 다시는 누릴 수 없을까 봐 겁이 났다.

이후로 마리스카는 날마다 백야드에 찾아갔다. 날마다 수송선을 세우고 신발을 벗고 흙바닥에 내려섰다. 거기서서 머리 위로 솟은 나무들을 올려다보며 귀뚜라미 울음소리와 혼령들의 목소리에 귀를 기울이다 보면 자기 자신이 이곳에 뿌리 박혀 있음을 깨달았다.

아치형 입구까지 갈 때도 있었다. 하지만 그 정도가 한계였다. 마리스카는 혼령들의 목소리를 들으며 불안감이 가슴속에 스며드는 것을 느꼈다.

백야드의 나무들과 마찬가지로 마리스카의 공포도 무럭무럭 자라서, 어느 날부터는 발걸음을 끊게 되었다.

도시에는 혼령이 없었다. 그의 심장을 부여잡고 기억에 붙들어 맬 목소리들도 들리지 않았다. 물에서 견고히 솟아오른 고층 건물이며 아파트로 이루어진 콘크리트 정글 속에서 마리스카는 서서히 현실적인 여자가 되어갔다. 아빠가 엄마를 위해 만들었던 것과 같은 추모판도 만들었다. 마리스카는 자신의 방 안, 엄마의 추모판이 놓여 있는 선반에 아빠의 추모판을 나란히 놔두었다. 아침에 출근하기 전과 밤에 잠들기 전에 1분씩 추모판을 들여다보았다.

마리스카는 〈델타 던〉 가사를 외웠다. 아빠가 그랬듯 부엌일을 할 때마다 불렀다. 가끔은 아빠의 목소리가 돌아오는 듯한 느낌이 들었지만, 붙잡으려 하면 매번 사라져버렸다. 그러고 나면 그 목소리는 두 번 다시 기억나지 않을 듯했다.

아주 드물게는 아빠의 영원목 앞에 서 있었을 때 느꼈던 선명함이 기억나기도 했다. 백야드와 메르바우 나무가 얼마나 더 커졌을까 궁금했다. 자신이 고른 아빠의 안식처를 당신이 마음에 들어할지도.

아빠가 여전히 〈델타 던〉을 흥얼거릴지도 궁금했다.

When It's Time To Harvest

혜낭 베르나르두
Renan Bernardo

헤낭 베르나르두

브라질 리우데자네이루 출신의 작가이자 컴퓨터 엔지니어다. 그의 소설은 《다크 매터 매거진Dark Matter Magazine》과 《우리 너머의 삶Life Beyond Us》 등에 실렸다. 그의 웹사이트(www.renanbernardo.com)에 작품들이 소개되어 있다.

나는 토히 베르지Torre Verde*수직 농장이 곧 우리 결혼 생활이라고 말한다. 물론 비유적인 표현이다. 주베나우는 전혀 그렇지 않다고 주장한다. 나는 농장이 지난 40년간 우리 집이었고, 우리가 처음 만난 곳이자, 처음으로 저녁에 먹을 샐러드용 상추를 발육 홈통에서 땄던 곳이기도 하다고 그를 나무란다. 주베나우는 농장이, 그러니까 우리 농장이 단지 목적을 위한 수단일 뿐이라고 말한다. 30만 명으로 이루어진 지역사회에 식량을 공급하기 위한 과정이라고. 그 말에 나는 우리 결혼 생활도 목적을 위한 수단이며 그 목적은 사랑이라고 맞받아친다. 그렇게 논쟁을 벌이다 보면 결국 주베나우가 나더러 '비유 과잉 증후군'을

* 포르투갈어로 '녹색 탑'을 뜻한다.

앓고 있다고 핀잔을 주곤 한다.

하지만…… 하아. 요즘 나는 토히 베르지가 우리 결혼이 아니라 이혼이 될지도 모르겠다고 진심으로 걱정하고 있다.

주베나우는 은퇴하고 싶어한다. 나도 그렇긴 하지만 지금은 아니다. 나는 일흔여덟이고 그는 일흔아홉이니 그의 말도 일리가 있다.

"우리는 너무 많이 익은 순무야, 나지아."

가끔 주베나우는 한심한 비유를 써서 나를 자극하고 또 한편 웃기기도 한다. (그는 우리를 감자라고도 하고, 기분이 안 좋을 때는 마늘이라고도 한다) 주베나우의 목소리는 그가 식량 부족에 시달리는 친구들에게 둘러싸인 마흔 살의 농업 공학 학위 소지자 흑인이었을 때부터 지금까지 변하지 않았다. 사실 나도 마찬가지로 별로 변한 데가 없다. 그때나 지금이나 우리는 티주카 공동체를 돕는 데 열심이고 리우데 자네이루 주변의 수직 농장들과 기꺼이 지식을 공유하고자 하는 농부들이다. 물론 지극히 인간적인 통증들에 시달리고 있고(주로 등과 무릎의 통증이다), 새로운 이름을 잘 잊어버리는 경향이 있어서 성가시기도 하고, 가만히 있다 보면 졸기 일쑤다. 그래, 조금 변하긴 했을지도 모르겠다. 하지만 우리 농장, 우리 결혼 생활은 혼자 놔둬도 알아서 굴러가는 기적과는 거리가 멀고 따라서 주베나우가 은퇴를 고려하기엔 아직 시기상조다.

내 손에서 펜이 빠져나가 무릎에 떨어진다. 또 이러다니. 비유와 은퇴에 대한 상념에 빠져들 때는 교재 집필 같은 작업을 하는 게 아니다. 나는 한숨을 쉬고 원고를 덮는다. 그것은 두툼한 황갈색 공책으로, 수위가 0.5미터 아래로 떨어졌을 때 주베나우가 우리 건물의 지하 창고에서 찾아낸 것들 중 하나다. 그는 첨단 농업 기술과 주름진 구식 공책을 동시에 좋아하는 내가 이상하다고 한다. 그러면 나는 왜 스스로를 공책에 빗대냐고 되묻는다. 그는 끙 앓는 소리를 내며 걸어가버리지만, 나는 오랫동안 그의 아내로 살아왔기에 그가 숨죽여 웃는 소리를 충분히 알아들을 수 있다.

나는 의자 옆 탁자에 공책을 올려놓고 스마트워치를 만져 수분 매개자 넷을 부른다. 몇 초 뒤 녀석들이 복도 창문을 통해 날아 들어온다. 나는 자리에서 일어나, 등줄기에 퍼지는 통증을 무시하고서 손바닥을 펼쳐든다. 벌들이 손 위에 일정한 간격을 두고 떨어져 앉는다. 내 코는 한창 때에 비하면 둔해졌지만 여전히 벌들에게 묻은 딸기와 로즈

마리 냄새를 어렴풋이 맡을 수 있다.

나는 벌 네 마리를 충전기에 넣고 ID와 위치를 입력한다.

"얘들아, 가서 주베나우의 선물을 가져와."

나는 그렇게 속삭이고 벌들을 내보낸다. 벌들이 재빨리 창밖으로 날아오른다.

슬프게도 우리 입장은 서로 팽팽하다. 주베나우에게 휴식이 필요하긴 하다. 우리 둘 다 마찬가지다. 10년 전부터 우리는 리우 데 자네이루 해안에 있는 '영원의 노인회섬'을 눈여겨보고 있었다. 자동화된 자급자족식 농장들, 재활용 시설, 태양 전지들과 인공 조수로 자동 생산되는 에너지……. 나도 거기가 매우 마음에 들긴 한다. 하지만 주베나우만큼은 아니다. 그곳이 내게 피스타치오 아이스크림과 같다면, 그에게는 초콜릿 토핑과 완전무결한 삶의 보장까지 얹어진 피스타치오 아이스크림과 같다. 최근 주베나우가 원하는 것은 그것뿐이다. 아이스크림 말고, 그 지역에서의 삶 말이다. 그는 우리가 토히 베르지를 세우고 발전시켜 티주카 지역의 식량난을 해결하기에 이른 지금 그런 삶을 누릴 자격이 있다고 생각한다. 합리적인 생각이다.

벌들이 아까보다 느린 속도로 창문으로 날아 들어온

다. 녀석들은 각 꼭짓점에 조그마한 드론이 달린 태블릿을 가지고 왔다. 내가 발아실에 놔두었던 태블릿을 녀석들이 찾아서 가져다준 것이다. 70대에 접어들고부터는 수분 매개자들에게 이런저런 물건을 가져오라는 심부름을 시키는 것이 일상이 되었다. 나는 태블릿을 켜고 승선 티켓을 확인한다. 뙤약볕 아래 리우 데 자네이루의 침수로沈水路들을 지나 바다를 가로질러 영원의 섬으로 가는 데에는 다섯 시간이 걸린다. 하지만 때로는 그만한 시간을 감수할 가치가 있다. 게다가 최근엔 우리가 자주 싸웠으니, 주베나우가 그동안 꿈꿔온 곳에서 시간을 좀 보내면 좋을 것 같다는 생각이 든다.

나는 내 방을 나와 엘리베이터를 타고 공중재배층에 들어선다. 주베나우는 교육생인 줄리아와 대화하고 있다. 무엇보다 먼저 나를 맞아주는 것은 생장탑에서 흘러나온 양배추와 근대의 향이다. 그다음으로 나를 맞이하는 것은 눈이 마주치자 이맛살을 찡그리는 주베나우의 얼굴이다. 그는 어린애처럼 나를 무시하고 재빨리 줄리아에게로 눈을 돌린다.

"어제 이 구역의 분무기들이 용액을 분사하지 않았어요."

주베나우가 한사코 줄리아를 응시하며 말한다. 그는 평소와 같은 푸른색 정장 셔츠에 카키색 바지를 입고 있다. 벨트에는 게임을 하거나 농장 전체의 현황을 확인하는 데 쓰는 태블릿이 매달려 있다.

"요즘에는 그런 이상이 잘 생기지 않는데 말이죠."

주베나우가 양배추 탑을 유심히 들여다보며 말한다. 일부 양배추들은 적절한 용액을 흡수하지 못해 벌써부터 시들시들해져 있다.

"더 많은 문제가 숨어 있는 것일 가능성이 높아요, 줄리아."

"그럴 수도 있겠네요."

줄리아는 스물여덟 살의 농업 공학자로, 마음만 먹으면 무엇이든 금세 익히고 해결하는 신기하고도 짜증스러운 재주를 가지고 있다. 우리가 가진 최고의 인재다. 토히베르지가 우리 결혼 생활이라면 결혼 서약은 줄리아라고 해야 할 것이다. 또한 그는 아직 회복 중인 위태로운 도시에서 농장을 온전하게 유지해주는 아교와도 같다(실례. 비유 과잉 증후군이 또 도진 모양이다). 나는 마치 대기실에 들어온 듯 태블릿을 손에 든 채 두 사람을 지켜본다. 여기는 내 농장, 내 '집'인데도. 주베나우가 고의로 꾸물거리는 게 분명하다. 줄리아가 내처 말을 잇는다.

"수확 로봇들이 이 탑을 빠뜨리고 정해진 시간에 수확을 하지 않았어요. 분무기가 제대로 작동하지 않았기 때문이죠. 그리고 분무기가 제대로 작동하지 않았다는 건, 이 구역의 분사구들에 영양팩이 빠져 있다는 뜻일 가능성이 높아요."

천장의 조명 설정이 바뀌면서 주베나우의 눈동자에 빛이 번뜩인다. 나는 그가 이미 모든 사태를 파악했으리라고 확신한다. 지금 그는 시간을 끌고 있을 뿐이다. 나는 그의 작전을 뻔히 안다는 것을 보여주려고 양손을 옆구리에 얹는다.

"영양팩이 빠져 있다면……."

그가 말꼬리를 흐린다. 한 무리의 수분 매개자들이 통로를 윙윙거리며 지나간다. 근처 어딘가에서 수확 로봇 하나가 나지막한 웅 소리를 내며 근대들을 주의 깊게 골라내고 있다. 줄리아가 어깨를 으쓱인다.

"영양팩이 빠져 있다면, 교체 드론들이 그걸 제대로 교체하지 못했다는 뜻이겠죠. 그러면 저장실에 영양팩이 없어야 하는데, 제가 시스템을 확인해보니 그렇지는 않더군요. 그러니……."

그제야 주베나우가 내 눈을 마주 본다. 나는 한숨을 쉬며 두 손을 든다.

"미안해요······. 내가 팩 하나를 꺼내고 시스템을 업데이트하지 않았어요."

"저장실에서 영양팩을 빼다니, 왜 그런 거야?"

주베나우가 묻는다. 답을 뻔히 알면서도. 나는 이대로 걸어나가 방으로 돌아가서는 태블릿에서 빌어먹을 티켓을 삭제하고 싶은 충동에 사로잡힌다.

"지금 영양팩에 대한 내용을 집필하고 있거든. 참고 자료로 필요해서 그랬어."

내 농장에서 내 남편이자 사업 파트너이자 동료 농부를 상대로 내 행동을 정당화할 이유는 없다. 단지 줄리아가 여기 있기 때문에 해명하고 있을 뿐이다. 그리고 줄리아가 우리 결혼 서약이라면 나는 그 서약에 충실하고 싶은 것이다. 빌어먹을, 비유 과잉 증후군 같으니.

"저장실에서 팩을 꺼내고는 시스템을······."

"알아, 안다고."

나는 손을 들어 그의 말을 가로막는다. 내 오랜 벗 주베나우가 싫어하는 것 하나는 자동화된 절차에 인위적으로 개입하는 것이다. 저장실에서 영양팩을 꺼내고 시스템을 업데이트하지 않는 행동이 딱 그 경우에 해당한다.

"얘기 좀 할까?"

내 말에 주베나우가 고개를 끄덕인다. 표정을 보니 나를 상대로 상처뿐인 승리를 거두었음을 알고 있는 듯하다. 줄리아가 어색한 미소를 짓고는 물러난다. 그는 우리와 함께 일한 지 거의 5년이 되었지만 여전히 우리 관계를 조심스럽게 대한다. 우리가 농장 시스템을 잘못 건드려서 뭔가 멍청한 짓을 했다거나 자원을 낭비했을 때는 우리 얼굴에 대고 직설적으로 말하지만, 상사들의 사랑 싸움에는 절대로 간섭하지 않는다. 가끔은 차라리 간섭해줬으면 싶을 때도 있다. 젊은이들은 문제 해결에 탁월하지 않나.

줄리아가 우리 대화를 들을 수 없을 만큼 멀어지자 주베나우는 내 콧등에 입을 맞춘다. 나도 그에게 입을 맞춘다. 그래, 비록 서로를 미워할 때가 있지만 어떤 습관들은 여간해선 사라지지 않는다. 나는 주베나우의 숱 적은 머리에 붙은 조그마한 잎사귀 하나를 털어낸다. 목이 약간 메어온다. 나는 호주머니에서 태블릿을 꺼내 그에게 내민다. 주베나우가 돋보기 안경을 쓴다.

"안 간 지 2년 됐잖아."

내 말에 그는 낯을 찌푸리며 태블릿을 들여다본다.

우리 주위로 정적이 내려앉는다. 이따금 수분 매개자들이 윙윙거리는 소리와 시계 장치에 따라 분사구에서 물이 뿜어져 나오는 소리만 맴돈다.

주베나우가 고개를 젓는다.

결혼한 지 거의 50년 만에 처음으로 그는 내 선물을 거절하고 있다. 나는 인생에서 여러 번의 시련을 겪었다. 리우 데 자네이루의 수위가 상승하고 어머니가 실종됐을 때, 대기업들이 아직 큰 영향력을 발휘하던 시절 우리 건물에 사설 군대를 보냈을 때, 잘못된 실험 때문에 한 달치 작물을 날려버렸을 때. 하지만 그 어떤 일보다도 지금 선물을 거절당한 것이 가장 마음 아프다는 것을 인정해야겠다. 다 지나간 일들이라 그렇게 느껴지는 것일 수도 있고, 아니면 우리 관계가 전에 없이 경직되어 있어서 이런 일조차 머리 끄댕이를 잡아당기는 것처럼 느껴지는 것일 수도 있다. 아니면 그냥 내가 잠이 모자라서 그럴 수도. 어쨌든, 아아, 마음이 아프다.

그는 내 감정을 눈치챈 듯 말한다.

"미안해, 여보. 나를 봐. 난 쭈글쭈글해졌고, 다리 상태도 엉망이고, 등은 당장이라도 부러질 것 같아. 영원의 섬에는 이 농장을 아주 정리한 뒤에 가고 싶어."

"우린 농장을 떠날 수 없어, 주브."

나는 말을 더듬거린다. 정확히 이것이 우리 말싸움의 근원이라는 사실을 알기 때문이다.

"당신이 '떠날 수 없다'고 하는 건 우리가 여기서 일하는 걸 멈춰선 안 된다는 뜻이지. 하지만 언젠가는 우리 몸이 여행할 수 없는 상태가 되어버려서 여길 떠나고 싶어도 '떠날 수 없게' 될 거야."

그가 안경을 벗어 주머니에 집어넣으며 말한다. 더 이상 대화하고 싶지 않다는 뜻이다.

"우리는 시들시들한 양배추 잎이 아니잖아, 주브."

내가 코웃음을 치며 말해보지만, 그는 내 말이 우습다고 생각하지 않는 눈치다.

"우리는 튼튼한 생장대生長臺도 못 돼."

토히 베르지가 고도로 자동화되어 있다는 사실은 인정한다. 그러나 주베나우의 생각과 달리 100퍼센트 자동화되어 있지는 않다. 여전히 관리자이자 엔지니어이자 기술자인 줄리아가 필요하다. 그래, 줄리아 하나뿐이긴 하다. 과거에는 농장에 풀타임으로 일하는 직원이 여든 명이나 있었는데, 이제 필수적인 인력은 줄리아 하나만 남았다. 그

래도 줄리아는 살아 있는 인간이니 어쨌든 완전한 자동화

는 아니라는 뜻이다. 줄리아 외에도 우리는 이따금 바깥의

부두에서 화물을 정리하고 분배할 사람들이나 건물을 지

켜봐줄 보안 요원들을 고용하거나 자원받기도 한다.

　　그 모든 과정에는 '우리'가 필요하다. 우리를 창립자

부부라고 부르든 어쨌든 간에. 이 농장에는 내가 필요하다.

나는 미래 세대들이 우리 일을 배우고 따라 할 수 있게, 더

나아가 리우 데 자네이루, 브라질을 넘어 전 세계의 농장들

이 반자동화된 자급자족식 농장을 세우는 상세한 방법을

익힐 수 있게 포괄적인 책을 쓰고 있으니까. 그리고 농장에

는 주베나우도 필요하다. 그는 농장 시스템에 저장되어 있

지 않은 기술적 데이터, 절차, 모델 번호, 기록, 역사 등을

빠삭하게 꿰고 있고, 그런 면에서는 나보다 더 뛰어나다.

최근에는 그 모든 걸 줄리아에게 말해주고 우리 데이터 보

관소에 기록하고 있지만. 주베나우는 주장을 하고 있다. 워

낙 주장하기를 좋아하는 사람이다. 내가 이해하지 못한다

고 생각하겠지만, 주베나우는 자신을 없어도 되는 사람으

로 만들기 위해 노력하고 있다. 농장에 우리가 더 이상 필

요 없다는 사실을 증명하기 위해 애쓰고 있는 것이다. 부모

없이도 살 수 있음을 증명하려고 얼토당토않은 주장을 펴

는 십 대 아이처럼.

나는 한숨을 쉰다. 생각이 너무 멀리까지 흘러왔다. 원고를 집필하는 공책을 내 앞의 탁자에 펼쳐둔 채로 시간을 잊고 말았다. 나는 펜을 옆에 내려놓고 이마를 문지른다.

22장: 토히 베르지의 수분 매개자들이 일하는 법 (2부)

내가 가장 좋아하는 주제인데도 한 글자도 적을 수가 없다. 나는 수경 재배 구역 특유의 퀴퀴한 공기를 들이마신다. 지금 나는 모듈들 중 한 곳에서, 집필할 때만 쓰는 탁자 앞에 앉아 있다. 이 농장에는 오랜 세월에 걸쳐 내가 나 자신을 위해 마련해둔 조용한 장소가 몇 군데 있다. 로봇들의 이동 경로에서 벗어난 구석진 곳이다. 가끔 수분 매개자들이 윙윙거리거나 저 멀리서 거의 완벽하게 맞춰진 동작으로 일하는 로봇들이 삑삑거리는 소리가 들리는 것 말고는 조용하다. 몇 년 전 언젠가 나는 낙원이라는 게 있다면 바로 이런 곳이리라고 생각했다. 아무도 없는 해변이나 짙푸른 산비탈에 가더라도 내겐 딱 이런 장소가 필요할 것이다.

나는 펜을 집어 들고 글을 쓰기 시작한다. 잉크가 다

닳아가고 있다.

이전 장에서 살펴보았듯 수분 매개자들은 꽃이 수분할 준비가 되었을 때를 감지할 수 있는 나노 센서를 장착하고 있다. 그들의 작은 눈과 매우 민감한 조종기는 수분을 준비하는 꽃밥의 연한 녹황색 색조(21장 참고)와 꽃잎이 자라는 조짐을 구별할 수 있다. 내가 '여왕벌'이라 부르는 수분 매개자들은 심지어 각 층의 중앙 제어 장치로 전송되는 신호를 통해 습도와 온도를 조절하도록 설정되어 있다(16장 참조). 이 수분 시스템은 자급자족식이며 인간의 개입이 거의 없어도 작동한다. 다만 예외가 있는데

나는 펜을 멈춘다.

사람의 손길이 필요하면 자급자족이 아니다! 벌 여럿이 한꺼번에 오작동을 일으킨다면 새로 구입하거나 제작해야 할 것이다. 게다가 주베나우의 생각과 달리 벌 충전기도 땅에서 솟아나는 게 아니다. 이따금 줄리아가 침수로 들을 건너 새 충전기를 구해와야 한다. 물론 자주 일어나는 일은 아니지만 그래도 일어나기는 한다. 농장이 굴러가는 흐름을 도표로 그린다면, 각각의 요소들을 이리저리 가로지르는 네모들과 화살표들 사이에는 언제나 인위적 개입

을 의미하는 조그마한 사람 모양 그림이 있을 수밖에 없다. 그런데 주브는 내가 우리 농장이—우리 결혼 생활이—무너지고 다시금 지역사회에서 식량난이 대두되는 동안 해변에서 빈둥거리며 여생을 보내기를 바라는 것인가? 그래, 그렇다! 그리고 내가 아무리 농장에 우리가 아직 필요하다는 점을 설명해도, 아무리 저 불운하고 현명한 남자를 사랑해도, 그는 여전히 토히 베르지가 곧 우리라는 사실을 이해하지 못한다.

마침 그가 온다. 평화는 깨졌다.

"여보."

그가 끙 앓는 소리를 내며 탁자 맞은편의 의자를 끌어내며 말한다. 그는 교섭을 하고 싶은 눈치다. 그러기 전에 먼저 잡담을 나눔으로써 논지를 흐리려고 할 것이다. 이것이 그가 분위기를 누그러뜨리는 방식이다.

"시스템이 이번 주 날씨를 고려해 계단식 밭에 난 고수들의 빛 흡수율을 조절했어."

"흐음……."

나는 공책에서 눈을 떼지 않는다. 손으로는 펜을 꽉 붙잡고 있다. 마치 그렇게 하면 대화에서 빠져나갈 수 있기라도 한 것처럼. 주베나우에게서는 그가 쓰는 콜로뉴에서 나는 베르가못 향기와 함께 무언가 다른 냄새가 풍긴다.

"이번 주는 평소보다 더 어두웠으니까."

"오, 알지……. 확실히 더 어두웠지."

나는 고개를 끄덕이고 입술을 깨물며 여전히 시선을 피한다.

"나는 날씨가 흐렸다고 말하고 있는 거야."

"그렇기도 했고."

나는 다시 고개를 끄덕인다. 주베나우가 고개를 빼서 내가 쓰고 있는 원고를 훔쳐본다. 나는 그가 읽을 수 있게 공책을 돌려서 보여준다.

"나 지금 안경을 안 썼어."

"수분 매개자 2부야."

"당신이 좋아하는 부분이네."

그의 입가에 미소가 떠오른다. 희미하지만 부드러운 그 미소가 가까스로 중립 지대를 조성한다. 그가 종이 귀퉁이를 검지로 가볍게 문지르자 잉크가 살짝 묻어난다.

"잉크……."

"그게 뭐?"

나는 거의 소리 지를 뻔한다. 그가 고개를 흔든다.

"나는 그냥……."

"하고 싶은 말을 해, 주베나우. 당신은 늘 하고 싶은 말로 입안이 꽉 차 있잖아. 거의 펠리컨처럼."

그가 얼굴을 찌푸린다.

"비유 과잉 증후군."

나는 입술을 깨문다. 하지만 내 잇새로 새어 나온 건 그에 대한 비난이 아니라 소리 죽인 웃음이다.

"나는 당신이 어째서 이 낡은 공책들을 고집하는지 묻고 싶었을 뿐이야. 작년에 라이트패드XS 6.5 사준 건 거의 쓰지도 않잖아."

"오, 그건 무척 마음에 들어. 하지만 그걸로는 소설을 쓰는 편이 더 좋아. 토히 베르지에 대한 책에 필요한 논리는 종이에 쏟아낼 때 더 잘 풀려."

"말 나온 김에……."

주베나우가 공책을 손가락으로 두드린다. 이제 요점이 나오려나 보다.

"당신이 쓴 새 소설을 읽고 싶은데."

아니, 요점이 아니다. 그래도 나는 화가 난다.

"내가 당신 선물을 쓰지 않는다고 불평하면 안 되지. 당신도 내 선물을 거절했잖아."

그가 입을 떡 벌린다. 아, 우리 대화를 어색하게 만들 사람은 주베나우일 거라고 생각했는데. 일순간 속이 상해서 내 말을 걸러내고 싶어진다.

"비도 오고 물이 부는 계절이잖아……."

그가 내 시선을 피하며 말한다. 그를 탓할 생각은 없다. 어쩌면 주베나우는 정말로 잡담이나 나누려고 왔을 뿐인데 내가 도발하고 있는 것인지도 모른다.

"침수로를 건너는 게 얼마나 성가신 일인지 알잖아. 이렇게 날씨 안 좋을 때 나더러 그 섬에 가라는 건 오두막 안에 박혀 있으라는 뜻인데, 이건 거의……."

"뭐? 거기 생활의 지루함을 느끼게 해서 당신이 거기로 돌아가지 않고 영원히 여기 머물고 싶게 만드는 수작이라고?"

주베나우가 어깨를 으쓱하더니 축 늘어뜨린다. 나는 입술을 깨물고 공책 책등을 만지작거린다.

"티켓 날짜는 변경할 수 있어."

"우리는 10년째 은퇴 얘기를 했어, 나지아. 10년이라고."

그가 두 손바닥을 펼쳐 보인다. 손은 주름졌고 관절염을 앓는 손가락 두 개는 구부러져 있다. 나는 탁자 위에 얹은 내 손을 흘긋 본다.

"당신은 이 농장이 우리 없이도 굴러갈 거라고 생각한단 말이야? 몇 달쯤은 버틸 수 있겠지. 어쩌면 1년? 하지만 그다음은? 줄리아가 이곳을 전부 안다고 생각하는 거야?"

"글쎄, 그 나이 때 나에 비하면 훨씬 많은 걸 알기는 하지."

"그래서 내가 이 책을 쓰고 있는 거야."

나는 공책을 내 앞으로 끌어당기며 말을 잇는다.

"이 작업이 끝나면, 그래서 여기서 우리가 실천해온 모든 것에 대한 일관된 자료가 생기면…… 내가 그동안 우리가 만든 모든 것을 내려놓고 당신도 기꺼이 포기하고 싶어지면, 그때…… 은퇴하면 돼."

'은퇴'라는 단어가 입안에서 무겁게 느껴진다.

"당신은 전에도 이 얘기를 좀 모호하게 한 적이 있는데, 말이 나왔으니 묻자. 이거 약속이야? 당신이 책 집필을 마치면……."

"그리고 출판하면……."

"출판하면……."

그의 볼에 깊이 패인 주름이 눈에 띈다. 수분이 부족한 케일 잎이 떠오른다.

"······그러고 나면 여기서 은퇴하고 줄리아에게 영구적으로 관리직을 맡길 거야?"

나는 아무 말도 않는다. 약속의 힘은 강하다. 생장대에 씨앗을 심고 엄격하게 조절된 타이밍으로 적절한 빛과 영양분을 주면 아름답고 향기로운 보랏빛 쪽파가 자라나리라는 확신만큼이나.

"그래."

나는 메마른 목으로 간신히 목소리를 내 그렇게 말한다.

주베나우가 씩 웃는다. 자주 보기 어려운 미소다. 말싸움에서 이긴 사람의 미소라기보다는, 꽃이 반드시 흙에서 피어야 할 필요는 없다는 사실을 깨달은 사람의 그것이다. 그는 일어나서 조심스럽게 내 쪽으로 건너온다. 나는 고개를 내밀어 그에게 입을 맞춘다. 아까부터 그에게서 콜로뉴 향기와 섞여 나던 '무언가 다른' 냄새는 마음이 편해지는 숲 같은 냄새다. 해변 지역에서 새롭게 가족을 이루며 살고 있는 사람들이 떠오른다. 그가 내 손을 잡더니 여전히 미소를 띤 채 자리를 뜬다.

나는 원고에 적은 '예외'라는 글자를 굵게 덧칠한다. 하지만 잉크가 다 떨어졌다. 나는 주머니에서 휴대용 충전기를 꺼내 벌 두 마리를 부른다. 새 펜이 필요하다.

그날 밤, 주베나우가 코를 골며 꿈나라를 헤매는 동안 나는 앞으로 두 챕터만 더 쓰면 원고가 끝나겠다는 판단을 내린다.

늘 갖고 싶었지만 좀처럼 구하지 못하는 것 한 가지는 구식 석유 램프다. 리우 데 자네이루의 침수로들을 아무리 뒤져도 멀쩡한 석유 램프를 찾을 수가 없다. 목가적인 과거의 유물이 되어버린 그것. 농장 구석구석에 설치된 생장등들은 너무 하얘서 사무실을 연상케 했다. 결국 나는 생장등 대신 촛불 아래에서 글을 쓰다가 나중에는 수분 매개자들의 빛 아래에서 글을 썼다. 수분 매개자들 대다수는 빛(조도를 조절할 수 있다)을 발산하는 구멍이 있어, 농장 몇몇 구역에서 빛 흡수율을 조절하는 역할을 맡았다. 벌보다는 반딧불이에 가까운 셈이다. 나는 녀석들을 내 작업실로 불러들여 가짜 등불 빛을 드리우게 한다. 그렇게 하면 영감이 더 쉽게 떠오르는 것 같다.

24장: 수확량을 극대화하기

새벽 세 시다. 나는 밤 열한 시부터 지금까지 글을 쓰고 있다. 수분 매개자들이 끊임없이 윙윙거리는 소리는 마음을 편안하게 해주지만, 펜을 오랫동안 쥐고 있느라 살짝 쥐가 난 손가락은 불평을 쏟아낸다. 게다가 아까 주브가 미소 지었을 때 내가 느꼈던 서글픈 기분이 생각을 방해하고 있다.

토히 베르지는 총 30층이고 네 개의 중심 구역으로 나뉜다. 처리 및 관리실, 공중재배실, 아쿠아포닉스*실, 수경재배실. 하지만 실질적으로는 훨씬 다양하게 나뉜다. 빠른 수확층, 느린 수확층, 폐기물 처리를 위한 자동 배출 시스템, 온실, 수백 개의 오염 정화실, 묘목장, 제어실, 저장 탱크, 분배 센터, 관리층, 이 건물 한 채를 이용해 30만 명으로 이루어진 지역사회 전체를 먹여 살리는 데 필요한 온갖 시설들. 각각의 공간에는 복잡하고도 중요한 절차와 구성 요소들이 있고, 그 모든 것은 내 책에 하나의 챕터로 들어갈 만한 가치가 있다. 적어도 소챕터로는.

"좀 걸릴 거야."

---

* 수생동물의 유기물과 배설물을 영양 공급원 및 정화 수단으로 이용하는 수중 재배 방법.

나는 혼잣말을 하면서 공책 귀퉁이에 작은 글씨로 적어넣는다. **2챕터와 3챕터: 농장의 인간적 요소들.** 나는 글을 쓰고, 도면과 도표를 그리고, 메모를 한다. 내가 사랑하는 남자에게 약속을 했으니까. 이 농장이 아무리 우리를 필요로 한다 해도 나는 이 빌어먹을 책을 마무리 짓고 약속을 지켜야 한다.

스마트 워치에서 진동이 울린다. **13층, B3 수경재배실, 2818번 생장대에 수분 매개자 부족. 수량: 3.** 나는 충전기를 집어 들고 내 작은 전등불 세 마리에게 문제를 처리하도록 지시한다. 그런데 내가 그 일을 채 끝맺기도 전에 방 안에 새하얀 빛이 똑바로 비춘다. 일순 눈이 부셔 아무것도 보이지 않는다.

경보가 쩌렁쩌렁 울리기 시작한다.

토히 베르지에서 마지막으로 5단계 안전 경보가 울린 건 호제리우 아순상이 사망한 사고가 일어났을 때였다. 당시 주베나우와 나는 열정적이고 행복한 시기를 보내고 있었다. 우리 둘의 관계에서만이 아니라, 자기 자신과의 관계, 농장 및 직원들과의 관계에서도 그랬다. 파산한 회사들로부터 가져온 자원들, 토히 베르지가 어떤 곳이 될 것인가와 관련된 무수한 정보들, 그리고 생장대, 탱크, 회

전식 모판, 컴퓨터 클러스터, 바이오플라스틱 울타리, 그 밖에 해수면 상승으로 큰 타격을 입은 리우 데 자네이루 한가운데에 우리의 '만나 탑'을 세우는 데에 필요한 모든 것을 날마다 실어왔던 배들과의 관계에서도 마찬가지였다. 그런데 발아실 프로젝트들 중 한 곳을 잘못 설계한 탓에 호제리우라는 기술자가 감전사해버렸다. 그날 이후로 우리는 모든 직원의 안전을 최우선으로 토히 베르지 프로젝트에 임했다.

그래서 나는 토히 베르지에서 심각한 사고가 일어난 건 40년 전의 일이라고 자랑해왔는데, 지금 이렇게 경보음이 울려 내 글을 중단시킨 것이다.

엘리베이터에 뛰다시피 올라타 14층 수중재배실로 올라가니 입안에 이상한 맛이 느껴진다. 물이 흥건한 바닥에 주베나우가 널브러져 있다. 그 옆에는 수확 로봇 한 대가 정지해 있고, 로봇의 조종기에는 대야 하나가 비뚜름히 매달려 있다.

"주브?"

내 목소리가 들릴락말락하게 새어 나온다. 경보는 이미 껐는데도.

나는 무릎 통증을 무시하고 주베나우 앞에 꿇어앉는

다. 여기엔 우리 둘밖에 없다. 줄리아는 저녁 여덟 시에 퇴근했다. 하지만 줄리아가 갔다고 해서 문제가 생겨서는 안 된다. 여긴 우리 집이고, 우리 결혼 생활이니까. 이곳에서 우리는 언제나 안전하다. 그렇지 않나? 나쁜 일은 절대로 일어날 수 없다.

"주브?"

나는 되풀이해 말하며 그의 이마에서 머리카락을 쓸어 올린다. 주베나우가 눈을 가늘게 뜬다. 나를 알아보려 애쓰는 듯하다. 적어도 피를 흘리지는 않은 것 같다.

"미끄러졌어."

그가 간신히 웅얼거린다. 나는 안도감에 웃음을 터뜨린다.

"오, 허리 아파, 여보……. 저 로봇은 여기 있으면 안 되는 건데."

하지만 로봇은 여기 있다. 아마 수경재배 급수장의 물을 교체하려던 참이었을 것이다. 자정 이후에는 이런 종류의 정비 작업을 하지 않도록 설정해놓았는데, 어쩌다 알고리즘에서 벗어난 행동을 했는지는 알 수 없는 일이다.

"의료실에 데려다줄게."

나는 그의 머리를 들어 올린다. 무언가 끈적거리는

것이 손에 묻는다.

이런. 피다.

"비상 연락망으로 줄리아에게 전화해."

나는 내 시계에 대고 말한다. 하지만 주브를 이대로 둬서는 안 된다. 의료실로 데려가야 한다. 그런데 내 머릿속에 떠오르는 것은 저 로봇이 여기 있는 게 내 탓이 아닌가 하는 생각뿐이다.

"여보세요? 나지아?"

줄리아의 목소리를 듣자 안도감이 밀려온다. 하지만 그러기가 무섭게 주베나우가 신음을 흘린다. 물웅덩이가 붉게 물들고 있다. 이 물은 생명을 만들어야지, 빼앗아서는 안 되는데.

"주브가 넘어졌어요."

나는 간신히 그렇게만 말한다. 줄리아가 전화를 끊는다. 무슨 일이 벌어진 것인지 알아차린 것이다.

하지만 마냥 줄리아를 기다리고만 있을 수는 없다. 나는 시계로 비상 프로토콜을 발동하고 젖은 바닥에 충전기를 놓는다. 몹시 작은 충전기 인터페이스를 최대한 조작해서 토히 베르지의 수분 매개자를 몽땅 불러 모은다.

주브가 기절한다. 나는 그의 이름을 속삭인다. 그렇

게 하면 그가 깨어나기라도 할 것처럼. 주브의 뒤통수에서 손을 떼기가 무섭다. 손가락 하나도 꿈쩍할 수 없다.

눈을 감으니 어둠 속에서 보이는 것은 주베나우가 내 앞에 펼쳐 든, 관절염을 앓는 두 손뿐이다. **10년.**

수분 매개자들이 모조리 몰려들어 그 조그마한 다리들로 주브를 들어 올린다. 반면 나는 죄책감에 짓눌린다.

그래, 내가 주브 앞에 저 로봇을 뒀다. 그는 나 때문에 넘어진 것이다.

내 머릿속은 줄리아가 문제를 해결할 때와 같은 논리적 사고의 흐름을 따라 바쁘게 흘러간다. 농장에서 무엇보다 중요한 것은 타이밍이다. 저 수확 로봇이 여기 있는 건 분명 무언가가 그것의 작동 스케줄을 어지럽혔기 때문이다. 저장실에서 영양팩 하나가 빠진 것과 같은 사소한 일이 연쇄 작용을 일으켜 저 로봇이 딱 이 위치에 있게 되었고, 하필 밤잠을 못 이루고 산책을 하던 주베나우와 맞닥뜨린 것이다. 운명이라 하든, 우연이라 하든 간에. 결국 내가, 내 인위적 개입이 농장의 자동 시스템을 방해한 셈이다. 내가 시스템에서 수분 매개자들을 불러내는 바람에. 영원히 끝나지 않는 책을 집필하며 챕터를 하나하나 추가하는 바람에.

우리가 사랑과 필요에 따라 지어 올린 생장대들 위로 수분 매개자들이 날아올라 주브를 나르는 광경을 바라보며, 나는 농장이 결코 내가 원하는 방식대로는 굴러가지 않으리라는 것을 깨닫는다. 농장은 곧 우리다. 그리고 우리 미래는 알 수 없다.

배가 1번 부두에서 기다리고 있다. 오래전 주베나우와 다른 농부 서른다섯 명과 내가 모든 사람을 먹여 살릴 계획을 품고서 퇴락해가는 건물에 다다랐을 때도 딱 저런 배를 탔었다. 우연의 일치는 아니다.

"출발까지 7분 남았어요!"

부두에서 줄리아가 주브의 마지막 짐을 가져오며 소리친다. 나는 이미 배에 타서 뱃전에 팔꿈치를 괴고 있다. 다른 부두들에서는 자동 화물선들이 들락거리고 있다. 저 배들은 식량 분배의 그물망에서 작은 매듭에 불과하다. 몇몇 자원 봉사자들이 우리 화물 상자들을 배에 싣는 것을 도와주고 있지만, 대부분의 다른 부두들에서는 이미 크레인 로봇으로 선적 작업이 이루어지고 있다. 저 로봇들을 개발한 게 전생에서의 일 같다.

"생각보다 내 짐이 많네."

주브가 나를 향해 미소 지으며 말한다. 나는 손을 흔들어 보인다. 구름 없이 맑고 투명한 하늘 아래 그의 행복이 손에 잡힐 듯하다. 그는 다리를 저는 후유증을 앓고 있지만 잘 회복하는 중이다. 아마 여생 내내 목발을 짚고 다녀야 할 것이다. 토히 베르지가 우리의 결혼 생활일 수 없음을 보여주는 상징처럼.

하지만 그렇다고 우리의 이혼을 의미하는 것도 아니다.

몇 분이 지나자 모든 준비가 끝난다. 주브가 내 옆으로 다가서서 우리가 삶을 쌓아 올린 탑에 마지막으로 눈길을 던진다. 주브에게서 수경재배실 특유의 공기 냄새와 박, 딸기, 로즈마리, 베르가못의 미묘한 향기가 느껴진다.

"그리울 것 같아?"

주브가 묻는다.

"병원에서 당신 관절 두 개를 다시 만들어줬을 때 당신을 그리워했던 것만큼 그립진 않겠지."

나는 그의 귀 뒤 머리카락을 가다듬어주고 코끝에 입을 맞춘다. 내 손톱 사이에는 몇 시간 전 온실에서 수확 작업을 할 때 묻은 흙이 아직까지도 남아 있다.

"그래도 토히 베르지의 일부는 내가 가져가잖아."

나는 내 손톱을 그에게 보여준다. 그가 웃음을 터뜨린다.

"비유 과잉 증후군이야, 여보……. 비유 과잉 증후군."

잠시 뒤 배가 침수로들로부터 멀어지고 영원의 노인회 섬으로 나아가기 시작하자, 나는 탁 트인 바다를 바라보는 주브를 두고 객실로 들어온다.

벌 두 마리가 내 펜을 가져다준다.

프롤로그: 수확할 때가 언제인지 아는 법

Broken From
The Colony

에이더 M. 패터슨
Ada M. Patterson

에이더 M. 패터슨

바베이도스와 로테르담에 살며 활동하는 아티스트이자 작가다. 가장 무도회와 비디오, 시를 통해 이야기를 들려주고 우아하게 상상한다. 그의 작품은 《Sugarcane Magazine》, 《PREE》, 《Mister Motley》, 《Metropolis M》에 실렸다.

산호는 더 이상 그를 분간할 수 없었다. 그의 호흡이 느려졌고 몸도 느려졌다. 그는 자신의 발걸음이 닳아간다는 것을 알고 있었다. 그와 같은 소녀가 10년간 걸으면 생기는 일이었다. 가끔씩 모래가 발꿈치를 붙잡으며 기억을 불러일으킬 수 있었다. 자신이 한때 누구였는지에 대한 생각에 빠져들어 자신이 무엇이 되어가는지는 잊는 것이다. 그렇게 정적이 그를 발견했다. 물 위의 삶이 발하는 빛들에 굴복하는 것. 물 이전의 삶. 조용한, 혼자만의 삶. 그 삶은 해류가 그를 휩쓸고 지나갈 때마다, 그 서늘한 감각이 목을 움켜잡고 모공에서 플랑크톤, 조류, 모래알을 씻어낼 때마다 깨졌다. 그 감각은 진짜 바람이 어떤 느낌이었는지 상기시킬 만큼 서늘했다. 어떤 언덕 봉우리에 서서—그 이름이 뭐였더라? 파넘? 아니면 펠리시티? 아니, 그건 단지 그가 감각이라 부르는 것이었다. 이름은 중요하지 않았다. 중요한 것은 그 산들바람이었다. 나뭇가지가 바스락거리고 목마황이 가늘게 떨리는 소리로만 들을 수 있었던, 그를 뒤덮는 대서양의 구슬픈 한숨. 그리고 그 소리들을 들을 수 있었다. 녹색 잎새 한 가닥 한 가닥이 수천 번의 바람에 휩쓸려 올라갔고 느슨히 매달려 있던 열매들은 모두 하늘에서 빈 성게 집처럼 떨어졌다. 그는 목마황 나무들 아래를 맨발로 걷지 않으려 조심했다. 방심한 채 열매를 발꿈치로 밟았다가는 유리 조각이 뼈까지 찔러 들어오는 듯한 기분이 들었다. 또는 쏠배감펭의 가시 같은…… 복어 가시 같은…… 암초의 송곳니들 위에 올라선 듯이…… 그런데 바람! 바람을 기억하라! 직유들 속에 익사할 여유가 없다. 바람을 기억해야 한다. 셔츠를 파고드는 바람. 젖꼭지의 위치가 어디였는지 기억할 수 있을 만큼 날카로운 바람. 폴립*이 아닌, 젖꼭지. 그가 고의로 기른 것들. 변화 이전에도 그의 것이었던 것들. 그의 몸에 일어난 변화들과 세상에 일어난 변화들. 그 두 가지를 더 이상 구분할 수 없었다. 머리카락을 목마황처럼 헤집는 바람. 그와 함께 한숨 짓는 대서양. 이름

---

*   산호의 몸을 구성하는 기본 단위.

없는 그 언덕을 바라보면 모든 것이 그일 수 있었다. 그리고 그는…….

해류가 그를 꿰뚫었다. 그러자 기억났다. 어디로 가야 하는지가. 그는 자신을 기다리는 모든 질문을 다시금 끄집어냈다. 얼마나 여러 날을 잃어버렸나? 얼마나 많은 발걸음이 남았나? 얼마나 오래 정적에 잠식되어 있었는가? 자신의 얼마나 많은 부분이 아직까지 저기 산호 아래 묻혀 있는가? 그의 폴립들이 이런 질문들로 막혀버릴지도 몰랐다. 질문들은 해류가 남긴 돌풍에 휩쓸려 가게 놔두는 게 나았다. 최대한 계속 움직이는 편이 나았다. 그의 정신이 산호를 넘어설 수 있는 한. 그것이 얼마나 더 멀었던가? 그는 소금물의 검은 덤불 너머를 보려 했다. 어떤 아픔이라도 그의 두 번째 눈꺼풀에 누그러질 것이었다. 그는 자신이 어디에 있는지 알아야 하기에 바라보았다. 기억해야 했다. 가장 가까이 있는 지형지물을 보려고 고개를 돌렸을 때 목에서 해안선이 무너지는 듯한 소리가 났다. 한때는 슈퍼마켓이었는데. 이제는 뇌산호로 뒤덮인 폐허가 되었다. 타원형 별들이 어둠에 걸쳐 피어났다. 굶주린 이들의 입으로 이루어진 군락……. 그는 그렇게 되고 싶지 않았다. 군락. 가족은 물론 원했지만 이건 아니었다. 자기 종에 뿌리 박히고 얽매이는 것. 이상적인 몸을 끊임없이 되풀이하는 것. 이상적인 정신을. 자기만의 생각을 가질 수 없는 것. 군락의 지평선보다 더 먼 곳은 보지 못하는 것. 아니, 그는 언제나 이 이상을 원했다. 이 장소 너머를. 이 장소에서 더 많은 것을. 산호가 그를 마주 보았다. 이 소망들이 모두 허사가 되리라는 것을 아는 듯이. 이 물속에서 자랄 것은 오로지 군락뿐임을 아는 듯이. 그의 발이 뿌리들로 빠져들었다. 그것이 그를 다시 찾아냈다.

*

"아드님이에요?"

아버지는 약간의 추파를 띤 미소를 지으며 계산대 점원이 던진 미끼를 덥석 물었다.

"우리 첫째죠."

아버지는 자기 딸이 그 말 속에서 죽어가게 내버려두었다. 점원은 계산대보다 조금 더 낮은 위치에 손바닥을 내리뜨려 자신만 볼 수 있는 유령의 머리를 쓰다듬었다.

"아주 작았을 때가 기억나는데."

사람들은 어째서 키나 나이의 변화에만 미소 짓는 걸

까. 몸은 위로 자라야지 옆으로 자라면 안 된다는 게 규칙이었다. 그는 그 규칙을 넘어 살아남아야 했다. 짓궂은 고모나 '마음씨가 못생긴' 부모님 친구가 "너 살쪘어"라고 하는 소리를 듣지 않으려면.

그들이 놀랄 일은 아니었다. 실망거리일 뿐. 그의 몸이 정해진 선을 벗어나 제멋대로 자라고 있다는 사실이 말이다. 그는 선을 넘는 게 어째서 위험한 길로 들어간다는 뜻이 되는지 이해되지 않았다. 계산대 점원도, 아버지도 그의 몸매, 피부, 머리카락에 새롭게 나타난 부드러움을 알아보지 못했다. 그의 지방층이 육감적인 형태로 변하고 있다는 것도. 그에게서 샘솟는 감정의 우물도, 그가 겪고 있는 황설탕 같은 기쁨도, 그 어떤 것도 인식하지 못했다. 그들은 다만 무엇을 봐야 할지 모르는 것이었다. 그 자리에 없는 아이를 기억하느라 너무 바빠서. 절대로 오지 않을 남자를 환영하는 데에 너무 정신이 팔려서. 그리고 당연하게도, 변화를 보지 못해서. 중요한 것을. 앞으로도 계속 중요할 것을.

그는 침묵을 지켰다. 그냥 질질 끌리는 배낭에 식료품을 채워넣으며 시간을 흘려보냈다. 단조로운 통조림의 행렬 사이에 드문드문 눈에 띄는 보물들이 추가되었다. 소

금에 절인 대구. 고추. 오이. 모든 걸 채워넣자 배낭 주둥이
가 경악한 듯 쩍 벌어졌다. 어딘가의 배수로에 버려진 빵
나무 열매에서 풍겨오는 역겨운 냄새에 정신이 쏠렸다. 그
냄새에는 짓이겨진 개미, 젖은 풀, 멀리 떨어진 데서 갓 죽
은 들쥐의 악취가 여전히 스며 있었다. 하지만 빵나무 열매
는 원래 이렇게 고르는 것이다. 안에서부터 썩어가는 냄새
가 나야 한다. 이곳 사람들이 '노란 고기'라고 부르는 빵나
무 열매는 결국 부패의 옷을 입은 농익음이니까. 과육이 벌
어지고 달콤하면서도 상한 냄새가 나는 상태. 그 자신처럼.
남자들도 여자들도 그의 허벅지 사이에 묻혀 있는 노란 고
기를 찾으려 들었다. 인종 때문에 탈색된, 너무나 가치가
떨어져서 성별도 없는 무언가. 모든 화려한 변화에서는 죽
어가는 것과 같은 냄새가 났다. 죽어가는 것은 천국 같은
맛이 날 수 있었다. 그리고 남자들도 여자들도 그 사실을
알았다. 그래서 그를 갈망했다. 그의 지네에 물린 듯한 입
술과 쿠쿠*를 떠놓은 것처럼 생긴 젖가슴을. 그는 젖은 모
래 같았다. 중요한 곳은 끈적거리지만 결코 완전히 손에 쥘

---

*   서인도제도 음식으로, 삶아서 빻은 옥수수와 오크라를 반죽해 만
     든다.

수 없는 것.

배낭 주둥이를 여미며 그는 아버지를 앞질러 나갔다. 죽은 소년들과 빵나무 열매 냄새에서 벗어나야 했다. 바깥 공기를 마시고 싶었다. 그들은 아직 그를 알아보지 못했다. 하고많은 날 중에서도 오늘. 에스트로겐을 맞은 지 여섯 달째인데 알아보지를 못하는 것이다. 그의 안에서 움직인 모든 것을. 그런데 애초부터 그게 요점이었을지 모른다. 이 변화를 눈에 보이지 않게 다루는 것. 그들의 눈 바로 앞에서 변신하면서도 숨어 있는 것. 날마다 그는 변화가 자기 안에 녹아들게 했다. 수면 아래로 떨어져 내리게 했다. 그 물방울들은 느리고도 교묘하게 움직여서 그를 감지 불가능한 존재로 유지했다. 그는 자기 자신을 빗방울 속에 숨길 수 있었다. 그리고 날마다 약간 달라진 기분을 느꼈다. 그 기분은 젖꼭지에서 느껴지는 간질거림과 셔츠 앞섶이 달라붙는 느낌으로만 측정할 수 있었다. 그는 조금 더 부드러워진 듯했고 걸음걸이는 더 리드미컬해졌다. 그것이 화학적인 영향이라고는 생각하지 않았다. 자기만의 서사를 다시 세울 수 있다는 데에 그저 행복해서 그런 것이다. 그의 익사한 목숨이 수면 아래에서 다른 종류의 숨을 쉴 수 있게 된 지금 더 가벼워진 기분이었다. 어쩌면 화학적 영향인지도 모른다. 그가 물속에서 숨을 쉴 수 있게 해주는 약 때문에. 그리고 잠시 동안 그 비유는 너무나 생생해서 그 위에 떠 있을 수도 있었다. 아무 탈 없이 지상을 걸을 수 있었다. 아니, 적어도 큰 탈은 없이. 필요할 때는 남들 눈앞에서 살고 있는 한 남자의 몸속으로 깊이 사라져버릴 수 있었으니까. 그의 피부는 체온과 습기와 호흡을 유지해줄 것이었다. 그리고 자신이 해야 하는 일을 할 것이었다. 익사할 준비는 되지 않았다. 여기서는. 이런 식으로는.

바깥에는 뙤약볕이 무자비하게 내리쬐었다. 석회 가루와 공사 먼지 때문에 공기가 희끄무레했다. 거리는 건조했고 소음으로 시끄러웠다. 여기엔 부드러움이 머물 공간이 없었다. 착암기가 지반을 뚫으며 가루를 날리는 동안 소형 버스들이 도로에서 잔치판을 벌였다. 자동차들이 신께 길을 뚫어달라고 외치는 양 헛되이 경적을 울려댔다. 도리언이라고 이름 붙여진 허리케인이 오고 있었고 그는 장난치고 있지 않았다. 그의 이름이 기억할 가치가 있는 유일한 이름이었다. 모두가 식료품을 부둥키고 스스로를 다잡고 있었다. 건조 식품과 통조림으로 바스락거리는 비닐 봉투들. 가져갈 수 있는 최대한의 식량을 사들이는 사람들. 통조림에 허리케인 퇴치 효능이라도 있나 싶을 정도였다. 슈퍼마켓 앞 인도에, 모든 것의 한가운데에 그는 서 있었다. 폭풍 전의 폭풍이었다. 그는 그 모든 것을 흡수하며, 털투성이 다리를 간질이는 산들바람을 느꼈다. 그의 빛바랜 회색 데님 반바지 안, 허벅지 안쪽으로 땀 한 방울이 흘러내렸다. 셔츠에 난 좀먹은 구멍들 사이로 테라코타 같은 피부가 드러나 햇빛을 받으려 했다.

그는 입구를 멍하니 바라보고 있었다. 자기 몸속에 그저 서 있을 수 있는 귀중한 순간을 지키고 있었던 것이다. 이 순간에는 아버지든, 그 누구든 그를 다른 모습으로 보고 있지 않았다. 문을 둘러싼 회반죽 아치는 영혼 없는, 목련 같은 모래색을 띠고 있었다. 사실 건물 전체가 그랬다. 남색과 오렌지색으로 된 로고만 빼면. 전체적으로 볼 때, 석양 빛깔로 그림 그리는 것을 싫어하는 사람이 지은 것만 같은 건물이었다. 그러니까 관광객들 눈에는 단순하고 스타일리시해 보인다는 뜻이었다. 관광객들의 취향이 우선시되니까. 휴양지 중심가의 슈퍼마켓이라니. 얼마나 흉물스러운가. 그는 몸을 움츠렸다. 그을린 연어 같은 빛깔의, 사람들로 들썩이는 목련색 창고. 그는 그 사람들이 자외선 차단제 냄새를 풍기는데도 어떻게 저토록 벌겋게 익을 수 있는지 늘 궁금했다. 그러나 오늘 이곳은 그들을 위한 자리가 아니었다. 허리케인 때문에 장을 봐야 하는 상황에서 관광객을 생각할 여유는 아무에게도 없었다. 그는 시선을 내려 자신이 동족이라 부르는 사람들을 보았다. 자동문이 당혹한 사람의 심장 박동처럼 마구잡이로 열렸다 닫혔다 했다. 아이들을 팔에 끼고 쏟아져 나오는 부모들. 그들은 모두 생존이란 가게에서 살 수 있는 것이라 철석같이 믿었다. 그보다 더 확고하게 믿는 것이 있었으니, 바로 신이 이 섬에서 태어났다는 생각이었다. 그들은 신의 탯줄이 이 섬에 묻혀 있으며 자신들 안 깊숙이 들어 있다고 믿었다. 신이 영국인들과 함께 떠났다는 것을 절대로 받아들이지 않았다.

그는 이런 일을 좋아했다. 다른 사람들의 삶 속에 들어가 사라지는 것. 그의 동족들. 그들을 고고하게 내려다보며 연민함으로써 사실 그들과 자신이 서로 비슷한 존재로서 연결되어 있다는 고통스러운 현실을 잊는 것. 다른 방식으로는 소속되지 못했다. 그래서 자기 동족들을 까다롭게, 멀리서 사랑했다. 대체로 불평과 비판을 곁들여서. 그는 그들에게서 더 많은 것을 원했다. 그들을 위해서도. 하지만 이런, 도덕적 우월감을 입고 하는 시늉 놀이는 아주 좋아했다. 자기 판단 속에 들어앉아 있으면 자신이 남들에게 보이지 않는 존재가 된 듯한, 그래서 천하무적이 된 듯한 기분을 느꼈다. 그는 아버지를 기다리는 것이 아니었다. 아무렴. 자신을 읽는 법을 좀처럼 모르는 사람들의 시선으로부터 자유로워진 이 기쁨을 음미하고 있었다. 아버지가 돌아오기 전 짧은 순간들의 세상 속에 스스로를 활짝 펼친 채. 온갖 소음 속에서 피 흘리고, 먼지 속으로 섞여들고, 햇볕에 그을리고, 산들바람에 떠다니면서. 아무도 보고 있지 않을 때 그는 모든 것이 되는 법을 알았다.

*

마침내 그가 정신을 차렸을 때 눈꺼풀에서 폴립 몇 개가 바스라졌다. 그의 모든 것이 일순간 패닉에 빠지면서, 모든 살아 있는 모공으로 가빠진 호흡을 가다듬으려 애썼다. 지금 자신이 어느 몸에 있는가? 그는 스스로를 쓰다듬었다. 좀먹은 셔츠는 없다. 데님 반바지도 없다. 그저 곱슬거리는 털과 산호가 줄줄 흘러나오는 고무 같은 갈색 피부뿐. 그의 기억은 위험할 수 있었다. 심지어 치명적일 수 있었다. 그리고 지금 그는 현재로부터 분리될 여력이 없었다. 과거는 물속에 있었고 그 안에 빠져 죽고 싶지 않았다. 다시는. 산호 군락에서 등을 돌리며 그는 계속 움직였다. 오르막을 조금만 더 갔다면 도달했을 것이다. 먼 과거가 마음 너머에서 부글거리게 하며, 그는 눈앞의 도로와 수면 아래의 삶에 집중했다. 가끔 이 세상의 아름다움에 경탄하며 그것이 자기 위에서 빛나게 놔둘 때면 자신의 몸속에서 일어나는 문제는 누그러지곤 했다. 그것은 깊이 울리는 아름다움이었다. 자신에게 진정으로 이해가 되는 것. 익사한, 연약한, 조각난, 망가진. 그러나 삶의 가능성으로 가득한. 그리고 함께 사는 삶. 쉽게 기억해낼 수 없는 상호연결성. 서로의 옆에서가 아니라 서로와 함께 독립적으로 살아남는 것. 말미잘들을 보듬는 새우들의 무지개. 입주자들이 해를 입지 않게 지켜주는 말미잘들. 바싹 붙어 사는 산호와 조류. 서로를 살아 있게 해주는 것. 우리가 서로의 몸속에서 살듯 서로의 몸을 돌보는 것. 이런 일을 볼 때면 항상 웃음이 나왔다. 그 모든 게 도리언을 알기 전까지는 생소한 일이었다. 그리고 이곳의 삶이 어디에나 있다는 것을 알면 더욱 웃음이 나왔다. 텅 빈 구역은 없었다. 합병된 땅은 없었다. 도로에는 가라앉은 저택들이 늘어서 있었다. 과거에는 언제나 비어 있었던 집들에 이제는 산호가 잔뜩 들어차고 물고기가 북적거렸다. 어디에서나 모든 것이 자랐다. 허락은 필요 없었다. 조금의 가능성이라도 있다면, 그리고 누군가 도와주는 손길이나 지느러미나 발톱이나 촉수나 폴립이 있다면.

도로를 나아가면 갈수록 저택들은 줄어들고 이동식 목조 가옥*들의 잔해가 나타났다. 그는 햇빛을 찾으려고 수면 천장을 올려다보았다. 사르가소 때문에 물이 흐렸다. 호박색 해초들의 숲이 우거져 해를 가리고 있었다. 일식처럼. 구름들이 파도에 갈라질 때마다 약간의 햇살이 새어들긴 했다. 수면은 한순간도 가만있지 않았다. 그 아래에 있는 모든 것처럼. 그는 수면이 계속 들썩이는 한 자신도 그럴 것이라 확신했다. 달리 선택의 여지가 없었다. 들썩임은 그날 이후로 그를 사로잡고 있었다. 목적 없이 떠돌다 해안으로 떠내려온 시체처럼 그 소식이 물을 타고 흘러왔다. 어느 세인트빈센트그레나딘 국적의 낚싯배가 그것을 발견했다. 바다에서 건져지면서 모래와 석회석 더미가 계속 떠 있으려고 안간힘을 썼다. 그것은 죽은 검은 나무들의 왕관을 썼다. 거대한 성게였다. 어부들의 묘사는 그랬다. 흙과 수

* 바베이도스에서 주로 노동계급 사람들이 거주하는 특유의 주택 양식.

풀로 뒤덮인 작은 둔덕에 가까운, 야트막한 힐라비 산봉우리가 물 위로 깐닥거리는 두개골처럼 솟아 나와 있었다. 그모든 것이 그의 섬에 남아 있었고 그는 그것을 보기로 마음먹었다. 그는 그곳에서 태어났고 그곳에서 죽을 터였다. 다른 사람들도 모두 그곳에서 죽었으니까. 수면 아래에서 삶을 찾은 사람들—그와 다른 소녀들은 애초에 살고 있지 않았다. 그의 동족들이 그 사실을 명확히 해주었다. 물이 와서 그의 동족들을 죽게 방치했을 때 그는 질문의 고리에 봉착했다.

"헤엄치는 법을 배우지 않고 어떻게 섬에서 자랄 수있나?"

그는 판단하지 않고 질문을 던졌다. 아이의 호기심에서 비롯된 무언가였다. 헤엄치는 방법이 그들 중 누구라도 구해주지는 않았을 것이다. 그것도 물론 알긴 알았다. 허리케인보다 빠르게 헤엄칠 수 있는 사람은 아무도 없으니까. 그래도 그 질문은 여전히 그를 괴롭혔다. 누군가가 물에 빠져 죽을 때마다 섬은 슬픔으로 차올랐다. 현지인들도 관광객들도 바다의 소유인 것은 같았지만, 죽음은 그의 동족들의 생명을 좀처럼 공정하게 다뤄주지 않았다. 이 사실을 미루어 보면 죽음도 관광객인 게 틀림없었다. 아니면 호텔 경영자거나. 동족들이 어떻게 여기까지 왔는지는 알고 있었다. 그가 속한 세대에서는 비밀이 아니었다. 조상들은 온갖 종류의 사슬에 묶인 채 배를 타고 왔고 그는 그 여행에서 어떤 의미도 쥐어짜낼 수 없었다. 이미 지겹도록 쓰인 의미, 그의 동족들을 다시금 죽이고 또 죽일 만큼 쓰인 의미들을 제외하고는 말이다. 뭐 하러 그걸 이해하고 싶은 마음 때문에 눈에다 만치닐manchineel*을 바르겠는가? 그리고 그 모든 무의미 이후, 대서양에서 덜덜 떠는 이 경악의 작은 바위섬은 갑자기 스스로를 사회로 던져 넣어야 했다. 그 질문이 다시금 멀미를 불러일으켰다. 헤엄치는 법을 배우지 않고 어떻게 섬에서 자랄 수 있나? 그 그림자가 그와 그의 동족들을 조롱했다. 어째서 재산이 헤엄쳐야 하겠는가? 그것이 헤엄쳐서 어디로 가겠는가? 그는 자기 안에 든 백인의 피 몇 방울 때문에 이 모든 질문을 너무 쉽게 상상하는 것이 아닌가 의심스러워졌다. 만약 이 피를 담을 몸이 자신의 것이 아니라면 그 피가 무엇을 원할 수 있을지 두려웠다. 그는 그 여행의 잔해에서 무언가를 건져내려 애썼다.

---

*   카리브해에서 많이 자라는 대극과大戟科 나무로, 수액과 과실에 독이 있다.

"물에서 벌어진 그 온갖 참상에도 불구하고 헤엄치고 싶어하는 사람이 어딨겠어?"

그것으로는 충분히 위로되지 않았다. 그는 자기 동족들을 거기 그렇게 좌초된 신세로 놔둘 수 없었다.

도로에 너무 바짝 붙어 서 있었던 목조 가옥들의 잔해를 돌아보았다. 원래 형상을 기억할 만한 것이라곤 거의 남아 있지 않았다. 목재 부분들은 다 떠내려갔다. 아연 도금된 울타리의 파도들은 녹슬어 분해되었다. 건물의 토대만이 남아 있었다. 어디로도 이어지지 않는 콘크리트 계단들. 바닷속에 익사한 기억의 관문들. 어떤 뜰에는 조각상과 새 물통이 떠돌고 있었다. 머리에 물동이를 인 이름 없는 작은 백인 소년의 주형. 콘크리트로 주조되고 에나멜로 칠해진, 섬의 모든 집 뜰에서 살았던 소년. 그는 더 이상 남아 있지 않은 소년의 새하얀 빛깔을 볼 수 있었다. 소년은 칼날 같은 부채꼴 산호들과 진액 같은 분홍색 산호들 사이에 갇혀 있었다. 소년의 물동이 안에는 불가사리들이 자리 잡았다. 새는 한 마리도 보이지 않았다. 그저 이 아이가 익사해간다는 데에는 무심한 채 주위를 떠돌아다니는 물고기 떼. 그 질문이 다시 그를 괴롭혔다. 그는 자신이 이 섬에 얼마나 큰 애정을 품고 있는지 알았다. 오로지 그의 동족들만

이 그와 애정을 견줄 수 있었다. 그러나 그는 그곳이든 어디든 붙박여 있고 싶지 않았다. 떠나기를 원치 않거나 필요로 하지 않는 사람들이 있다는 사실을 도무지 받아들일 수가 없었다. 헤엄칠 필요가 없는 사람들. 그들이 필요로 하는 모든 것을 이 땅이 갖고 있다면 그들은 어디로 갈 것인가? 그 작은 돌섬이 그들에게는 충분할 수 있었다. 그리고 이 생각은 그를 허리케인처럼 휘저었다. 그는 주먹을 말아쥐고 이를 악물었다. 그가 원하는 모든 것은 자신의 작은 돌을 손 안에 간직하고 그걸로 충분하다는 사실을 아는 것이었다. 그는 기억을 감싸쥐었고 그것이 손 안에서 따스해지는 것을 느꼈다. 그러나 그 돌과 그의 동족들은 그를 추하게, 추하게, 추하게 쳐다보았다. 그와 같은 소녀들을 위해 키워진 사랑은 없었다. 그 사실은 그를 차갑게 일깨우고 그의 손을 성게 가시로 찔러 피를 냈다. 그것으로는 결코 충분치 않으리라는 걸 알고 있었다. 도리언이 오기 전까지 매일 그는 섬을 벗어나 물속으로 들어갔다. 육지에 둘러싸이지 않았거나 죽도록 방치되지 않은 모든 것 속에서 떠돌아다녀야 했다. 모든 지평선이 가능성이었다. 모든 검은 물은 좌초만이 살아갈 방법은 아니라는 약속이었다.

그러다 도리언이 왔을 때 물이 그에게 들어섰다. 그

사라짐이 방송을 통해 나머지 지역들에 알려졌다. 섬이 통째로 사라졌다. 생존자의 흔적은 없었고 실제로도 없었다. 누구도 전과 똑같이 남아 있지 않았으니까. 사람들은 바다엔 뒷문이 없다고들 한다. 그러나 그와 같은 소녀들에게 바다는 곧 뒷문이었다. 소녀들은 아가미, 모공, 폴립이 자라나며 부드러워졌다. 다른 방식으로 자랐더라도 그랬을 것처럼. 그 작은 약—작은 돌봄의 조각—은 그들이 살아남은 열쇠 중 하나였다. 물속에서 숨을 쉴 수 있었다. 물 밖에서처럼, 물속에서도. 그들은 필요로 하는 방식들을 바꾸었다. 바다, 플라스틱으로 넘쳐나는 바다 역시 그가 바꾸었다. 유독한 미세 플라스틱 조각들. 호르몬 플랑크톤. 과도기에 있는 물. 그것이 가진 모든 것이 변했다. 그래서 그는 공기가 희박해지기 시작하자마자 자신이 들이쉴 수 있는 최대한의 숨을 들이쉬었다. 산소 부족, 에스트로겐 준비. 다른 종류의 소녀를 위한, 다른 종류의 삶을 위한, 다른 종류의 숨. 바다와 그는, 그 둘은 서로의 안에 들어 있었다. 그와 그것을 헤쳐 나간 모든 소녀가 그랬다. 무한한 기쁨의 복수형 그. 젖은 모든 것이 그였다. 그는 기억 속으로 다시 스며 나왔다.

"웃기네."

키오나의 시선이 지평선을 향했다.

"뭐가?"

"우리 같은 여자애들은……."

그가 말을 끊더니 제 이마에 돋아난 산호를 가볍게
어루만졌다.

"……언제나 가장자리에서 살아야 했잖아. 혼자서."

그는 수평선을 손짓해 섬이 사라진 방향을 가리켜 보
였다.

바다는 조용했다. 저물어가는 저녁 해의 잉걸불이 바
다에 떠 있었다. 파도가 옹얼거리며 일어나다 채 솟아오르
기도 전에 주저앉았다. 마치 자라나는 게 두려워서 엄마 치
맛자락에 매달리는 아이처럼. 도요새들이 푸드덕 날개 치
며 해안선을 따라 지그재그로 걸었다. 조그마한 발로 가
장 가벼운 갈퀴 자국을 남기면서. 숲비둘기들은 저녁에 내
는 특유의 소리로 구구거리며 주변의 모든 것을 침착하게
가라앉혔다. 언제 들어도 애가哀歌처럼 들렸다. 그들도 무
언가를 잃었는지도 모른다. 산들바람은 사방으로 한숨 짓

다 아몬드 나무 가지의 손아귀와 만치닐의 그물 같은 덤불 사이에 붙들렸다. 모든 것이 실제보다 더 부드러워 보였다. 분홍빛을 띠었고 흐릿했다. 심지어 파괴된 잔해도 밖으로 빠져나오려는 죽음처럼 보인다기보다는 순수한 유목처럼 보였다. 그래, 바다가 몇 달 만에 처음으로 고요했다. 말도, 사과도 필요 없었다. 이제 이 모든 세상이 쉬기를 원했다. 그와 다른 생존자들은 바다가 스스로 단추를 끄른 이후로 쭉 수프리에르 산기슭과 해안에 살고 있었다. 사라진 산호 소녀들과 저지대에서 탈출한 세인트빈센트그레나딘 사람들로 이루어져 있었다. 물에 의해 너무나 많은 이들이 죽은 이후로 사람들은 당신이 어떻게 생겼든, 누구를 사랑하든, 몸에서 혹은 가랑이에서 무엇이 피어나든 별로 신경 쓰지 않았다. 그곳은 곤경과 슬픔에 몰두하는 마을이었고, 그가 아는 대부분의 가족이었다.

그는 키오나를 도와 불을 피웠다. 필요한 모든 것은 물에 떠내려오는 잔해에서 구할 수 있었다. 위기와 재분배, 허리케인은 그 두 가지를 모두 가능케 했다. 부글부글 끓는 소금물이 든 무쇠 솥이 불에 검게 그을려갔다. 솥 한가운데에는 불룩한 점토 그릇이 섬처럼 놓여 있었고, 그 위에는 거꾸로 뒤집힌 냄비 뚜껑이 있어 수증기를 모두 모아서 그릇으로 떨어트릴 터였다. 야영지에서 바닷물만 마실 수 없는, 담수를 필요로 하는 사람들을 위한 것이었다. 그는 불에서 눈을 들어 키오나를 보았다. 키오나는 그보다 나이가 조금 더 많았고, 짧은 검은색 머리카락은 고불고불했으며, 두피의 모공 하나하나에서 조그마한 연기 고리가 뿜어져 나왔다. 열기 때문에 땀방울이 맺힌 얼굴이 불타는 밤하늘 같았다. 커다란 청록색 셔츠를 원피스 삼아 입고 있었다. 생활의 때가 묻어 더러워진 옷은 키오나의 몸을 삼키려들었지만 허벅지까지 소화하지는 못했다. 근육 위로 두터운 지방이 행복하게 자리 잡은 키오나의 몸이 그와 함께 열심히 살려놓은 불꽃을 받아 반질반질 빛났다.

"봐."

키오나가 눈을 깜빡이자 땀방울이 흘러내렸다. 그는 키오나가 말하기 시작할 때마다 약간 초조했다. 키오나의 말은 때로 그를 파도처럼 휩싸는 힘을 갖고 있었다.

"가장자리가 전부 가까워졌어. 이제 가장자리밖에 남지 않았어."

그는 숨을 참고 키오나의 목소리가 자신을 뒤덮게 내버려두었다. 발 아래에서는 섬이 물러났다. 그는 키오나가 절대로 자신을 해치지 않으리라는 것을 알고 자기 자신을 정박시키려 했다. 키오나의 말은 어려웠지만 언제 들어도 좋은 의미를 담고 있다는 것을 알고 있었다. 그는 키오나가 건넨 말 안에, 그 해저에 닻을 내렸다. 가장자리가 점점 더 가까워졌고 그는 그것이 무슨 의미인지 느껴보았다. 자기 주위에서 마을이 웅성거리는 것이 들렸다. 사람들이 살아남기 위해 일하는 소리. 서로를 살림으로써 살아남기 위해. 한때 위협적인 차이들로 구현되었던 목소리들의 뒤섞임. 코코넛 알맹이처럼 도려내진 공포의 사치. 도리언이 와서 그들 모두를 한데 밀어두었다. 하고많은 곳 중에서도 이곳에. 화산 기슭에 대고 온순히 절하는, 거의 그 자리에 없는 마을. 재앙에 의해 꽉 채워진, 점점 작아지고 겹쳐지는 세상. 여기에는 숨을 데가 없었다. 숨을 필요도 없었다.

그의 호흡이 차분해지고 규칙을 되찾았다. 키오나는 그가 자신의 말들을 마음의 모르타르에 휘감는 것을 느꼈다. 키오나는 천천히 그를 넘겨다보며 이 소녀를—새롭게 찾은 자매를—그리고 함께 나눈 모든 것을 마음속에 받아들였다. 그의 팔을 따라 산호들이 피어나는 것을 살펴보았다. 꽃 한 송이 한 송이가 풍성하고 탄력 있었다. 그에게서 쏟아져 나오는 조그마한 호박색 입술 수백 개. 그와 키오나, 둘은 무엇이 되어가는 것일까? 산호도 아니고, 인간도 아니었다. 그렇다고 그 사이에 있는 것도 아니었다. 키오나는 그를 긍정의 시선으로 바라보며, 자매의 몸에 돋은 산호들에 시선을 두었다. 그는 키오나가 자신을 보는 것을 느낄 수 있었다. 흐릿했던 자기 자신의 상이 아주 조금 더 선명해졌다. 그는 자신이 완전히 새로운 경험, 알려진 어떤 지평선도 뛰어넘을 수 있는 경험으로 여겨지는 것을 느낄 수 있었다.

"그들이 우리에 대해 들었을 거라 생각해?"

"누구?"

그가 미간을 찡그렸다.

"다른 섬의 소녀들 있잖아."

키오나의 말이 만조처럼 미끄러져 들어왔다. 그는 대답을 붙잡으려고 입을 벌렸다. 그는 이제 겨우 이 섬에 정착하고 있었다. 다른 소녀들은 고사하고 다른 섬들에 대해 생각할 여력도 없었다. 키오나가 한 말의 핵심이 다시금 그의 닻을 올렸다. 그들의 섬은 계절성 재난의 룰렛 속에 완전히 사라져버리기를 선택한 곳이었다. 다른 섬들은 비록 전과 같지는 못하더라도 아직 존재하고는 있었다. 소멸의 위기에서 살아남은 것이다. 그리고 거기엔 아직 소녀들이 있었다. 육지에 둘러싸인, 좌초된, 다른 섬들의 가장자리에서 삶을 꾸리려 애쓰는 소녀들. 무슨 일이 일어났는지, 무엇이 변했는지 그들이 전해 들었을까?

"만약 그랬으면?"

그는 자신을 달래기 위해 키오나를 떠봤다.

"글쎄, 만약 너였다고 생각해 봐. 어떻게 할 것 같아?"

키오나는 호락호락하지 않았다. 그가 던진 말을 미끌미끌한 해파리처럼 되돌려주다니. 하지만 그는 자신이라면 무엇을 했을지 아주 잘 알고 있었다. 만약 자신이 익사할 수 없음을 알았다면 그대로 물로 들어가서 다시는 뒤돌아보지 않았을 것이다. 수면에서의 안전은 의지할 만한 것이 못 되었다. 그가 아는 가장 안전한 공간은 바다의 배 속이었다. 그러나 외로움을 치르고 산 안전이기도 했다. 깊이 헤엄쳐 들어가면서 그는 그곳에 있는 존재가 자신뿐이기에 아무도 자신을 위험에 빠뜨릴 수 없음을 알았다. 이대로는 당연히 충분치 않을 터였다. 하지만 충분해야 할 필요가 없는지도 모른다. 마음속에서 수면이 찰랑거리며 온갖 가능성으로 들떴다. 수평선 너머 자신 같은 소녀들의 바다를 볼 수 있었다. 자신과 같으면서도 같지 않은 몸들을, 그리고 바다는 그 모두를 간직할 수 있을 만큼 컸다. 허파를 바닷물로 가득 채우고 새롭게 자라난 산호들이 제자리에서 숨 쉬게 하면, 그들은 어깨를 늘어뜨리고, 흔들던 엉덩이를 늦추고, 소금기 어린 공기로 하여금 그들을 위험으로부터 풀어놓게 할 수 있었다. 그는 그 소녀들을 위해 그렇게 되기를 간절히 바랐다. 그 모든 것을 바랐다. 자기 자신을 위해서도. 그는 자신의 환상이 손바닥 안에 고이게 놔두었다. 수면에 등을 돌리면 찾을 수 있을 것이다. 숨 쉴 수 있는 완전히 새로운 세상을.

*

위에서 해초가 성글어지고 물이 점점 얕아졌다. 녹슨 양철 지붕에 구멍이 생기듯 햇볕이 뚫고 들어오는 것을 느낄 수 있었다. 따가운 느낌에 잠에서 깼다. 시간이 거의 다 됐다는 것을 몸이 알아차렸다. 곧 군락이 될 것이다. 그의 아래에서 도로는 모래와 진흙으로 해체되었다. 이 위는 훨씬 더 소금기가 많았다. 천장을 뒤얽은 검고 축축한 뿌리들을 제외하면 죄다 탁해 보였다. 모든 게 불안정하고 미끌거리고 어둡게 느껴졌다. 죽어가는 맹그로브 나무를 건너가 듯이. 가시덤불 같은 뿌리들을 타고 수면으로 올라가며 그는 모든 슬픔을 눈여겨보았다. 열매를 모두 잃고 낮게 늘어진 유실수들. 몰아치는 해류에 머리 없이 흔들리는 야자나무들과 파파야 줄기들. 그의 아래 바닥에는 모든 기억이 제거된 석회석 해골. 여기에 누구의 피도 흐른 적 없는 것처럼. 어떤 식물도 자란 적 없는 것처럼. 제자리를 벗어나 가라앉은 모든 것이 엉망진창으로 놓여 있었다. 걸음을 옮길 때마다 물이 뜨거워지고 녹색을 띠었다. 이렇게 뜨거우니 움직이기가 힘들었다. 생각조차 제대로 안 됐다. 진흙이 그의 발꿈치를 깨물어댔고 모든 폴립이 태양을 향해 비명을 질렀다. 그와 산호와 물이 호흡으로 묶인 이후로 그는 수면이 여전히 자신과 같은 소녀들을 위한 장소가 아닐까 봐 걱정했다. 수면은 그의 머리 바로 위에서 반짝이며 제 물결에 떨고 있었다. 그는 얼어붙은 채 위를 쳐다보았다. 천장이 무너지기라도 할 것처럼. 하늘이 집 한 채를 그의 위에 떨어트리기라도 할 것처럼. 그가 어떤 존재가 되어가고 있다는 이유로, 그리고 언제나 어떠한 존재였다는 이유로. 너무 멀리까지 헤엄쳐 왔고 이제는 집으로 돌아가려 하는 소녀. 빛이 그의 얼굴 위에서 춤을 췄고 지극히 부드러운 고통이 그의 위로 일렁거리며 새로 피어나려 하는 산호들을 간지럽혔다.

섬의 형태가 수면으로 나타나고 있었다. 물결을 읽으니 별로 볼 것이 없었다. 그가 알아보았을 만한 것은 모두 사라져 있었다. 하늘로 뻗어 올라간 검고 앙상한 나무 몇 그루만 알아볼 수 있을 따름이었다. 성게처럼 보이긴 했다. 작고 연약하고 스스로를 보호하려 들고 있으니까. 사납게 날뛰는 세상에서 그저 살아남으려 최선을 다하고 있으니까. 보기엔 아름답지만 만지면 위험하니까. 섬이 이번에는 자신이 그것을 잡을 수 있게 해줄지 궁금했다. 수면 바로 밑에서 그는 머뭇거렸다. 어떻게 움직여야 할지 알 수 없었다. 산호 때문이 아니었다. 다시 수면 밖으로 나오기로 했다는 결단이 그를 제자리에 못 박고 있었다. 여기엔 그의 섬으로 인지할 만한 것이 아무것도 없었다. 자신이 무엇을 향해 돌아가고 있는지 알 수 없었다. 모든 게 새로웠다. 그냥 다시 올라왔을 뿐이다. 그리고 이 장소에 그렇게 많은 것을 요구할 권리가 있는지조차 확신할 수 없었다. 섬이 자신을 기억하는지도 알 수 없는 일이었다. 그는 어떻게 해야 할지 모른 채 바라보기만 했다. 수면으로 통하는 불안정한 창을 통해 가물거리는 이 작고 연약한 곳. 그것이 빛과 물의 장난 속에서 떠는 것을 지켜보았다. 그것은 녹아들고 허물어졌다가 다시 합쳐지기를 자꾸만 되풀이했다. 마치 무엇이 되고 싶은지 잘 모르는 것처럼. 섬은 다만 계속 변하고 있었다.

The Case of
The Turned Tide

사비트리 푸투 호리건
Savitri Putu Horrigan

사비트리 푸투 호리건

미국 뉴햄프셔주 맨체스터에서 살며 일한다. 사회복지사이자 평등한
건강에 대한 열정을 가진 커뮤니티 조직가다. 발리섬의 문화유산, 세계
사, 탐정 소설에서 영감을 얻는다.

배가 기우뚱거렸고, 모든 게 옆으로 기울어졌다. 나는 엄마가 휠체어에 탄 채로 넘어져서 다쳤을까 봐 재빨리 뛰어갔다. 엄마는 선상 가옥 곳곳에 설치된 손잡이들 중 하나를 꽉 붙잡고 있었다. 흔들림이 잦아들면서 우리 주위에서 물건들이 우당탕거리던 소리도 멎었지만, 갑작스러운 상황에 놀란 내 가슴은 여전히 울렁거렸다.

"지진인가?"

내가 묻자 엄마는 모르겠다고 고개를 저었다.

"엄만 여기 있어요. 바닥에 날카로운 거 없나 확인하고 올게요."

엄마가 고개를 끄덕였다. 여전히 놀란 듯 커다랗게 뜬 눈에 손으로는 가슴을 부여잡은 채였다. 요즘은 전보다 지진이 덜 일어난다. 화석연료 산업에 대한 공공 및 민간 투자를 삭감하고 그 자본을 재생 가능한 에너지 대책에 돌리는 '환경법'이 통과되고 나서부터였다. 환경법은 또한 우리나라 같은 섬나라들이 기후 변화로 받는 영향을 최소화하는 사회적 프로그램들을 시행하고, 기후 재난으로 집을 잃은 사람들을 위한 구호 활동을 지원했다. 엄마는 혼란스러웠던 시절에 유년기를 보냈다. 지진과 해일이 빈번히 덮쳐 파괴적인 영향을 끼치던 시절, 그런 영향을 줄이려는 광범위한 노력은 꿈만 같던 시절이었다고 했다. 엄마는 그때에 대해 별로 이야기하지 않았지만, 이런 일을 겪으면 그 시절에 얽힌 기억이나 당시 고통받았던 소중한 이들에 대한 기억이 떠오를지도 모를 일이었다.

나는 조심스럽게 거실을 가로지르며 책이며 베개를 치워 엄마의 휠체어가 다닐 길을 텄다. 아르주나 오빠와 아빠의 사진이 끼워진 액자도 집어 들었다. 사진 속 두 사람은 아파트 앞에 서 있었다. 엄마와 내가 사건을 조사하는 동안 두 사람은 그곳에 머물렀다. 엄마가 탐정 사무소를 확장하고 내가 엄마 밑에서 조수로 일하면서부터 내게는 그 숨 막힐 정도로 덥고 비좁은 아파트보다도 이 배가 더 집처럼 느껴졌다.

다행히도 배에서 생활하다 보니 우리는 부서지기 쉬

운 물건들은 나무 장 안에 넣어 잠가두는 습관이 들었다. 하지만 그중 하나의 문짝이 부서져 열리는 바람에 알록달록한 유리며 점토, 도자기 파편들이 주변에 널려 있었다. 나는 엄마를 돌아보고 말했다.

"내가 이거 다 치우기 전까지 근처에 오지 마요. 한동안은 엄마 친구가 준 대나무 식기 써야겠어요."

"오!"

엄마가 외쳤다. 아픔에 겨운 듯한 날 선 목소리였다.

"엄마! 괜찮아요?"

"내 바롱 조각상! 부서져버렸어."

엄마가 신음했다. 나는 부서진 식기들을 빗자루로 쓸고 수납장 문을 닫은 다음 엄마에게 뛰어갔다.

"어떻게 됐는데요?"

엄마는 말없이 발치에 놓인 칠 벗겨진 나무 조각들을 쳐다보았다. 원래 형태는 거의 알아볼 수 없었다. 바롱은 사람들이 가정을 수호하기 위해 집 안에 두곤 하는 신화 속 사자였다. 그나마 조각상의 커다란 눈과 이를 다 드러낸 입부분은 고스란히 남아 있었다. 나는 엄마의 어깨에 손을 올렸다.

"어떡해요. 너무 아깝다."

엄마가 한숨을 쉬고 큼직한 조각들을 주었다.

"젊었을 적부터 가지고 있던 건데. 내가 결혼할 때 부모님이 주신 거야."

엄마는 낙담한 목소리였지만 내가 할 수 있는 일이 별로 없었다. 게다가 우리 의뢰인들이 곧 도착할 예정이었다.

"너무 아까워요, 엄마. 어디 맡겨서 붙일 수 있지 않을까요?"

나는 조각들을 모아 스카프로 감싸 묶고 안전하게 가방 안에 넣어두었다.

한 시간 뒤, 의뢰인들이 거실에 들어와 우리가 막 치워놓은 소파 위에 앉았다. 면바지와 블레이저를 갖춰 입고 해초와 재생 플라스틱으로 만든 지속 가능한 신발을 신은 그들의 옷차림은 흠잡을 데 없이 말끔했다. 의뢰인 중 한 명인 베티는 황갈색 피부에 윤이 나는 긴 금발을 머리 옆쪽으로 모아 한 갈래로 묶고 있었다. 다른 한 명인 아놀드는 갈색 피부에 눈 위까지 내려오는 검은 곱슬머리였다. 두 사람은 작은 방 안을 둘러보았다. 그들의 눈길이 정부에서 교부받은 '씨 데브리스 스쿠퍼'에 머물렀다. 그건 공공 및 민간 선박들이 미세 플라스틱과 무기물을 자동으로 채집하기 위해 설치하는 장치였다. 채집기에서 나는 나지막한 윙 윙 소리를 어떤 사람들은 신경에 거슬려하지만, 엄마와 나는 큰돈 들이지 않고도 혜택을 누리게 되어 만족할 따름이었다. '씨 데브리스'는 환경 문제를 대대적으로 다루는 상업적 솔루션을 제공하는 네덜란드 회사로, 베티와 아놀드는 바로 그 회사를 대표해 나온 사람들이었다.

"저희 회사에서 가장 잘나가는 제품들 중 하나를 갖고 계시네요."

베티가 말했다.

"염분에 영향받지 않는 태양 전지판도 있고요."

아놀드가 우리 상갑판에 부착된 전지판들을 더 잘 보려고 목을 빼며 덧붙였다. 엄마가 온화하게 말했다.

"맞아요. 씨 데브리스 제품들은 우리 자랑거리예요."

베티가 말을 받았다.

"그렇다면 올여름에 나올 저희 신제품에도 관심이 있으실 듯하네요. 최첨단 기술을 적용해 조력과 파력을 대중적으로 활용하는 제품이에요. 현존하는 재생 에너지 인프라에 꼭 필요했던 다양성을 제공해주죠. 그리고 이런 선상 가옥은 흐린 날씨가 이어지면 바다 한복판에서 발이 묶일수 있는데, 그런 위험도 줄여줄 거고요."

아놀드가 덧붙였다.

"대규모 테스트를 거쳤고, 올여름 전 세계 주요 도시에 견본품을 배포할 계획이에요. 이 나라 수도인 자카르타에도요."

"멋지네요."

나는 흥분해서 맞장구를 치면서도 이 대화가 어디로 흘러가는지 알 수 없어서 당황스러웠다. 베티가 말했다.

"그래서 여러분의 도움이 필요합니다. 이 혁신적인 기술은 조력 시장에 큰 변화를 불러올 거예요. 그런데 최종 청사진을 협력 업체들에 보내려던 차에 청사진이 사라져 버렸어요. 우리 기술자들 중 한 명도요."

아놀드가 거들었다.

"저희는 이 기술자가 청사진을 가지고 도망쳐서 경쟁사들 중 한 곳에 팔아넘기려는 거라고 추측하고 있어요. 경쟁사에서 우리 기술로 특허를 받으면 소유권 분쟁에서 이길 수 없을 겁니다. 그러면 저희는 연구 자금을 조달하기 위해 진 빚 때문에 망할 수도 있어요."

나는 엄마를 돌아보았다. 엄마도 나와 같은 것을 궁금해하는 눈치였다. 어떻게 매년 민간 사업과 공공 사업으로 억만금을 쓸어 담는 회사가 부채에 시달릴 수 있단 말인가?

"그 기술자에 대한 정보가 있나요?"

엄마가 물었다. 베티가 태블릿을 꺼내 잠금을 해제했다. 매끄러운 화면 위로 검은 곱슬머리를 늘어뜨린 여자의 차분한 얼굴이 떠올랐다. 갈색 피부에 갈색 눈까지 마음 아프도록 낯익었다. 겉보기에도 인도네시아인 같았지만, 사진 아래에 '자카르타'라고 적힌 출생지와 마지막 거주지까지 보고 나서야 확신할 수 있었다. 이름은 '미상'이라 기록되어 있었는데, 나라마다 이름을 짓는 방식이 다르기 때문에 이런 경우는 드물지 않았다. 하지만 이 파일에는 기술자의 외모와 기본적인 신상 정보, 씨 데브리스에서 근무한 기간 정도만 기재되어 있을 뿐 알 수 있는 정보가 너무 적었다.

"이게 전부인가요?"

엄마가 한쪽 눈썹을 찡그리며 물었다. 아놀드가 대답했다.

"유감스럽게도 그렇습니다. 페르티위는 우리 회사에서 거의 10년을 일했습니다만 자신을 잘 드러내지 않았습니다. 그의 직속 상사들과도 면담을 했지만 평소에 엄격한 업무 윤리를 지켰다는 얘기뿐이더군요. 휴가도 어지간해서는 쓰지 않았다고 합니다. 오로지 1년에 한 번, 네피라고

하는 날에만 쉬었다는데……. 아, 네피는 그의 고향인 자카르타에서 지내는 명절 같은 거라더군요."

그가 어깨를 으쓱하며 말을 맺었다. 사실 네피는 발리 명절이었다. 사람들이 서로 다른 인도네시아 섬들의 전통과 관습을 혼동하는 것이야 놀라운 일이 아니었지만, 우리가 곧 같은 섬 출신인 누군가를 붙잡아 넘겨야 한다는 생각에 가슴이 무거워졌다.

"이 자료로 어떻게든 해봐야겠네요."

엄마의 말에 나는 대화로 주의를 돌렸다. 엄마는 태블릿에 코드를 입력해 페르티위의 파일을 가상 사건 관리 시스템에 암호화해 업로드했다. 그리고 우리 의뢰비 지불 정책에 대해 설명한 다음 베티와 아놀드를 갑판으로 데리고 나가며 차후 조사에 진전이 있을 때마다 연락하겠다고 약속했다.

우리는 조사에 착수했다. 지역 기록 시스템에서 페르티위의 정보를 조회하고, 신문 기사와 소셜미디어를 뒤지고, 섬 전역의 반자르*에 문의를 넣는 등의 업무를 분배했다. 엄마는 반자르에 연락하는 일은 자신이 맡겠다고 했다.

---

*   발리의 마을 단위에서 운영되는 지방 자치 단체.

이들 공동체는 지방 정부 같은 역할을 할 뿐만 아니라 마을과 인근에서 벌어진 사건에 대해 핵심적인 정보들을 꿰고 있는 경우가 많았다. 더욱이 반자르와 신뢰를 쌓으려면 섬들 간 의사소통을 위해 공용어로 채택된 인도네시아어보다는 그들만의 언어인 발리어를 쓰는 편이 더 나은데, 나는 인도네시아어만 할 수 있는 반면 엄마는 두 언어 모두에 유창했다. 차라리 잘된 일이었다. 나는 이 사건에 전반적으로 거북한 감정을 느끼고 있었으므로, 데이터 시스템이며 해시태그들을 뒤지는 지루한 업무로 그 감정을 눌러 죽이는 것이 최선이었다.

몇 시간이 흘러 부드럽게 찰랑이는 수평선 아래로 해가 꺼져들고 태양 에너지 램프들이 켜졌다. 이제껏 연락한 사람들 중 우리에게 회신을 준 이는 아직 한 명도 없었다. 하지만 소셜미디어를 뒤지다 발견한 몇몇 포스트는 흥미로웠다. 다양한 용어를 다양하게 조합해서 검색하다 보니 관련 없는 포스트들이 수없이 쏟아졌지만, 그중에서 내 관심을 끈 것은 어떤 발리 가수가 옛 발라드를 부르는 영상이었다. 영상 아래에는 '페르티위를 위해'라는 설명이 붙어 있었다. 내 나이쯤 되어 보이는 가수는 흰 케바야*를 입고 한쪽 귀 뒤에 플루메리아 꽃을 꽂은 채 기타를 치며 근사한 목소리로 노래했다. 그는 막 사원에서 나온 듯 보였고 등 뒤의 바나나 나무들 사이로 햇살이 비쳐 들고 있었다. 나는 엄마에게 블루투스를 연결해 노래를 처음부터 들려주었다.

엄마가 박자에 맞춰 발로 바닥을 두드리며 노래를 따라 조금 흥얼거리더니 말했다.

"좋네. 무슨 노래니?"

"라디오에 자주 나오던 옛날 노래예요. 기억나요? 이 가수는 그걸 어쿠스틱 버전으로 약간 편곡한 거고요. 페르티위라는 사람에게 바친다고 되어 있어서 찾았어요."

내가 킥킥 웃으며 답했다. 우리 둘 다 기록을 조회해 봤기에 페르티위라는 이름을 가진 사람이 이 섬에만 수백 명이 있다는 걸 알고 있었다.

엄마는 고개를 끄덕이더니 자신의 일거리로 주의를 돌렸다. 잠시 뒤 누군가의 기기에서 작은 알림음이 울렸다. 엄마가 테이블로 총총 걸어가더니 환호성을 올렸다.

"답신이 왔어!"

흥분한 목소리로 외친 엄마가 나를 돌아보며 방긋 웃어 보였다.

---

*   인도네시아 여성들이 입는 전통 상의.

"내일 점심에 반자르 밈피에 찾아가서 식사하기로 했어. 직접 만나서 질문을 받겠대."

＊

다음 날 아침 우리는 무공해 자동 수소 열차를 타고 북쪽에 있는 밈피라는 이름의 마을로 향했다. 주민들과 학생들이 점심을 먹기 위해 어딘가 그늘진 곳으로 사라진 뒤의 거리는 한적했다. 시장도 파장 분위기였다. 이 지역에 오는 건 오랜만이어서 엄마가 이용할 수 있는 인프라가 갖춰져 있을지 걱정스러웠다. 그런데 기쁘고도 놀랍게도, 중심가를 둘러싼 건물들에는 대부분 코르크와 재생고무 타이어로 만들어진, 난간 달린 경사로가 설치되어 있었다. 길도 널찍하고 잘 포장되어 있어서 엄마의 전동 휠체어가 다니기에 충분했다. 그 휠체어는 환경법 통과 후 시행된 의료 제도로 지원받은 표준형 제품이었다. 자이로스코프가 내장되어 있고 대나무와 재생 금속으로 제작된 구형 프레임이 있어서 경사에 상관없이 어떤 지형에서든 사용자가 평형을 유지할 수 있지만, 그 경이로운 기능이 작동하려면 우선 지면이 매끄러워야 했다.

엄마가 높은 단 위에 설치된 정자 같은 집으로 향했다. 사방이 탁 트여 있음에도 햇빛이 내리쬐지 않고 아늑하게 그늘져 있는 공간이었다. 우리는 신발을 벗은 뒤 경사로를 올라 '반자르 밈피'라고 적힌 팻말 아래로 몸을 수그리고 들어갔다. 유혹적인 향이 훅 밀려와 우리를 맞아주었다. 우리는 음식이 차려진 테이블로 파리처럼 이끌려 가 호화로운 상차림을 훑어보았다. 크림색 코코넛 밥, 다진 채소가 잔뜩 든 스프링롤, 바삭바삭하게 튀긴 후 매콤달콤한 소스에 땅콩과 함께 버무린 템페, 두부와 감자를 넣은 커리, 양념해서 차갑게 낸 채소와 해초, 그리고 내가 가장 좋아하는 가도가도.[*] 아삭아삭한 숙주, 깍지콩, 양배추, 두부, 엉겨 붙은 떡 위에 매콤한 땅콩 소스를 듬뿍 끼얹은 걸 보니 황홀한 냄새에 입안에 침이 고였다. 하지만 내가 그릇을 집기도 전에 엄마가 강철 같은 손길로 내 팔을 붙잡더니 '생각도 마'라고 엄하게 경고하는 눈빛을 쏘아 보냈다.

"실례했습니다."

엄마가 그렇게 말했을 때에야 나는 엄마가 누군가와

---

[*]   템페는 보통 콩을 발효시켜 만든 하얗고 단단한 음식을, 가도가도는 인도네시아식 샐러드를 가리킨다.

대화 중이었다는 것을 깨달았다. 엄마 옆에는 60대 남자 한 명이 서 있었다. 짧게 깎은 희끗한 머리카락이 얼룩덜룩한 진갈색 피부와 대조되었다. 그는 꽤 오래 입은 듯한 반소매 셔츠에 멋진 암갈색 바틱* 무늬가 있는 사롱을 허리에 두르고 있었다.

"제 딸이 주의가 산만해졌나 봐요."

엄마가 나를 흘겨보며 말을 이었다.

"이분은 팩 수리야라고 해. 이 마을 반자르의 지도자시지. 감사하게도 남편 분과 함께 우리를 점심 식사에 초대해주셨어. 식사 후에 무엇이든 궁금한 걸 물어보라고 하시는구나."

"만나 뵈어서 반갑습니다, 팩 수리야. 정말 친절하시네요."

나는 부끄러움에 뺨이 달아오른 채 말했다. 아무리 배가 고팠어도 결례는 결례였다. 팩 수리야는 다 안다는 듯한 미소를 지으며 테이블을 고갯짓했다. 음식을 챙겨 정자 한가운데로 오라는 뜻이었다.

우리는 음식을 가지고 팩 수리야와 그의 남편 팩 젠

*   밀랍을 이용해 무늬를 내는 인도네시아 전통 염색법.

드라와 함께 빛바랬지만 튼튼한 등나무 위에 앉았다. 그들이 섬세한 손으로 음식을 집어 입에 가져가자마자 나는 가도가도를 게걸스럽게 먹으며 그 편안한 식감과 맛에 취해 축 늘어졌다. 아빠가 만들어준 가도가도를 가장 좋아하긴 하지만, 팩 젠드라의 것도 특유의 매콤한 맛과 더불어 우리 마을 채소보다 더 아삭하고 달콤한 채소가 들어 있어서 좋았다. 조그마한 삶은 달팽이도 곁들여져 있었는데, 이 지역에서만 자라는 붉은 쌀로 쪄낸 떡과 잘 어우러지는 쫄깃쫄깃한 맛이 일품이었다.

팩 젠드라가 나를 보며 씩 웃더니 자신의 남편에게 정답게 몸을 기울이며 말했다.

"제가 만든 음식을 맛있게 드시니 기쁘네요. 이미 아시겠지만 모든 식재료가 이 마을과 인근 지역에서 난 것이랍니다. 특히 이 붉은 쌀은 제 자부심이죠."

팩 수리야가 말했다.

"오래전에 논이 거의 사라질 뻔했어요. 불볕더위와 갑작스러운 홍수 때문에 농작물이 다 망가지거나, 산사태에 파묻히거나, 해수면과 같은 높이의 마을과 도시에서 도망치는 사람들이 들쑤셔놓는 바람에요."

팩 젠드라의 미소가 희미해졌다.

"그 시기에는 먹고살기가 쉽지 않았죠. 하지만 기존 수박subak*을 우리 논밭의 변화하는 실정에 맞추면 적어도 피해를 완화할 수 있다는 걸 알게 됐어요. 우리는 사원을 집을 잃은 사람들을 위한 피난처로 만들었죠. 그들은 사제들을 도와 비가 내리는 빈도와 양상을 측량했고요. 그렇게 해서 물이 아래로 내려가는 흐름을 예측할 수도, 물을 모든 논에 균등하게 배분할 수도 있게 됐고요. 우리는 함께 뭉쳐서 '환경법' 정책들을 지지하기도 했어요. 지금 우리의 땅과 자원을 더 강력하게 보호해주고 있는 정책들이죠. 시간이 지나면서 상황은 조금씩 나아졌어요. 이제 우리는 손주들이 굶지 않으리라는 것도, 우리 음식을 많은 이들이 즐길 수 있다는 것도 알기 때문에 마음이 놓여요."

그 말에 담긴 현실을 생각하니 배 속의 음식이 돌처럼 굳는 느낌이었다. 팩 젠드라는 더 언급하지 않았지만, 엄숙함이 스민 목소리는 그 시기를 견뎌내는 과정에서 큰 물리적 대가를, 아마 정신적 대가까지도 치렀으리라는 것을 짐작케 했다.

---

* 발리섬에서 종교 사원을 중심으로 계단식 논에 수로로 물을 대는 전통적 관개 시스템.

엄마가 가방에서 기도용 꽃을 재활용해 만든 향 세 대를 꺼내 팩 수리야에게 건넸다.

"이걸로 아픔이 사라지지는 않겠지만, 견디는 데에는 도움이 될 거예요. 불을 붙여서 제를 올릴까요?"

팩 수리야와 젠드라가 감정을 드러내지 않는 얼굴로 향을 받아 들었다. 둘은 기도용 꽃을 가득 채운, 판다누스 잎사귀로 엮인 사각형 그릇을 꺼냈고 우리와 함께 향불을 붙여 망자들을 위해 묵념했다.

향을 다 피운 뒤 팩 수리야가 우리를 돌아보고 물었다.

"자, 여러분은 우리에게 물어볼 것이 있어서 왔다고 했죠?"

엄마가 몸을 꼿꼿이 하고 단도직입적으로 말했다.

"저희는 씨 데브리스의 의뢰를 받고 페르티위라는 이름으로 활동하는 기술자를 찾는 중이에요."

엄마는 태블릿을 꺼내 베티와 아놀드에게서 받은 사진과 인상착의 정보를 보여주었다.

"이런 사람을 아시는지요?"

팩 젠드라가 우리 접시를 치우며 자리를 떴다. 팩 수리야는 턱을 손으로 받치고 생각에 잠겼다. 한참을 침묵하던 그가 말했다.

"여러분에게 의뢰를 맡겼다는 사람들, 씨 데브리스라는 곳은 페르티위에게 뭘 원하는 건가요?"

팩 수리야는 페르티위라는 이름을 차분하게 말했다. 그 어조만 들어서는 페르티위를 아는지 모르는지 짐작할 수 없었다.

"그건 저희도 몰라요. 하지만 환경법 이후로 법 집행 방식이 많이 달라졌으니, 제 생각엔 최악의 경우 고소를 할 테고, 최선의 경우에는 비밀 유지 협약을 어긴 데 대한 배상을 받으려고 하겠죠."

"그들이 정말로 자기네 시민들을 대하듯이 공정한 절차를 밟을 거라고 생각합니까?"

팩 수리야가 고개를 설레설레 저으며 말을 이었다.

"세상이 우리 때와 많이 달라졌다고는 하지만 페르티위처럼 취약한 이민자들은 여전히 고용주와 공무원에게 법적으로 좌지우지되는 형편이에요."

엄마가 말했다.

"그렇긴 하죠. 하지만 저희가 아는 건, 페르티위가 가진 기술이 원래는 몇 달 뒤에 자카르타로 넘어갈 예정이었다는 거예요. 그러면 많은 사람이 그럭저럭 살아내는 것을 넘어 풍요로운 삶을 누릴 수 있게 될 거예요. 더 많은 가족들이 값싸고 안정적인 에너지원을 얻을 수 있을 뿐 아니라, 조력 설비가 나라 곳곳에 세워지면서 더 높은 임금을 보장하는 일자리들이 많아질 테죠. 이곳 사람들에게도 무척 좋은 기회가 되리라는 걸 부정할 수 없을 거예요."

엄마는 정자 밖에서 서성거리는 사람들을 둘러보았다. 하지만 나는 엄마가 아빠와 아르주나 오빠를 생각하고 있다는 것을 눈치챘다. 오빠는 고등학교 교사지만 에너지 비용을 대기 위해 부업을 뛰어야 할 때가 많았다.

팩 수리야가 무거운 한숨을 쉬었다.

"질문에는 답변을 드릴 수가 없겠네요. 그러려면 오래전에 제가 했던 약속을 깨야 하기 때문이죠. 하지만 당신의 논리를 완전히 부정하지는 않아요. 그러니 이 말은 해드릴 수 있겠군요. 오늘은 선이 악을 이깁니다. 선을 따라가면 진실을 찾을 수 있을 거예요."

정자를 나와 우리 목소리가 팩 수리야에게 들리지 않을 만큼 멀어졌을 때 엄마와 나는 각자의 생각을 공유했다. 다소 실망한 나는 조심스럽게 말했다.

"흥미롭긴 했어요. 팩 수리야도 팩 젠드라도 좋은 분들이었고요. 하지만 실마리는 없었던 것 같네요."

"그렇긴 했어."

엄마가 생각에 잠긴 채 말을 이었다.

"하지만 마지막에 한 말을 곱씹게 되네. '선'과 '악' 같은 포괄적인 용어를 쓴 게 이상해. 그게 무슨 뜻이었는지 모르겠어."

나는 늙은 반얀 나무 뿌리에 기대 쉬었다. 더운 데다 밥을 많이 먹어서 피곤했다. 습관적으로 핸드폰을 만지작거리다 보니, 먼젓번에 찾아봤던 가수가 새 포스트를 올린 게 눈에 띄었다. 어느 오래된 반자르 건물 사진 앞에 발리 전통 춤을 추는 사람들을 덧그려놓은 단순한 디자인의 전단지였다. 오늘 밤, 그러니까 몇 시간 뒤에 공연을 하는 모양이었다.

엄마가 내 어깨너머를 보더니 숨을 헉 들이켰다. 나는 약간 짜증 섞인 목소리로 물었다.

"왜요?"

엄마가 내 손에서 핸드폰을 낚아채더니 마을 쪽을 가리키며 외쳤다.

"이 반자르 건물, 팩 수리야의 정자와 똑같이 생겼잖아. 오늘 밤 여기서 공연하려는 거야."

우리는 공연이 열리기 전까지 가수에 대해 가능한 한 많은 것을 조사하면서 나머지 시간을 보냈다. 가수의 이름

은 프리얀카. 30대에 개를 무척 좋아하고 밈피에서 자랐다
고 했다. 포스트 대부분은 공적인 내용이었지만, 계속 거슬
러 올라가니 몇 년 전 팩 수리야와 함께 찍은 사진을 발견
할 수 있었다. 그 포스트에서 프리얀카는 반자르 밈피에 깊
은 감사를 표하고 있었는데, 반자르의 지원 덕분에 자바에
서 교육을 받고 수도에서 발리 춤 강사들에게 일류 수준의
강습을 받을 수 있었다는 내용이었다. 또 발리 전통 가면
제작자들의 인터뷰가 실린 포스트도 몇 개 있었다. 지속 가
능한 목재 조달 방법에서부터 사제들 및 지역사회 구성원
들과의 협력, 모든 과정에서 정령에 대한 존경심을 전달하
는 관습에 이르기까지, 그들이 감행하는 지난한 제작 절차
가 강조된 인터뷰였다. 페르티위에 대한 언급은 없었지만
그럼에도 우리는 프리얀카가 실종된 기술자에 대한 더 많
은 정보로 이어지는 열쇠임을 직감했다.

해 질 녘 우리는 무대로 변신한 정자로 향했다. 관객
들이 모여드는 가운데 뒤쪽에는 빈 자리가 남아 있었다. 정
자 위에 자리 잡은 악사들이 연주하는 가믈란*이 이목을 끌

---

*   타악기 중심의 인도네시아 전통 협주 음악.

어당겼다. 옆쪽에는 사원 입구를 모방한 출입문이 설치되어 있었다. 음악이 극적으로 고조되면서 출입문 밖에서 신화 속 사자인 바롱이 나타났다. 금박 달린 옷을 입고 털에는 꽃을 엮어서 휘황찬란한 모습이었다. 이빨은 우리 집 거실에 있는 조각상보다 훨씬 커다랬고, 반짝이는 눈은 툭 튀어나왔고, 귀는 어마어마하게 컸다. 바롱은 원숭이 두 마리와 함께 까불거리며 뛰어놀았다. 몸놀림이 하도 매끄러워서 이 장대한 춤을 추고 있는 존재들이 사실 인간이라는 것을 잊어버리기 십상이었다. 그때 악마들의 여왕인 랑다가 무대에 나타나 인간 병사들에게 마법을 걸어 스스로를 칼로 찌르게 만들었다. 하지만 바롱이 보호 마법을 걸어 그들이 제 손에 쥔 치명적인 무기에 아무 영향도 받지 않게 해주었다. 그렇게 랑다를 이긴 바롱이 관객의 환호성을 받으면서 공연은 빠르게 막을 내렸다.

"음, 재밌네요."

나는 막다른 길이 반복되는 하루에 지쳐서 말했다.

"정말 그렇네."

엄마가 다른 데 정신이 팔린 목소리로 말했다. 엄마는 목을 빼고서 공연에 대해 이야기를 나누는 주변 사람들을 둘러보고 있었다. 그들은 주의가 산만해진 표정으로 어둠 속에서 천천히 움직이고 있었다. 피곤해서 그럴 수도 있겠지만, 미주米酒에 취해서 그런 것 같았다. 엄마는 무대 근처에서 움직이는 누군가를 보더니 눈을 빛내고는 비틀거리는 사람들 사이를 요령 있게 헤치며 그 방향으로 나아갔다.

"어디 가는 거예요?"

나는 엄마를 따라가며 소리쳐 물었다. 엄마가 흥분한 목소리로 말했다.

"이 춤이 무슨 내용인지 아니? 선이 악을 이기는 것! 팩 수리야가 말했지, 오늘 밤 우리가……."

"그러면 바롱을 연기한 사람을 따라가야겠네요!"

엄마를 따라잡은 내가 말했다.

우리는 정자로 가서 뒤편에 작게 무리 지어 있는 무용수들과 악사들에게 다가갔다. 어떤 이들은 공연용 의상을 더 편한 옷으로 갈아입고 있었고, 또 어떤 이들은 불 앞에서 따뜻한 음식과 차를 먹고 있었다. 엄마의 시선이 저 멀리서 바롱 가면을 벗고 있던 누군가에게 붙박였다. 어둠에 반쯤 가려져 있었지만 프리얀카라는 건 분명했다.

프리얀카는 옷을 벗어서 단정하게 갠 다음 창고로 가는 누군가에게 맡기고 있었다. 우리는 멀찍이서 프리얀카를 따라갔다. 어둠과 낯선 지형을 뚫고 비틀비틀 나아가면서도 최대한 소리를 내지 않으려 안간힘을 썼다. 보이는 건 별로 없었지만 땅이 비탈지는 모양이나 공기가 습해지는 걸 보니 점점 바다에 가까워지고 있다는 걸 알 수 있었다. 매끄럽게 포장된 바닥이 울퉁불퉁하게 다져진 흙길로 바뀌더니 갑자기 모래밭이 나왔다. 나는 엄마가 어둠 속에서 넘어지지 않게 휠체어를 붙잡았다.

그때 웬 눈부신 섬광이 우리 눈앞에 비쳐 들더니 무언가 삐죽삐죽한 날붙이 같은 것이 내 가슴을 눌렀다.

"댁들은 누구고, 왜 나를 따라오는 거요?"

거친 목소리가 들려왔다. 눈을 깜빡이며 어둠에 적응하려던 나는 그 목소리의 주인이 프리얀카라는 것을 깨달았다. 채 하루도 안 되는 시간 동안 누군가의 노랫소리에 경탄하다가 똑같은 사람의 목소리를 두려워하게 되다니, 이상한 경험이었다. 하지만 엄마는 침착하게 대답했다.

"당신에게 해를 끼치려는 건 아니에요. 저희는 탐정이고, 소유권과 관련된 정보를 추적하던 중이었어요. 저희가 원하는 건 그저 당신과 대화하고 정보를 얻는 거예요."

"소유권이라."

어둠 속에서 누군가가 말했다. 그 사람은 우리에게 다가오지 않았지만 나는 우리 상대가 누구인지 충분히 짐작할 수 있었다.

"그건 무언가를 누가 가지느냐에 대한 문제죠. 그런데 그 소유권이 어떻게 결정되지요? 만약 어떤 회사가 연구에 자금을 댄다면, 하지만 그 기술을 만들고 시험하고 완성한 사람은 과학자라면, 그 기술은 돈을 댄 회사의 것인가요 아니면 그걸 만든 과학자의 것인가요? 과학자의 성장을 지원하고 투자한 지역사회는요? 만약 어떤 해안 마을에 요청하거나 협의하지도 않고 강제로 조력 발전소를 지어서 마을과 생태계에 피해를 준다면, 그 피해를 바로잡을 소유권과 책임은 누구에게 있죠?"

엄마가 천천히 말했다.

"모두 깊이 생각해봐야 하는 질문들이네요. 하지만 그렇다고 대안이 있지도 않죠. 맞아요, 씨 데브리스와 같은 거대 기업이 운영되는 방식에는 결함이 있어요. 하지만 그런 기업들이 환경에 뚜렷이 긍정적인 영향을 미치고, 더 많은 임금을 보장하는 일자리를 창출하고, 환경법처럼 세상을 변화시키는 해결책을 제공하고 있는 게 사실이에요."

프리얀카가 말했다.

"하지만 그런 해결책이 모두에게 같은 결과를 불러오는 건 아니잖아요. 씨 데브리스는 네덜란드 안에서 운용하는 것을 목표로 조력 발전소를 설계하고 테스트했어요. 하지만 그렇게 한 가지 방식을 적절하게 조율하지도 않고 모두에게 무턱대고 적용하려고 하다 보면 실패하게 마련이에요."

어둠 속에 모습을 감춘 사람이 말했다.

"그들은 발전소를 인도네시아의 여러 섬에 짓고 싶어 했어요. 지역사회와 협의하지도 않고요. 하지만 우리는 몇 주에 걸쳐 여러 섬 사람들과 소통한 끝에 그곳들의 고유한 파력, 수심, 야생 동물, 어업 조건들에 맞춰 조력 발전소를 조정할 수 있었어요. 그 과정에서 필요한 건 다만 대화를 나누고, 사람들이 그들 자신의 지식을 활용해 해결책을 생각해내도록 이끄는 것뿐이었어요."

엄마와 나는 시선을 주고받았다. 그 사람은 어둠 속으로 더욱 깊이 몸을 숨겼다. 프리얀카가 우리 둘을 향해 물었다.

"그래서 이제 어떻게 할 건가요?"

몇 주 뒤, 엄마와 나는 선상 가옥 거실에 앉아 베티와 아놀드와 함께 차를 마셨다.

"낭떠러지에서 떨어졌다고요?"

베티가 조금도 놀란 기색 없이 말했다. 엄마는 찻잔

을 침통하게 들여다보다가 몸서리를 쳤다.

"끔찍한 일이었어요. 우리가 다가갔을 때 그는 벼랑 끝에 바짝 붙어 서 있었는데, 발밑의 흙바닥이 물렀던지 그만 우리 눈앞에서 부서져버렸어요."

내가 덧붙였다.

"손을 뻗었지만 너무 늦은 뒤였고요."

베티와 아놀드는 불만스러운 표정을 거의 숨기지도 않고 서로를 바라보았다. 그들은 그날 아침 우리가 업데이트한 페르티위의 사건 파일을 열어 '해결 중' 상태를 '보관됨' 상태로 옮겼다.

"수사 중에 뭔가 알아낸 건 없나요?"

아놀드가 막다른 곳에 다다라 마지막 희망을 짜내며 밝은 목소리로 물었다.

엄마는 최근 공들여 수선해 예전의 영광을 되찾은 바롱 조각상을 돌아보았다. 그것은 이제 투명한 수납장 안에 안전하게 고정되어 있어서 앞으로 배가 아무리 흔들려도 무사할 터였다.

"아뇨, 전혀 없습니다."

엄마가 말했다.

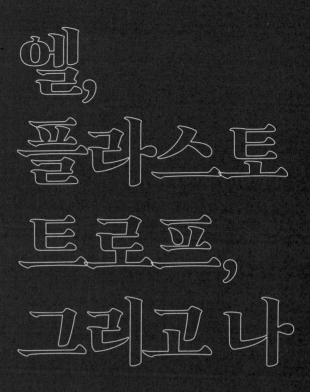

**El, The Plastotrophs,
and Me**

테누카
Tehnuka

테누카

뉴질랜드로 이주한 타밀족 2세대이자 뉴질랜드 아오테아로아 출신의
화산학자다. 단편 소설과 시를 《Mermaids Monthly》,《FlashFlood》,
《Apparition Lit》,《Memento Vitae》에 발표했다. 2020년 드림 파운드
리 단편 소설 공모전에서 최종 후보에 올랐고,《뉴질랜드 선데이스타
타임스》단편소설 공모전에 입상했다.

우리가 승인을 받은 주에 요시와 아로하는 타라의 오래된 아기옷들에서 먼지를 털어냈고, 엘은 의료진과 이야기하기 위해 황거레이까지 열흘간의 여행을 떠났다.

　　통신으로 대화할 수도 있었지만, 키리키리로[뉴질랜드 해밀턴의 마오리어 이름]에는 전문 의료진이 없었고 엘은 병원에서 직접 훈련을 받고 싶어했다. 여행 자체에 마음이 동하기도 했다. 우리 공동체에서 엘은 숲이나 오솔길 옆의 텃밭에서 혼자 시간을 보내기를 가장 좋아하는 사람이었다.

　　평소 활발한 엘답게 그는 여행하면서 허브를 넉넉히 따 모으고, 책을 읽고 전문가들과 대화하며 낮 시간을 보내고, 저녁에는 자신이 머무는 집 가족을 도와 와하쿠라[아마 섬유를 엮어 만든 마오리족 전통 아기 침대]를 짰다. 돌아올 때는 여행하며 들은 새로운 이야기들을 비롯해 온갖 물건과 함께였다. 그의 아마 바구니에는 황거레이 협동조합에서 가져온 여분의 비누, 약, 소독용 알코올이 가득했다. 초공동체supercommunity에서 직접 제조한 약이었다. 엘은 몇 가지 이야기를 들려주곤 아로하가 짠 직물을 내놓았고, 황거레이 사람들은 새로 태어날 아기를 위해 기꺼이 나머지 물건들을 내주었다.

와카[마오리족의 카누]에서 짐을 내리던 나는 약이 든 용기들에 얼굴을 부딪힐 뻔한다. 집어보니 무척 가볍다.

"엘, 이거…… 플라스틱이야?"

엘이 씩 웃으며 하나를 손안에서 이리저리 굴려본다.

"무지 환경친화적이지? 다 끝내면 북쪽으로 가져가야겠지만, 그래도 유리보다는 운반하기 쉽지. 1번 주립 고속도로는 너무 오래된 길이어서 수레를 끌고 다닐 만한 상태가 아니거든. 유리병에 넣었다가는 한도 끝도 없었을 거야."

새로 생산된 플라스틱은 희귀하다. 보통 우리가 접하는 플라스틱은 텃밭에서 일하다 발견하는 더럽고 흠집난 파편들이나, 폭풍이 몰아친 후 배수로에 쓸려 들어간 채로 나타나는 것들이다. 내가 투명한 병의 옆구리를 눌러 쭈그러뜨리자 엘과 같이 여행해 온 푸케테 청년이 킥킥 웃는다.

　카우마투아[마오리족 공동체에서 존경받는 원로]들은 우리의 신청서를 2년 동안 숙고했다. 처음에는 어린 타라와 함께 있는 우리를 관찰했다. 우리가 일과를 해내고 공동체와 소통하는 모습을 지켜보았다. 그들은 근처의 작은 협동조합들에서 나온 카우마투아들과 도서관에서 만나 초공동체들과 무전 통신을 했다. 우리는 이미 타라의 임신 승인을 받아봤기에 앞으로 어떻게 진행될지 알았지만, 몇 달이 지나자 요시는 초조해했다.

　"만약 승인은 받았는데 안 되면 어떡해?"

　"뭐, 갑자기 섹스가 싫어지기라도 할까 봐?"

　우리는 피임 도구를 아낌없이 배급한다. 불필요한 사람을 낳으니 불필요한 쓰레기를 생산하는 편이 낫기 때문이다. 쓰레기는 비록 많은 에너지를 소모할지언정 윤리적인 방법으로 처리할 수 있다. 나는 자원 소비를 제한하는 편을 선호하지만. 요시가 나보다 더 간절히 기다려왔다는 건 비밀이 아니었다.

　"아니, 만약 우리가 임신을 못 하면 어쩌냐는 거야. 아니면 우리가 나쁜 부모라면?"

"만약 퇴짜를 맞는다면?"

내가 그렇게 되묻자 그는 어깨를 으쓱했다.

마지막 회합이 열리기 전 화창했던 한 주 동안 원로들은 매일같이 통신을 했다. 심지어 국제 통신으로 최신 인구 현황을 요청하기도 했다. 엘의 말에 따르면 그들이 통신을 멈춘 건 날씨가 흐린 날이었다. 배터리를 아끼기 위해서. 아기 하나를 두고 너무 심사숙고하는 것 같기는 하지만, 카우마투아들은 우리가 플라스토트로프*들을 기증한 뒤로 책임감 있는 시민의식을 조성하는 데 더욱 주의를 기울이고 있다.

인간으로부터 세상을 구한 것이 바로 플라스토트로프와 탄소 고정자였다. 암마**는 늘 말하곤 했다. 우리는 지극히 작은 생명체들이 우리가 끼친 피해를 복구하기 위해 애쓰는 것을 지켜보면서 삶의 방식을 바꿔왔다고. 그들에게서 얻은 희망으로 우리가 더 열심히 노력할 수 있었다고.

그러나 또 다른 실수 때문에 ─ 인간의 역사는 실수로

---

*   플라스틱을 소화하는 미생물.
**   타밀어로 '어머니'라는 뜻. 화자의 어머니가 인도 출신임을 나타낸다.

가득하지 않던가?—우리는 키리키리로아의 플라스틱 분해기를 타마키 마카우라우 정화 작업에 기증했다.

초기에 카우마투아들 중 한 명인 타네는 초기 복원 작업이 일단락되면 미생물 개체군이 서서히 줄어들도록 놔둬야 한다고 주장했다. 그러나 플라스토트로프들은 튼튼하고 열성적이었고, 키리키리로아에 방문한 일꾼들은 주요 도시의 쓰레기를 다 캐냈다. 그 지역의 오염 제거에는 좋은 일이었지만, 번성하는 박테리아 군집에 먹일 만한 것이 갑자기 고갈된 셈이었다. 복원이 거의 끝나자 일꾼들은 옮겨 갔고, 우리에게는 더 작은 쓰레기들을 찾아내 재활용할 인력이 부족해지고 말았다. 플라스틱 분해기를 공유하던 키리키리로아의 세 공동체는 모두 한배에 올라타 있었다. 미생물과 보조를 맞출 인간이 부족하다는 현실 말이다. 깨달았을 때에는 너무 늦은 상태였다.

그래서 내가 태어나기 몇 년 전 그들은 모든 것을 해체하고 타마키 마카우라우로 가져갔다. 그곳의 대도시 정화 작업자들이 기꺼이 미생물들을 맡아주었다.

암마는 이렇게 말했다.

"우리는 그렇게 해서 과잉 소비의 위험성을 또다시 배운 거야. 잊지 말거라, 애야."

카우마투아의 역할은 궁극적으로 잊지 않는 것이다. 그들은 공동체를 관리하고, 몇 세대 전에 일어난 일을 기억하며, 도서관에서 책을 읽는다. 도서관은 우리가 유지하는 유일한 건물이다. 다른 허름한 건물들은 안전하게 해체해 재활용할 수 있도록 내버려두는 반면 도서관만큼은 공동체가 관리하고 있다.

우리 셋은 마침내 도서관 1층에서 원로들을 마주하고 앉았다. 시작 기도를 하는 동안 나는 배 속이 울렁거렸다. 조용히 "아메네[동의한다는 뜻의 마오리어]"라고 말한 후, 나는 타일 깔린 바닥, 아로하의 셔츠 등판, 내 무릎 위에서 윙윙거리는 모기를 훑어보면서 코로 타네에게서 필사적으로 시선을 피했다. 코로 타네는 땅과 땅이 우리에게 주는 것을 지혜롭게 지키고 언젠가 콘크리트 도시와 썩어가는 근교를 해체할 일꾼들을 지원할 수 있어야 한다는 연설을 하고 있었다.

나는 암마가 해준 다사라타 왕에 대한 이야기를 떠올렸다. 그는 불의 정령을 소환하는 의식을 치러 세 아내에게 아들 넷을 임신시켰다. 그것은 뒤따른 모든 이야기의 시작에 불과했다. 맏아들 라마를 질투한 카이케이가 라마 대신 자기 아들이 왕좌에 오르기를 바랐기 때문이다. 최소한 우리는 원로들과 만나기만 하면 됐다.

그들은 암마가 협동조합에 기여한 바에 대해 이야기 했다. 테 와이포우나무[뉴질랜드 남섬을 가리키는 마오리족 단어] 출신의 도마뱀 수호자는 그들의 요청에 응하기 위해 갓 난 딸을 데리고 그곳을 과감히 떠났다. 암마는 유년 시절에는 작고 푸른 펭귄들과, 일을 시작한 지 얼마 안 됐을 때에는 냉혈 파충류들과 함께 보냈고, 나중에는 생태학자가 되기 위해 해협을 건넜다.

대대로 과학자였던 우리 집안에서 나는 별 자랑거리가 못 된다. 한 분은 남부에서 주머니쥐 중성화 캠페인을 벌였다. 증조부 중 한 분은 토종 앵무새 구출을 이끌었다. 그게 내가 내 계보에 대해 아는 전부다. 그리고 나는 여기, 연고도 없고 선조의 유산도 없는 땅에서 마지못해 채소 텃밭을 가꾸고 과수원의 과일들을 수확하며 살아가고 있다.

카우마투아가 우리 한 사람 한 사람과 출신 배경에 대해 언급했다. 아로하와 요시는 자랑스러워했다. 그들은 이 지역 부족 출신이었다. 그들은 이곳에 속해 있었다.

나는 갈라진 내 손톱을 내려다보았다. 엄지에 생긴 군은살을 만지작거리며, 다른 사람의 아이를 돌봐야 할 미래를 받아들이려 애썼다……

"말라르!"

요시가 내 손을 잡으며 나를 불렀다. 들쑥날쑥한 치
열을 드러내며 벙긋 웃는 그의 미소는 내가 본 무엇보다도
아름다웠다.

"새로운 후손을 맞아들일 것을 기대하겠네."

타네가 말을 맺었다. 나는 너무 놀라서 아무 말도 하
지 못했다. 아로하가 카우마투아들의 배려에 대해, 우리가
협동조합의 미래에 기여할 기회를 얻은 데에 대해 유창한
말솜씨로 감사를 표했다.

카우마투아는 우리에게 축복의 말을 해주고는 아기
가 한겨울에 태어나지 않도록 몇 주 더 기다릴 것을 권했
다. 아로하의 할머니가 기억하는 바에 따르면 마지막으로
있었던 합성 섬유 침낭과 재킷이 너무 해져서 더 이상 수선
할 수 없을 지경이 됐을 때 분해기에 넣었다고 한다. 이 지
역의 여름이 따뜻하기는 해도 겨울에는 서리가 맺힐 정도
로 춥다. 사람들은 우리 같은 작은 협동조합에서의 삶이 더
힘들다고 말한다. 하지만 우리는 초공동체들이 우리보다
느린 속도로 가벼운 삶을 향해 나아가는 동안 우리 경험을
그들에게 나눠주는 데에 만족한다. 암마가 여기로 온 것도
그래서였다.

엘은 그늘에 서서 강 상류의 푸케테 협동조합에 막 합류한 젊은 남자와 이야기를 나누고 있었다. 엘이 우리에게 물었다.

"뭐야, 나 북쪽에서 의사들 만나야 하는 거야?"

엘은 우리 셋을 돌아가며 포옹해주었다.

푸케테 청년도 상류에서 볼일이 있다고 했다. 축하 인사를 한 후 그는 같이 여행하는 게 어떻겠냐고 제안했다.

"밭일은 하기 싫어서 말이에요."

엘은 그가 훌륭하다고 했다. 엘은 밖에서 청년과 한 시간을 같이 보내며 그의 억양을 익혔으므로 우리는 엘의 말을 믿기로 했다. 다음 날 청년은 정말로 자기 협동조합 사람들과 갈등을 빚을 가능성을 감수하고서 밭일을 빼먹고 교역을 하러 나섰다. 엘이 도보로 여행하는 동안에는 메르세르 근처의 강가에서 야영하며 기다렸다.

나는 엘이 누리는 숲의 평화가 부러웠다. 비록 겨울비가 내리고 나면 카누에서 내려 언덕으로 올라가기까지 늪지대, 높다란 아마, 팜파스 풀, 진창을 헤치며 걸어야 할 테지만 말이다. 몇 주 후 엘과 푸케테 청년의 배는 올드 가든스에 있는 우리 선창으로 돌아왔다.

짐을 푸는 동안 내가 플라스틱 병들에 보이는 반응에
다들 웃음을 터뜨린다. 엘은 수백 년째 폭발하지 않은 작은
화산들이 있다는 거대 도시에 대해 이야기해준다. 그중 가
장 높은 화산에는 아직까지 재생 삼림이 없다고, 거기 올라
가면 도시 전체가 내려다보인다고 한다. 그 도시에는 거대
한 풍력 발전기들이 있으며, 그곳 사람들은 2세기 하고도
50년 전에 하던 방식 그대로 배를 타고 항구 주위를 다닌
다고도 한다. 그중 대부분은 황거레이나 토이 산악 지대에
서 가족과 함께 온 임시 일꾼들이란다.

"우리도 갈 수 있어, 말라르. 몇 년씩 머무는 사람들도
있지만 세 달만 일하다 가는 사람들도 있어."

엘이 말한다.

요시와 나는 여행을 한 적이 없다. 요시는 그게 우리
가 가진 선조들의 기억 때문이라고 한다. 우리 조상들은 고
향에서 도망쳐 온 사람들이니까. 반면 엘의 조상들은 항해
사나 탐험가, 또는 식민지 경계에서의 삶이 더 나을 거라
생각해서 온 사람들이었고, 그렇기 때문에 엘이 항상 무언
가 새로운 것을 찾아 나서는 거라는 얘기다. 나는 요시의
말이 허튼소리라고 일축하지 않는다. 요시의 조상들은 해
수면 상승으로 물에 잠긴 땅 출신이기에 그는 자신이 내륙

에 속한 사람이라 생각한다. 내가 아는 나의 조상들은 요시의 조상보다 훨씬 오래전부터 아오테아로아[뉴질랜드를 가리키는 마오리족 이름]에 살았지만 나는 여전히 외국인이다. 암마가 없으니 더더욱 그렇다. 나는 이곳에서 내 존재, 내 외모, 누구도 알지 못하는 전통들을 정당화해야 한다.

요시는 텃밭을 일구며 집에 머물러 있기를 좋아하고 나도 그렇게 지낸다. 1월 중순인 오늘 아침 나는 퇴비를 뒤적이고 있다. 다른 사람들은 원하면 언제든 떠난다. 강 상류로든, 산 위로든. 그들은 무엇이든 필요할 때면 그것을 얻을 수 있으리라는 확신을 가지고 허락을 구한다. 하지만 오늘 우리는 모두 여기서 할 일이 있다.

지렁이 몇 마리가 퇴비 더미 옆의 풀밭에 떨어진다. 나는 녀석들을 한 마리 한 마리 들어 모은다. 서투른 손으로 했다가는 자칫 짜부러뜨릴까 봐 겁이 나서 막대기로 꿈틀거리는 녀석들의 몸 밑을 받쳐 든다. 요시가 내 조심스러운 행동을 보고는 웃음을 터뜨린다.

아기를 가질 사람은 나인데도 나는 요시와 아로하의 설득을 듣고서야 협동조합에 신청을 넣었다. 마지막 지렁이가 흙 속으로 미끄러져 들어가는 걸 보고 있노라니, 나도 이곳 사람들이 키워주는 아기를 가진다면 여기에 소속감을 느끼게 될지 궁금해진다. 그래서 요시와 아로하가 내게 임신을 제안한 게 아닐지, 그 이유 때문에 내가 동의한 것이 아닐지도. 협동조합을 대표해 임신을 하면 내가 여기 살 권리를 얻은 기분이 들 테니까. 나는 삽을 창고에 가져다 놓고 불을 피우러 간다.

암마는 추수 감사제인 퐁갈Pongal[*]을 기념했다. 비록 아오테아로아에서는 그때가 여름이지만. 퐁갈 외에 암마가 지키는 기념일로는 200년 전 암마의 조상이 도망쳤던 전쟁의 참전 용사들을 기리는 날[**]과 마타리키[***]가 있었다. 한겨울의 하늘에 떠오르는 마타리키의 다른 이름은 플레이아데스 성단이라고도 하고, 암마의 표현에 따르자면 카르티케이라고도 했다.

옛날에는 퐁갈이면 쌀과 우유에 야자나무 수액으로 만든 설탕을 넣고 끓여 먹었다. 모두 땅이 내어준 신선한 농산물이었다. 우유는 한때 이 나라에서 잘 알려진 특산물

[*]　인도 남부 타밀나두주에서 1월에 열리는 추수 감사 축제.
[**]　1915년 4월 25일 호주와 뉴질랜드 연합군이 1차대전에 참전한 것을 기리는 날.
[***]　마오리족에서 플레이아데스 성단을 가리키는 말로, 6월에 마타리키가 하늘에 뜨면 새해가 시작된 것으로 본다.

이었지만 다른 재료들은 모두 수입산이었을 것이다. 이제 우리는 폐수를 저장하는 집수지였던 이탄지泥炭地 흙에서 쌀을 키운다. 해외에는 여전히 소를 소규모로 가둬 키우는 곳들이 있다는데, 우리는 소 사육을 아예 하지 않는다. 암마가 비건이었기에 나도 밥에 꿀을 뿌려 먹지 않는다. 다만 매년 그랬듯이 냄비 안의 흰 밥이 익어가는 것을 지켜보며 "퐁갈 오 퐁갈"이라는 말을 외운다. 우리 아기도 언젠가 나와 같은 행동을 하게 될까 궁금해진다.

세계 반대편의 누군가는 전통적인 퐁갈을 지킬 것이다. 타밀어로 "타이*가 태어났을 때 길이 태어났다"라고 말하는 법을 알 것이고, 그 말을 이해하는 사람들이 주위에 있을 것이다. 암마가 내게 들려준 이야기들도 기억할 것이다. 모호하고 단편적인 이야기 토막들이 아니라, 제대로 된 《라마야나》**를 알고 있으리라. 나는 필라야르***가 어쩌다 코끼리 얼굴을 갖게 되었는지 잊어버렸지만 그 사람은 알

---

*   타밀 달력에서 1월 중순에서 2월 중순을 가리킨다.
**   고대 인도의 산스크리트어로 된 대서사시로, 라마 왕과 그 왕비 시타의 이야기.
***   《라마야나》에 등장하는 코끼리 머리를 한 신의 타밀어 이름으로, 가네샤라고도 한다.

고 있을 것이다. 그래도 내가 퐁갈을 엉터리로 기념한다 해도 아무도 모르고 신경도 안 쓴다는 점은 편하다. 어차피 전통은 변하는 것 아닌가?

엘이 끼어들어 우리와 함께 "퐁갈 오 퐁갈"을 외우고 밥을 조금 먹은 후 수영을 하러 가고, 그동안 우리는 청소하고 방을 정돈하며 오후를 보낸다. 아로하는 매트를 털고, 나는 비질을 하고, 요시는 리넨 빨래를 하러 강으로 내려간다. 우리 세 사람에게 서로가 있어서, 그리고 다른 친지들이 있어서 다행이다. 암마는 나를 키우는 동시에 일하는 것이 쉽지 않았다고 한다. 아로하의 할머니가 나를 침대에 눕히던 것, 아침에 죽을 먹여주던 것이 암마가 해줬던 것만큼이나 생생하게 기억난다.

회합 이후로 몇 주째 가슴이 두근거린다. 요시와 처음 사랑에 빠졌을 때처럼. 우리 오두막집을 정돈하는 이 여름날이 내게 어느 때보다도 편안하게 느껴진다. 우리는 함께 빨래를 널고, 저녁 햇살 속에 누워 각다귀들을 쫓아내며 노래를 부른다. 그동안 아로하는 요리용 감자를 심는다.

다음 날 아침 요시는 늦잠을 잔다. 우리는 그를 내버려두고 사과와 칼을 챙겨 우리 협동조합에서 나온 다른 이들과 함께 강 남쪽의 오솔길을 닦고 옛 기찻길을 살피러 간다. 언젠가 희토류 문제가 해결되면 우리나라에도 대중교통이 생길 거라고 한다. 녹슨 철로와 무너져가는 제방이 뻔히 보이는 상황에 그 말을 믿는 사람은 아무도 없다. 하지만 우리 역할은 지금으로부터 100년 뒤의 누군가를 대신해 결정을 내리는 게 아니라 관찰하고 조언하는 것이다.

우리는 땀에 젖고 가시금작화를 뽑느라 생채기가 난 채로—가시금작화는 우리가 아직까지 통제하지 못한 침입종 중 하나다—돌아와 강에 뛰어든다. 물이 시원하다. 목도리꿀먹이새가 지저귀는 소리를 들으며 이대로 영원히 떠 있을 수도 있을 것 같다. 아로하가 벌레가 성가시다고 투덜거리기 시작한다. 우리는 이제 그만 돌아가자, 하고 햇빛에 따스하게 데워진 흙을 밟으며 언덕을 걸어간다. 집에 도착하니 요시가 열병이 난 채 깔개에 웅크리고 누워 있다.

병이 전염되는 일은 흔하지만 아로하는 특히 쉽게 옮는 편이어서 나는 그를 마라에[마오리족의 마을 회당]로 보낸다. 그날 저녁 나는 요시에게 먹일 마누카 차를 끓이면서 화덕의 불을 응시한다. 화석 연료를 폐기하면서 우리는 마른 장작으로 불을 피우는 방식으로 돌아갔는데, 엘의 말에 따르면 어떤 초공동체들은 여전히 인덕션으로 요리한다고 한다. 물이 끓기를 한참 기다리던 나는 인덕션을 상상해본다. 그건 마치 바다에서 낚아 올린 섬이나, 날아다니면서 말하는 원숭이나, 수백 명의 사람이 금속 비행기를 타고 하늘에 기다란 자국을 남기며 지그재그로 나는 일만큼이나 마법적으로 느껴진다. 나는 기록 보관소에서 비행기가 그렇게 나는 사진과, 어딘가 북쪽 지역의 폐기장에 늘어선 비행기들의 사진을 본 적이 있다. 보이지 않는 불로 물을 끓이는 금속판의 사진을 남길 생각은 아무도 못했나 보다.

아침이 되자 아로하가 음식 두 그릇과 카드 한 벌을 현관에 놔두고 간다. 하지만 카드놀이 규칙이 기억나지 않는다. 점심시간쯤 되어 나는 요시를 밖으로 데리고 나와 앉히고 미지근한 수프를 먹인다. 요시가 앓는 소리를 한다.

"머리가 엄청 아파."

요시는 수프를 두 숟가락 떠먹더니 배를 움켜쥐고는 매트로 돌아간다. 무언가 주의를 돌릴 만한 것이 필요했던 나는 거실에서 카드로 집을 짓다가 밖에 나가서 토마토를 딴다. 날이 너무 따뜻해서 토마토가 썩어가고 있다. 이런 날씨에 이불을 두르고 있으려니 요시는 지겹겠지만, 오한이 가시고 땀이 나기 시작한대도 고역인 건 마찬가지다. 요시는 "그 알루푸[타밀어로 지겹다는 뜻] 차 대신" 냉수를 달라고 한다. 이건 내가 그를 사랑하는 또 다른 이유다. 암마가 돌아가신 이후로 나는 누구하고도 타밀어를 쓰지 않는데, 요시는 오래전 나와 암마에게서 배운 타밀어 단어를 이런 식으로 꺼내 쓰곤 한다.

요시가 배탈이 났으니 강물보다는 탱크의 빗물을 먹이는 편이 안전하겠다 싶다. 그런데 도기 주전자에 물을 채우러 나가보니 탱크 주위에 모래파리뿐만 아니라 커다란 모기까지 웅웅거리며 날아다니고 있다. 나는 빗물을 포기하고, 끓인 차를 그늘에 내다놓고 식혀서 가져다준다. 뜨뜻미지근하고 차 맛이 나는 물에도 요시는 불평하지 않는다. 그래서 도리어 신경이 쓰인다. 나는 세 가지 언어로 된, 가사를 잊어버린 노래를 흥얼거리며 젖은 헝겊을 들고 그의 곁을 지킨다.

저녁에 엘과 그의 어머니가 유리 체온계와 의료용품들을 가지고 방문한다. 그들이 들어오자 외풍이 드는 바람에 내가 지은 카드 집이 무너진다. 20분 뒤 엘 모녀는 북쪽으로 무전을 치러 다시 나가고, 잠에서 깬 요시가 끙끙 앓는 소리를 낸다.

현관에서 곯아떨어진 나는 올빼미 울음소리에 잠에

서 깬다. 너무 피곤하다. 안에 들어가 요시의 상태를 확인한 뒤 잔가지를 씹어 이를 닦고 곧바로 잠에 든다. 아침이 되자 엘 모녀가 돌아와 현관에서 요시를 불러 깨운다. 나는 내가 아플 때 엄마가 만들어주곤 했던 쌀죽을 끓인다. 엘의 어머니가 쾌활하게 말한다.

"좋은 소식이 있어. 요시의 병이 무엇인지 알 것 같대. 하지만 확실히 알려면 혈액 검사를 해야 한다더라."

우리 중에서 혈액 검사를 받아본 사람은 아무도 없다. 그건 실험실이 존재하는 초공동체에서나 쓰는 방식이다. 고립된 협동조합들도 위급 상황에 사용할 시설을 공유하기는 한다. 하지만 어느 누가 독감이나 감기 때문에 혈액 검사를 받는단 말인가?

엘과 그의 어머니는 그래야 한다고 생각하는 모양이지만. 요시는 입맛이 좀 돌아왔는지 죽을 먹고 있다. 그런데도 엘 모녀는 요시가 검사를 받아야 한다고 우긴다.

"나아지고 있는걸요. 검사받으러 가려면 쉴 수가 없잖아요."

실험실이 있는 가장 가까운 지역은 타마키 마카우라우의 정화 캠프 중 한 곳일 터였다.

"거기서 더 나은 치료를 받을 수 있을 거야, 말라르."

엘의 어머니가 내 등을 문질러서 나는 움찔하며 손길을 뿌리친다.

"만약 전염성이면요? 우리 모두 북쪽에 가서 검사를 받아야 하는 건가요?"

다 먹은 그릇을 내게 건넨 요시가 매트로 돌아가며 말한다.

"그냥 쉬다 보면 낫겠죠. 전 잠을 자고 싶어요. 거기까지 가려면 배 타고 노도 저어야 하고 이틀 정도는 걸어야 하잖아요."

엘 모녀가 서로 시선을 교환한다. 아주머니가 말한다.

"하지만 내버려둔다고 쉽게 나을 병이 아닐 수도 있어. 기력이 좀 날 때까지 기다리는 건 괜찮아. 증상이 가벼워서 다행이지."

"이게 가벼운 거예요?"

"올해 들끓던 벌레들 봤지? 모기가 옮기는 기생충과 바이러스들이 있대. 그리고……."

말이 안 되는 이야기였다. 나는 반박했다.

"말라리아는 몇백 년 전에 박멸됐잖아요. 천연두와 소아마비처럼……."

엘이 말라리아가 사라진 건 겨우 150년 전이라고 지

적하고는, 모기가 퍼뜨릴 수 있는 전염병과 그 방식은 엄청나게 다양하다고 말한다. 북쪽에서 몇몇 사례가 보고되었으니 우리에겐 선택의 여지가 별로 없다는 말, 의료진이 직접 봐야 한다는 말도. 거기에 대고 엘의 어머니가 덧붙인다. 나도 아직 임신을 하지 않았으니 검사를 받아보는 게 좋을 수 있다고. 밖에 널어둔 내 생리대를 훔쳐본 것일지도 모르겠다.

"엄마!"

"오, 엘. 말라르도 검사를 받아보는 게 좋아. 기술을 무작정 반대하기만 할 필요는 없잖아. 우리가 무슨 개척자도 아니고 식민지 정착민도 아니고. 도움을 청할 순 있는 거야."

나는 일어서서 그릇을 씻으러 간다.

"어차피 임신하려면 몇 달 걸릴 거라고 했잖아요. 나중에 요시한테 말해볼게요."

엘은 메스꺼움에 도움이 되는 차를 끓이는 데 쓰라고 생강을 좀 주면서 말한다.

"엄마가 괜한 말 해서 미안해. 떠날 준비가 되면 언제든 알려줘."

일주일 뒤, 요시가 검사를 받으러 가겠다고 나선다. 열은 오르락내리락하지만 이제 기력은 더 생겼다. 엘과 푸케테 청년이 먼저 나서서 노를 젓고, 낮 동안 나도 번갈아가며 노를 맡는다. 와이카토 강은 유속이 빠르지만 다른 어디에서도 찾을 수 없는 평온이 느껴진다. 장미앵무새 떼가 우리를 지나쳐 날아간다. 장미앵무새들은 21세기, 영국이 이 나라를 침략한 후 바다 건너편에서 데려온 외래종이다. 그 이후에는 환영 제비*들이 건너와 정착했다. 강에 나오는 일이 잘 없는 요시는 기운을 차리고 근처에 있는 물총새를 가리켜 보인다. 허공에 드리워진 나뭇가지 위에 앉은 물총새의 긴 부리와 오렌지색이 섞인 청록색 깃털이 눈에 띈다. 물속을 헤엄치는 장어들도, 금빛으로 반짝이는 잉어들도. 잉어 역시 외래종이다. 아로하는 늘 이 이국적인 해충들이 싫다고 말하지만, 400년에 걸친 식민화 경험에 대해 물고기가 뭘 알겠는가? 우리는 또한 무엇을 아나?

우리는 엘이 이전에 여행하면서 알아둔 오두막에서 밤을 보낸다. 푸케테 청년이 우리가 이곳을 지나간다는 것을 주민들에게 알리려 좁은 오솔길로 뛰어내린다. 인가가

---

* 오스트레일리아에 자생하는 제비의 일종.

있는 곳까지는 30분쯤 걸어야 하고 어차피 우리 기척이 들리지도 않겠지만, 그래도 알리는 것이 옳은 행동이다.

요시가 쉬러 간 동안 우리는 배를 기슭에 대놓고 짐을 내린다. 나는 수풀을 뒤져 장작을 모아서 셔츠 아랫자락으로 감싼다.

"말라르, 할 얘기 있어."

엘이 웃음기 없는 얼굴로 말한다. 나는 장작을 떨어트린다.

"병 얘기야? 심각한 거야?"

모기에 대한 이야기를 들었음에도 나는 그다지 걱정하지 않고 있었다. 물론 요시를 데리고 여행을 해야 한다는 데 스트레스를 받긴 했지만. 그래도 요시는 만족스러워 보였다. 엘 모녀의 말만 들어서는 그렇게 위험한 병인 것 같지 않았다. 그저 검사할 것이 있다고 했을 뿐……

"아니야."

"그러면 너희 둘에 대한 거야?"

그 푸케테 청년과 관련된 문제인 모양이었다. 진작 알았어야 했는데.

엘이 울퉁불퉁한 나무뿌리에 걸터앉더니 손으로 뿌리를 문지른다.

"아니. 상관은 있지만."

엘이 생강차에 대해 말했을 때나, 임신 화제가 나왔을 때 "엄마!"라고 외치던 말투에서 이미 짐작했던 걸까. 그가 "그는 아직 몰라. 아무도 몰라. 그런데……"라고 말을 꺼낼 때, 나는 놀라지 않는다.

일순간 엘의 말을 막고 싶어진다. 듣지 않으면 괜찮기라도 할 것처럼. 나는 다른 사람이 일으킨 재난에 휘말리고 싶지 않다.

그러나 우리 모두가 다른 누군가가 일으킨 재난에 휘말리고 있지 않던가?

엘이 말을 맺는다.

"나 임신한 것 같아."

나는 짐작도 못 한 듯이 그를 쳐다본다. 나에게 뭘 원하는 걸까? 위로?

"두어 달 됐어. 미안해."

그가 덧붙인다. 황거레이로 갔을 때부터라는 뜻이다.

가장 친절한 반응은 사과할 필요가 없단 말을 건네는 것일 터다. 다른 나라에서라면, 심지어 우리 아오테아로아의 초공동체에서도 이런 일은 문제가 되지 않을 것이다. 초공동체에는 자유 재량이 있으니까. 사람이 예기치 못하게 태어나거나 죽거나 도착하거나 떠나는 일이 일어나고, 거기에 누군가의 허락을 구하지 않는다. 단지 균형이 이뤄지는지 추적만 할 뿐이다. 우리 협동조합은 부모의 출생 신청서로 태어났거나 암마처럼 요청을 받아 일꾼으로 들어온 사람들로 이루어져 있다. 엘은 집에 돌아와 피임 도구를 얻을 때까지 기다릴 수 없었나? 아니면 피임을 했는데 실패했나? 그런 일도 일어날 수 있다고 듣긴 했다.

어느 쪽이든 뭐가 달라지나? 임신하기까지 몇 달은 걸린다는 것, 어쩌면 아예 되지 않을 수도 있다는 것을 우리는 이미 알고 있었다. 하지만 그건 가능성이지 확실성이 아니었다. 이제 확실한 것은 엘이 우리 협동조합의 다음 아기를 가졌다는 사실이다.

나는 몇 발짝 물러선다. 주위에 아마와 덤불이 무성히 자라 있어서 앉을 데가 딱히 없다. 머릿속에 떠오른 질문들을 하고 싶지 않다. 엘이 나 아닌 다른 누군가에게 먼저 말했더라면 좋았을 텐데. 내가 이 사실을 모르는 채로 지내다가 생리가 끊겼더라면, 그래서 아무도 나와 요시가 우리에게 주어진 기회를 포기하기를 기대하지 않았더라면 좋았을 텐데.

암마는 내게 신중히 생각하라고 가르쳤다. 그래서 나

는 때로 생각이 지나치게 많다. 때로는 어떻게 반응해야 할지 안다는 뜻이기도 하다.

"시간을 좀 줘, 알았지? 요시에게는 상태 나아지기 전까지 말하지 말고."

장작으로 쓸 잔가지들을 마저 모으는데 손이 떨린다. 엘은 멀찍이 거리를 두고서 묵묵히 하던 일을 계속한다. 내가 원치 않는 것이 또 한 가지 있다. 그건 바로 비밀을 지키는 일이다. 마음속에서 걱정이 자꾸만 쌓여서 나무껍질에 닿는 내 손이 땀으로 미끌거리고 리넨 셔츠가 갑갑하게 느껴진다. 일이 잘못되면 그다음엔 어떻게 되나? 요시의 병은? 아로하는 또 뭐라고 할까? 우리는 늘 가까웠다. 아로하가 공동 양육을 하기로 결정하고서부터 근 몇 년 동안은 더욱 가까워졌다. 아로하는 배우자를 원하지는 않지만 함께 키울 수 있는 아기는 갖고 싶다고 했는데. 나는 불쏘시개를 불구덩이 옆에 내던진다. 이리저리 튀어 흩어지는 잔가지들을 뒤로하고 강에 씻으러 간다.

식사하는 동안 아무 눈치도 못 채는 요시를 보며 나는 그가 지쳤다는 걸 알아차린다. 지금까지 푸케테 청년하고는 거의 말을 섞지 않았다. 엘이 그에게 마음을 썼으니

진작 이야기를 나눠야 한다는 생각은 어렴풋이 하고 있었는데. 이제는 그의 얼굴도 보고 싶지 않다. 그가 엘보다 더 잘못한 것은 아니지만. 밤이 되어 비가 쏟아지기 시작하자 나는 오두막에 틀어박혀 팔에 얼굴을 묻고 울면서 그가 자기 협동조합에 그대로 머물렀더라면 좋았을걸 하고 바란다. 밭일을 빼먹고, 온종일 강에서 보내고, 불필요한 곳에 정자를 뿌리고 싶어하는 남자가 푸케테에서 어떤 요청을 받았는지는 몰라도 말이다.

요시가 잠결에 코를 훌쩍인다. 평소에는 사랑스럽게만 느껴졌는데, 지금은 무언가를 후려치고 싶은 기분이 든다. 내 마음속의 긴장을 해소하기에는 이 오두막이 너무 좁다. 나는 밖으로 나가 나무들 사이에서 비를 피한다. 어차피 나뭇가지를 타고 흘러내리는 빗물에 몸이 젖긴 하지만. 암마라면 이 나무들의 이름을 알았을 것이다. 그리고 내게 다시 들어가서 몸을 말리라고, 그러지 않으면 감기에 걸릴 거라고 타일렀을 것이다. 내가 언젠가 내 아이에게 해주고 싶었던 것처럼. 아이에게 나는 머리가 여럿 달린 신들에 대한 이야기, 감기에 대한 얼토당토않은 이야기, 아로하가 자신의 할머니에게서 들은, 강에 사는 타니와taniwha*에 대한 신화들을 들려주고, 요시는 식물의 언어를 가르쳐주면 좋겠다. 그러나 우리가 꿈꿔온 아이는 결코 존재할 수 없을지도 모른다. 빗속에서 내가 하는 생각은 이런 것들이다.

《라마야나》에서 카이케이는 제 아들이 다음 왕이 되어야 한다고, 그의 의붓형이자 적통 왕세자인 라마를 숲으로 추방하라고 요구한다. 라마의 어머니인 카살리아는 어쩔 수 없이 라마를 놓아준다. 엘의 아이가 허가를 받든 못 받든 간에, 내가 존재하지도 않는 아이를 키울 권리를 지키기 위해 엘더러 아이를 포기하라고 요구한다면 나는 뭐가 되나? 그러지 않는다면 또 뭐가 되고?

공간이 너무 좁다. 내 분노를 담기에는 오두막이 좁고, 아이들이 태어나기에는 우리 협동조합이 좁고, 박테리 아들에게는 분해기 안이 좁다. 엘은 아이를 낳을 것이다. 그러면 우리 중 남은 사람들은 또 다른 아이를 뒷받침할 여력이 있는 곳으로 떠나야 할지도 모른다. 플라스토트로프들이 타마키 마카우라우로 보내졌듯이. 그 생각을 하니 몸이 떨려온다.

옛날에 '행성 B는 없다'라는 표어가 있었다. 수호자로

---

* 마오리족 신화에서 강이나 동굴이나 바다에 사는 위험한 초자연적 존재.

서 우리는 여전히 실수를 저지른다. 협동조합들 안에서 우리는 바깥세상이 무한한 자원이 아니라는 것을 잊곤 한다.

떠오르는 달빛 속에서 비가 안개로 변하고 머리 위 나뭇가지에서 귀뚜라미 한 마리가 운다. 우리 실험은 실패하고 있다. 우리 협동조합들은 초공동체의 자원에 의존한다. 길을 이끄는 역할이어야 할 우리가 도리어 초공동체를 행성 B처럼 취급하며 매달리고 있는 것이다. 의료적 지원을 받아야 할 때도, 실험실에서 테스트를 받아야 할 때도, 우리 플라스틱 분해기에 영양분을 공급할 수 없을 때에도, 도저히 안 쓰고는 살 수 없는 공산품들을 얻어야 할 때도. 미래가 역발전逆發展에 달려 있다고 믿었던 암마는 그런 것들을 버리고 떠났다. 그러나 협동조합들 안의 우리가 독자적으로 살기를 거부한다면, 수호자 자격은 초공동체들에 넘어갈 것이다. 우리는 수호자로서 실패하고 있다. 실패하고 있을 뿐 아니라 실패의 본을 보이고 있다.

아무도 나를 찾으러 오지 않는다. 나는 몸서리를 치며 돌아가 물기를 닦는다. 눈을 감아도 달빛이 눈꺼풀 틈으로 새어 들어온다. 하지만 어차피 잠은 오지 않는다.

다음 날, 나는 노를 젓다가 눈물을 흘리지만 모두가 못 본 척한다. 아니면 정말로 못 본 것인지도 모른다. 강가에서 잠시 쉬려고 정박하자 요시가 내게 혹시 아프냐고 조용히 묻는다.

"네가 걱정할까 봐 하는 말이지만, 나는 나아졌어."

요시가 내 손을 꼭 잡으며 말을 잇는다.

"너 무슨 걱정 있구나."

실제로 일어난 일 자체보다도 그걸 말하지 못하는 내 처지가 더 싫다. 나는 감자 빵을 찢으면서 어젯밤 했던 생각들에 대해 털어놓는다. 우리는 벽지에서 우리가 길을 선도하고 있다 생각하며 살기 위해 초공동체들이 가진 기술, 자녀, 그 밖의 것들을 억제하느라 여러 세대에 걸쳐 쓸데없는 노력을 기울여왔다고.

"왜 쓸데없어? 우리가 의료진의 도움을 받으러 가고 있기 때문에?"

"그것도 그렇고, 초공동체에서 암마 같은 사람들이 도와주러 오기를 바라잖아. 그리고 우리 분해기를 유지조차 못 하고."

요시가 빵 덩어리를 집어든다.

"너는 이다음 일을 걱정하고 있구나. 그건 잘못된 게 아니지. 하지만 말라르, 균형의 문제야. 우리처럼 사는 모든 사람이 완벽하게 해내는 건 아니야. 살아가기 위해 의료나 기술을 필요로 하는 사람들을 봐. 물론 우리는 무엇이 진정으로 중요한지 찾아내는 중이긴 해. 하지만 여기까지 오는 데만도 이만큼이나 오래 걸렸잖아."

요시가 빵을 한 입 베어 문다. 나는 그가 씹는 모습을 지켜보며 어떻게 진실을 말해야 할지 궁리한다.

"하룻밤 사이에 해결되진 않는다는 걸 너도 알잖아. 우리는 1년 뒤나 100년 뒤의 세상만이 아니라 지금 세상도 걱정해야 해. 원시 아메바에서 빠져나와 우리를 진화시킨 게 무엇이었는지는 몰라도, 그게 네가 무엇이 될지에 대해 신경이나 썼을 거라고 생각해?"

또 한 입. 그의 식욕이 돌아와서 기쁘다.

"분해기도 그래, 우리는 원칙에 따라 플라스토트로프들이 죽어가게 놔둘 수도 있었고, 아니면 우리가 망쳤다는 걸 인정하고 그걸 사용할 수 있는 사람들에게 넘길 수도 있었지. 우리 영역을 너무 닫힌 체계로 여기는 건 세상을 무한한 자원으로 여기는 것만큼이나 위험해."

요시는 나를 이해한다. 내가 그를 사랑하는 무한한 이유들 중 하나다. 그의 말이 옳다. 요시가 아직 빵을 먹고 있기에 나는 그에게 키스하지 않고 다만 가까이 몸을 붙인다. 그리고 강 건너편의 오리들이 우리를 무시하고 지나가는 것을 지켜본다.

플라스토트로프들은 우리가 그들을 필요로 했을 때, 생태계가 주위 세계에 반응함으로써 나타났다. 한편 탄소 고정자들은 처음부터 내내 존재했을 것이다. 이제 그들은 평형 상태에서 상호 작용하며 공생하는, 우리 문제를 해결해주는 공동체들이다. 엘들, 요시들, 푸케테 청년들, 심지어 자신이 소속되지 못한다고 생각하는 말라르칼도. 초공동체들과 협동조합들.

우리가 쓸모 있는 장소가 있을 것이다. 키리키리로아로 돌아가면. 아니면 어디에서든. 모든 장소가 저마다의 미래를 가지고 있다. 나는 토착민이 아니기에 소속된 땅이 없지만, 대신 요시와 아로하와의 관계가 있고 어느 땅에서든 나와 관계 맺을 사람들이 있다.

나는 요시와 함께 강으로 돌아간다. 구름 사이로 회색 빛이 새어 나오고, 강이 흐르고, 내가 바라볼 새로운 장소들이 있다.

캔버스, 밀랍, 달

Canvas — Wax — Moon

아일베 파스칼

Ailbhe Pascal

아일베 파스칼

퀴어, 장애인, 스와나SWANA 혼혈인이자 레나페호킹의 코아콰녹 점유
지에 사는 스토리텔링 마녀이다.

캔버스

이른 아침이지만 네야 오빠와 나는 서로 먼저 부츠 끈을 묶고 연장 주머니를 챙겨 골목으로 나가겠다고 앞다투고 있다. 오빠의 가죽 부츠는 모양도 닳은 정도도 내 것과 같지만, 내 캔버스 주머니는 진청색인 반면 오빠 것은 햇빛에 바랬고, 내 수확용 가위는 늘 날카롭게 관리되어 있다. 만약 내게 오빠의 두 팔이 있었다면 나 또한 가끔은 내 연장들이 둔해지도록 내버려뒀을지도 모른다. 건설자들은 그렇게 으스댈 만하니까.

"야, 목록 있어?"

네야 오빠가 들릴락말락한 목소리로 묻는다. 나는 멈칫했다가 아차 하고 고개를 젓는다.

"나를 앞지르려고 하다니, 시도는 좋았어."

나는 왼발 부츠 끈에 매듭을 지으며 말한다. 이 경주에서는 틀림없이 내가 이길 것이다. 그런데 네야 오빠가 웃음을 터뜨리며 두 손을 든다.

"아니, 나 진심으로 묻는 거야. 잠깐 중단할까?"

"알았어, 알았어."

나도 끈을 묶던 손을 들고 오빠의 걱정 어린 시선을 마주한다.

"오빠가 어제 실비아 할머니한테서 깃펜 한 자루 빌리는 거 봤어. 그래서 오빠가 다 써놓은 줄 알았지."

"아무리 내가 오빠라도 그렇지, 너는 왜 항상 내가 네 메모를 해줄 거라고 생각해?"

나는 이렇게 대꾸하고 싶다. 나는 몸이 안 좋으니까, 내 달이 물고기자리에 있으니까, 오빠는 메모하는 걸 워낙 좋아하니까, 게다가 이번에는 내가 오빠에게 메모해달라고 부탁까지 했으니까…… 하지만 나는 눈썹을 추어올리며 잠깐 침묵하다 이렇게만 말한다.

"뭐야? 나보다 나이가 그렇게 많지도 않은 주제에 그런 소리 하지 마."

"세 살 차이가 적은 건 아니지. 어쨌든 맞아. 그걸……

바로…… 여기 됐지."

오빠가 씩 웃으며 말꼬리를 질질 끌더니 등 뒤에서 종이 한 장을 꺼내 내 앞에 들이민다. 그건 오빠의 손글씨로 휘갈겨 적힌 우리 목록이다.

"근데 왜 물어봤어?"

나는 잇새를 훑으며 묻는다.

"왜냐하면 이렇게 해서 너를 멈춰 세웠으니까……."

그 말과 함께 오빠가 자기 발을 눈짓한다. 이제 보니 오빠의 까마귀 친구 언빌리버블이 부츠 끈을 다 묶어준 뒤다. 나는 오빠의 팔을 주먹으로 친다. 한 번 더, 이번에는 더 세게 친다.

"으악."

오빠가 낄낄 웃자 언빌리버블이 같이 깩깩거린다.

"더 세게 때렸다간 할머니들 깨겠다."

오빠가 히죽거리며 짐짓 화를 내자 나는 약이 바짝 오른다. 오빠도 그런 내 기분을 뻔히 알고 있다. 나는 최대한 크게 소리친다.

"하! 오빠가 하필 오늘 이런 수작을 부렸다니 믿을 수가 없네!"

형제가 있으면 도무지 긴장을 늦출 수가 없다.

"애쉬."

아빠 오펠리가 다정한 표정으로 등불 빛 안으로 들어서며 북이 울리는 듯한 목소리로 말한다. 오빠와 나는 즉시 싸움을 멈춘다.

"초조해할 것 없어. 오늘은 더더욱. 내 생각에 우리 언빌리버블은 네게 다른 이들의 도움을 받을 것을 일깨워주기 위해 여기 있는 것 같구나."

나는 어처구니없어서 눈알을 굴린다. 하지만 아빠의 이런 고지식한 면이 무척 좋기도 하다.

"그리고 저기 보렴! 정말 아름다운 일출이잖니."

아빠가 우리 뒤의 창문을 고갯짓하며 말한다. 희미한 빛이 막 번지기 시작한 하늘이 보인다. 나는 오늘이 좋은 하루가 되리라고 믿어보기로 한다. 잠시 뒤 아른아른 빛을 내는 언빌리버블이 길게 까악 소리를 낸다. 아빠는 녀석을 이해한다는 듯 나지막이 웃는다.

"네가 옳다. 이런 아침에는 노래하는 것도 좋지."

나는 신발 끈을 묶느라 앉아 있던 의자에서 일어선다.

"맞아요, 하지만 아빠는 아침형 인간이잖아요. 속이 온통 울렁거리는 상태도 아니고요."

아빠가 껄껄 웃더니 네야 오빠를 돌아본다.

"네 동생이 오늘 기억할 만한 좋은 일들을 만날 수 있게 도와주겠니?"

아빠는 여전히 미소 지으며, 내게도 다 들릴 만한 목소리로 오빠에게 속삭인다.

"잠깐만요, 다 들린다고요!"

나는 웃음을 터뜨리며 고개를 젓는다. 오늘 하루를 잘 헤쳐 나갈 수 있도록 열심히 노력해주는 가족이 있으니 나는 내가 운이 좋다고 생각한다. 솔직히 이 작은 모험이 기대되는 마음도 있다. 그래도 그렇지, 나는 겨우 한 발짝 거리에 있는데.

"애쉬가 좋아하는 노래들을 다 부를게요."

오빠는 내 말을 못 들은 척하고 약속한다. 아빠가 잠자코 고개를 끄덕이더니 오빠의 등을 부드럽게 두드린다.

아빠도 오빠도 따스한 올리브색 피부를 가졌지만 그 외에는 모든 면에서 다르다. 오빠는 날씬하고 훤칠한데 아빠는 작고 땅딸막하다. 오빠는 언제나 침대에서 막 나온 사람처럼 보이는 반면 아빠는 언제나 명상을 막 마친 사람 같다. 오빠의 눈은 나와 우리 노파*처럼 회녹색이고 아빠

---

*　　노파nopa는 'non-binary parent', 즉 여성 또는 남성으로 분류할

의 눈은 밝은 녹갈색이다. 나는 아빠의 체격과 노파의 밀 같은 피부색을 물려받았고, 신기하게도 등 한가운데에 볼록 튀어나온 돌 같은 반점이 있는 것은 노파와 같았다. 어젯밤 나는 반점이 어떻게 유전될 수 있는지 궁금해서 잠을 못 이뤘다.

하지만 내게는 나만의 지팡이가 있다. 오늘 그걸 가져갈까 생각했지만, 내 다리와 아드레날린으로 그럭저럭 할 수 있겠다는 예감이 든다. 나는 캔버스 주머니의 띠 두 개에 양팔을 꿰고 띠를 내 심장 위로 둘러 묶은 다음 한숨을 내쉰다.

아빠가 오빠에게서 떨어져 내게 다가온다.

"사랑한다, 마녀의 밤에 태어난 내 아가야."

나는 활짝 벌린 아빠의 두 팔을 바라보고 그 품에 안긴다. 삼나무 향이 나는 아빠의 따스한 스웨터에 대고 웅얼거린다.

"나도 사랑해요, 오펠리."

네야 오빠가 우리 둘 모두를 부둥키고 꽉 힘을 준다.

포옹을 푼 뒤 나는 몸을 굽혀 언빌리버블의 정수리에

수 없는 양육자를 뜻한다.

입을 맞추고는 오빠와 함께 골목으로 향한다.

새벽녘 새들의 노랫소리가 내 안을 가득 채우는 것을 즐기긴 하지만, 아빠가 제안한 것처럼 노래를 부를 준비는 되어 있지 않다. 해가 막 뜨기 시작했고 골목에 온 지 고작 15분밖에 안 됐는데도 벌써부터 통로 저편에서 우리를 향해 다가오는, 우리가 아는 어떤 여자가 보인다. 편안한 몸놀림으로 걸어오며 손인사를 하는 그를 보자마자 나는 얼굴을 가리고 오빠 뒤에 숨지만 너무 늦었다는 걸 안다. 오빠가 외친다.

"좋은 아침, 로렐! 오랜만이네."

얼굴을 마주하고 설 수밖에 없게 되자 나는 애초에 숨지 않았던 것처럼 몸을 꼿꼿이 세운다. 그래봤자 다 티 나겠지만 너무 당황해서 그러거나 말거나 신경 쓸 여력이 없다.

"그러게 말이야. 어떻게 지냈어, 네야?"

로렐이 낮은 목소리로 되묻는다. 그 부드러운 목소리가 나를 따뜻하고 달콤하게 감싼다. 나는 얼굴을 붉힌다. 이렇게 그를 만나면 온갖 것을 어림짐작하게 될까 봐 두려웠지만, 나도 대화에 끼고 싶다. **할 수 있어.** 나는 스스로에게 속삭인다.

근처 전선 위에 모인 골목의 까마귀들이 언빌리버블과 의뭉스러운 눈짓을 교환하며 뻔뻔스럽게도 로렐의 말을 엿듣고 있다. 로렐은 오빠의 수다에 술술 맞장구를 치면서도 눈길은 나에게 머물고 있다. 얼굴이 더욱 붉게 달아오른 나는 마침내 입을 연다.

"음, 로렐……. 어쩌다…… 뭐 하러 이렇게 일찍 골목에 왔어?"

나는 로렐이 이 골목에 처음 오기라도 한 것처럼 어색하게 팔짓을 하며 묻는다. 그러자 로렐이 재미있다는 듯 입꼬리를 실룩거리고, 나는 거북이가 머리를 등 껍데기 안으로 숨기듯 목을 움츠린다. 오빠가 내게 **왜 이런 식으로 말하는 거야, 괴짜처럼?**이라고 묻듯 미심쩍은 눈초리를 던진다.

"우리 집에서 강까지 가는 지름길이거든."

로렐이 차분하게 대답한다. 나는 그의 존재감에 온통 주의가 쏠린다.

"화요일마다 거기서 낚시꾼들을 만나 마룬 쪽 일에 대해 상의해."

마룬 협회에는 독자적인 문제, 네트워크, 전통, 사건이 있다. 네야 오빠와 나 같은 비흑인들은 그 정도만 알고 있을 뿐, 마룬 협회의 독립성을 존중한다. 로렐에게 다른 길로 가라고 요구할 권리는 없다는 걸 알면서도, 나는 지금 내게 주어진…… 일들을 하고 있을 때 그와 마주치지 않았더라면 좋았을걸 하고 생각하며 흙을 걷어찬다.

그에게 모든 것을 털어놓고 싶은 마음이 간절하다. 로렐의 웃음소리를 다시금 듣고 싶다. 하지만 나는 아직 그를 볼 준비가 안 되어 있고, 일어날 수도 있었던 모든 일이 한꺼번에 내게 밀어닥친다. 네야 오빠가 말한다.

"그래, 물가에서 햇빛 잘 즐기고. 엄청 예쁠 거야."

"고마워, 네야."

로렐이 여유롭게 우리를 지나쳐 가며 말한다. 그가 걸어가는 모습을 지켜보노라니 눈이 따끔거린다. 뛰어가서 손을 잡아도 되냐고 묻고 싶다. 봄으로 돌아가고 싶다. 내가 떠나게 되리라는 걸 우리가 알기 전으로.

그리고 내가 돌아오기 전으로.

오빠가 쿡 찌르더니 내 어깨를 한 팔로 감싸 안는다. 우리는 그 상태로 몇 분 동안 로렐과 다른 방향으로 걷는다. 발밑에서 바스러지는 낙엽 소리도, 머리 위에서 들려오는 아침의 불협화음도 내 날뛰는 심장 박동을 죽이기에는 역부족이다.

오빠가 마침내 묻는다.

"아까 왜 그랬어? 거의 겁이 난 것처럼 보이던데."

"오빠, 지금은 그 얘기 하고 싶지 않아."

"로렐은 개울 건너편에서 온 여자애잖아. 강 근처에서 열렸던 진흙 파티에 여름 내내 왔던. 맞지? 사수자리 동생?"

"오빠. 화제 바꾸라고."

잠시 침묵이 흐르다 오빠가 나를 팔꿈치로 툭 친다.

"걔가 나한테 말을 건 건 단지 내가 너랑 같이 걷고 있었기 때문이야, 애쉬. 언제 한번 걔한테 찾아가봐."

"어디 사는지 알지도 못하는데……."

내가 두건을 코 위로 끌어내리며 그렇게 말하자 오빠가 '내가 도와주마'라고 하는 듯한 어조로 내 말을 자른다.

"난 알아. 걔네 집은 수영장 지나는 이스트웨스트 길에 있어. 연보라색 문이야."

나는 사실 나도 이미 그 집을 안다는 것을 티 내지 않으려 애쓴다. 내가 모르는 것은 **그리로 돌아가는** 방법이다.

뭔가 다른 데로 주의를 돌릴 만한 게 필요하다. 오빠가 더 이상 질문하지 않게끔.

"알았어, 알았어. 목록이나 다시 보여줘."

오빠가 어깨를 으쓱하더니 왼쪽 어깨 띠를 풀어서 캔버스 주머니를 몸 앞으로 돌려 매고 그 소중한 종이를 꺼내 내게 건넨다.

"우리가 들를 첫 번째 장소는 '이웃 할머니들의 집'인 것 같아."

밀랍

올드 멜리는 허브 여왕이라는 애칭으로도 불린다. 옛 국영 건물들의 용도를 변경하기 위해 처음으로 사람들이 모였을 당시, 멜리는 특유의 말장난을 던졌다고 한다.

"만약 우리가 옛 은행을 은행나무 집으로 바꿨다면요?"

그는 모인 이웃들에게 그렇게 물었다. 전해지는 이야기에 따르면 어떤 사람들은 즐거워하며 웃었고, 또 어떤 사람들은 젊은 푸에르토리코 여자가 지팡이를 짚고 자세를 유지하는 모습을 보고 웃었다고 한다. 그때만 해도 사람들은 우리 중 많은 이들에게서 마법을 보지 못했다. 어떤 이들은 지금도 여전히 못 본다.

하지만 우리 가족은 볼 줄 안다. 실비아 할머니는 이

렇게 묘사했다.

"멜리의 눈은 투명하고 진지한 비전으로 가득했어. 도시 전역에서 이런 모임이 십수 개씩 열렸고, 모두의 아이디어가 충분히 다뤄질 여유가 있었지. 멜리의 아이디어는 우리가 오늘날 기념하는 여러 비전 중 하나야."

"우리 어르신들의 비전을 축복하라."

오빠와 내가 예의 바르게 암송했다. 할머니가 말을 이었다.

"그래, 늘 원했던 것을 시작하면 신이 나게 마련이지. 하지만 새로운 것을 시작하면 두려워질 수 있어."

모두 앞에서 그런 식으로 아이디어를 낸 걸 보면 멜리는 아주 용감했나 보다.

"어떤 사람들은 너무 실험적이어서 **불가능하게 느껴**지는 말을 하기도 해."

할머니의 그 말은 나와 오빠에게 보내는 초대장과도 같았다. 할머니에게 말을 해보라는, 그때에는 **불가능하게 느**껴지던 것들을 상상해보라는 초대장. 우리는 그 이야기를 전에도 들어봤지만, 중요한 말들을 함께 하는 것은 우리가 마법이 되는 데 도움이 된다.

와르다 할머니가 덧붙였다.

"새로운 아이디어를 입 밖으로 소리 내 말하는 걸 듣다 보면 소름이 돋아. 멜리의 제안은 그런 거였어. 그건 삶이었단다, 얘들아. 우리는 공원이나 로비에 모였지. 사람들은 좀처럼 가만히 앉아 있지 못했고 **원하고 원하고 또 원했어.** 하지만 멜리가 말할 때면 갈증이 해소된 듯 침을 삼켰지."

그가 공기를 들이마시듯 깊이 심호흡을 했다.

"내 온 영혼이 그의 아이디어에 '좋아요'라고 말했어. 머리가 다 아찔하더라."

두 할머니가 이 이야기를 우리에게 들려준 건 벌써 여러 번째였지만, 이야기할 때마다 꼭 그 시절을 그리워한다. 할머니들 세대는 진정으로 진로를 바꾼 첫 세대였기 때문이다. 그들은 우리가 삶을 이루고 다루는 방식, 우리 자신을 다루는 방식을 바꿨다. 그들을 목도하는 건 우리 세대에 주어진 선물이다.

올드 멜리는 그때부터 자신의 열정적 프로젝트에서 손을 떼고 시내의 더 젊은 사람들에게 일을 넘겼다. 금속을 압착해 온 나라에 쓰이는 동전을 만들던 건물에서 우리 건설자 조합에 연장들을 기증했다. 그 후 건설자들은 유리벽을 설치했고, 그 안에 갖가지 허브를 무성히 심었다. 애플민트, 페퍼민트, 바질, 골무꽃, 타임, 수레박하, 세이지, 오레

가노, 히숍, 허하운드…… 이름을 대기에도 너무나 많은 허
브를.

따뜻한 계절이면 허브의 집의 모든 면을 둘러싼 문들
이 열린다. 거기 들어가면 아치형 천장에 비둘기와 참새들
이 날아들고, 마멋들이 주위를 탐험하며 놀고, 파리와 벌들
이 윙윙 날아다니고, 언제나 새로운 종류의 허브가 자라나
는 걸 볼 수 있다.

실비아 할머니는 멜리의 집에 있는 양봉장을 무척 좋
아한다. **벌과 대화할 수 있는 마녀는 신뢰할 수 있기 때문이란다.**
그리고 견과류 수확기가 오면 와르다 할머니는 언제나 가
장 처음 만든 바클라바*를 멜리에게 가져다준다. 디저트도
약이기 때문이라나. 작년에 허브의 집으로 가족 여행을 다
녀온 후 실비아 할머니는 와르다 할머니에게 이렇게 속삭
이곤 한다.

"멜리는 그렇게 오랜 세월이 지났어도 반짝임을 잃지
않았더구만. 자네와 나는 시니컬해질 때가 있잖아. 하지만
올드 멜리사는 세상에 대한 호기심이 오히려 더 강해진 것
같아."

* 견과류와 꿀을 섞어 만든 중동 과자.

두 사람은 나를 앞서 걸어가면서 서로에게 몸을 기울였다.

며칠 전 네야 오빠와 아빠와 함께 약제실에 있을 때였다. 아빠는 우리에게 시킬 일을 뒤죽박죽된 순서로 지시하다가 뒤늦게 꿀을 기억해냈다.

"오, 오!"

실비아 할머니가 약제실 옆의 부엌에서 소리쳤다. 할머니는 내내 우리 대화를 엿듣지 않는 척하고 있었지만 결국 언젠가는 끼어들리라는 걸 우리 모두 알고 있었다.

"오펠리, 멜리가 최고의 페니로열과 익모초를 가지고 있을 거야."

아빠가 재미있다는 듯한 눈빛으로 우리를 보았다. 오빠는 내게 몸을 기울이고 할머니에게 보이지 않도록 입을 가리고선 속닥거렸다.

"둘 다 허브 종류야."

오빠가 아빠에게 격려의 뜻을 담아 엄지손가락을 치켜세워 보였다.

그것들은 딱 내가 필요로 하는 약이기도 했다.

나는 입을 단단히 다물었지만, 아빠는 "오오오오"라

고 소리 없이 입 모양으로만 벙긋거리더니 네야 오빠가 쓴 목록을 향해 쾌활하게 고갯짓했다.

"적어뒀어요, 어머니."

아빠가 할머니에게 큰 소리로 말했다.

아침 안개가 짙어서 골목에 면한 연립 주택 창문들에 이슬이 맺혀 있다. 우리는 젖은 덩굴들을 헤치며 걸어간다. 나는 보석이 매달린 듯한 거미줄 너머 마당에서 태극권을 하고 있던 한 커플에게 손을 흔들고, 나무줄기를 따라 뛰어오르는 다람쥐들을 보고 웃음을 터뜨린다. 언빌리버블은 골목의 다른 까마귀들을 쫓아 날아갔다. 습한 공기 때문에 모든 게 벨벳처럼 부드러워졌다.

우리는 골목에서 멜리의 부엌으로 이어지는, 턱까지 올라오는 로즈마리로 이루어진 경계선을 비집고 들어간다. 부드럽게 스치는 잎사귀들 사이를 걸으며 우리는 발걸음을 늦추고 보호 마법을 두른다. 벌에 쏘이거나 저주에 걸리는 것을 예방하기 위한 것이다.

"안녕하세요."

우리는 우리 주위에서 윙윙거리는 어르신들에게 인사한다. 멜리는 자신의 벌들을 '이웃 할머니들'이라는 애칭으로 부른다.

"어서 오렴, 귀여운 녀석들!"

휠체어에 앉은 멜리가 열린 문간에서 위풍당당하게 노래하듯 말한다. 나는 손을 가볍게 흔들고, 오빠는 과장스럽게 허리 굽혀 인사한다. 나는 눈알을 굴리며 오빠의 옆구리를 팔꿈치로 찌른다.

"내가 무언가를 찾을 수 있게 도와주러 왔구나."

멜리의 말에 오빠가 대답한다.

"네, 부탁드려요."

"좋아, 좋아."

멜리가 곧바로 대답하면서 바퀴를 굴려 '이웃 할머니들의 집'의 온기 속으로 돌아간다.

곧바로 오빠가 낡은 스툴 위로 올라가 활짝 열린 식료품 저장실 문 앞에 선다. 오빠는 까치발을 딛고 비틀거리며 다음 선반으로 손을 뻗고, 나는 오빠를 받쳐주기 위해 손을 펼쳐 들고 기다린다. 우리는 멜리를 도와서…… **무언가를** 찾고 있다.

"나는 다리에 나와 앉아서 아찔한 높이를 즐기고 있어."

멜리가 누구에게랄 것 없이 말한다. 그의 목소리는

목이 쉰 가마우지처럼 약간 떨리고, 먼 데서 들려오는 듯하다. 멜리가 말을 잇는다.

"아주 용감한 고양이가 내 등에 몸을 비비면 나는 이렇게 말하지. '으으음, 우리 착한 고양이, 우리 귀여운 고양이, 내 의자 위에 올라 앉았네. 올드 멜리 아니면 그 누구도 가고 싶어하지 않을 만큼 높은 곳.'"

오빠가 찬장 안 유리병들을 뒤적거리다 또 다른 이름표 없는 자루를 끄집어내 멜리 앞의 조리대에 툭 내려놓는다.

"이게 그건가요?"

오빠가 숨을 살짝 몰아쉬며 묻는다. 우리는—아니, 정확히 말하자면 오빠가—올드 멜리의 '특별한 밀가루'를 20분째 찾고 있는데, 그가 원하는 걸 찾으려면 마녀의 힘이 필요하게 생겼다.

오빠가 조바심을 내며 몸을 이리저리 들썩인다. 나는 흔들리는 스툴을 가리키며 침착하라는 손짓을 한다.

"이 고양이가 뽀로통해졌구나. 오, 정말 그렇네."

멜리는 오빠의 질문에 대답하지 않고 말을 잇는다.

"요 녀석 배 좀 만져보렴. 아유, 참 부드럽다니까. 넓고 긴 다리 위, 거기에 조그맣고 단호한 미래의 고양이들이 있는 것만큼이나 확실하지."

욕지기가 올라온다.

나는 근처에 있던 대걸레 씻는 양동이로 뛰어가서 아침으로 먹은 걸 다 게워낸다. 얼굴이 화끈거리고 따끔거린다.

놀랍게도 오빠가 격려하는 미소를 띠고서 물 한 잔을 가져다준다. 그냥 침대에서 쉴걸 그랬나. 그날 밤…… 내가 차라리…… 그때 내가 무슨 생각을 할 수 있었을지 모르겠다. 나는 그저 **감**에 따라 선택했다.

부엌 안 공기가 늪지대처럼 눅눅하다. 하지만 일순간 그날 밤의 바닷바람이 불어와 목덜미를 간질이는 느낌이 든다.

구토가 또 올라온다. 멜리가 당황하지는 않으리라는 건 알지만 그래도 바닥에 이러고 앉아 있으려니 벌거벗은 듯한 기분이 든다.

문간에 비쳐드는 아침 햇볕을 받는 멜리의 눈이 감긴다.

"냐옹!"

로즈마리 수풀을 헤치고 나온 얼룩무늬 고양이 한 마리가 멜리의 무릎 위로 뛰어오른다. 녀석은 의자 팔걸이에 몸을 비비고는 여전히 양동이 위에 몸을 굽히고 있는 나를 돌아본다. 나는 몸을 추스르고 겨우 "안녕?"이라고 말한다. 평상시의 목소리가 전혀 나오질 않는다. 왜 고양이 앞에서 체면을 차리려 한담?

고양이가 바닥으로 뛰어내려 우리를 자기 집으로 안내하려 하자 오빠는 킥킥 웃으며 "안녕!"이라고 한다.

"흐으으음."

멜리는 터무니없이 깊숙한 찬장으로 다시 고개를 돌리며 말한다.

"태비사, 도와주지 않으련? 그놈의 밀가루를 찾아야겠는데 말이다. 특별한 일에만 꺼내 쓰는 그 밀가루 있잖니?"

태비사라는 이름의 그 고양이가 멜리의 발목에 몸을 비빈다. 멜리는 손을 뻗어 친구의 턱을 긁어주면서 다른 한 손으로는 네야 오빠가 조리대에 올려둔 자루를 집어 무릎 위로 끌어당긴다.

"헛수고는 아니었을지도 몰라."

오빠가 내게 속삭인다. 나는 나지막이 신음하며 대답한다. **헛수고는 아니었을지도 몰라.** 나도 달의 시간이 되면 저렇게 말하려나? 멜리는 아마도 태비사에게 하는 듯한 말을 계속한다.

"그래, 그거 좋은 지적이다. 옛 빗자루를 어디다 뒀는지만 기억해낸다면 좋을 텐데 말이야."

태비사가 고개를 갸웃하자 멜리가 진지하게 고개를 끄덕인다.

"흐으음. 고맙다, 태비야."

만족스러운 듯 눈을 감았다 뜬 고양이가 멜리의 다리 사이로 몸을 미끄러뜨리며 지나간다. 멜리는 찬장에서 몸을 돌려 다시 문으로 향한다.

나는 오빠에게 몸을 기대고서 기력을 회복한다. 서둘러 일어나려고 애쓰지 않고, 대신 상념에 빠져들지 않게 도와주는 고양이 마녀의 재미난 농담들에 귀를 기울인다.

"냐옹?"

태비사가 문듯이 운다.

"그래, 오늘 밤에는 생선을 주마. 자, 어디 있었더라……."

멜리가 빗자루 장에서 잔가지들이 든 커다란 종이봉투를 어깨 너머로 던진다. 봉투는 골목을 면한 열린 문을 통해 날아가 경사로 옆에 쌓인 퇴비 더미 위에 떨어진다. 멜리는 바퀴를 굴려 자기 찬장 뒤편으로 가까이 가더니 가벼운 사슬을 당겨 선반들을 들여다본다.

"멜리사 마녀님. 어떻게 도와드릴까요?"

오빠가 조바심이 다 드러나는 목소리로 묻고는 열린 문 바로 옆으로 다가선다.

"이걸 집에 가져가렴."

멜리가 단도직입적으로 말하며 안쪽 선반에서 작은 나무 상자를 꺼낸다. 나는 오빠 옆에 서서 선반 안을 들여다본다. 비슷한 상자 십수 개가 약간 먼지 묻은 채로 가지런히 늘어서 있다. 멜리가 "에헴" 소리를 내, 우리는 그가 빠져나갈 수 있도록 자리를 터준다.

멜리는 밀가루 자루 위에 작은 상자를 얹어서 내게 건넨다. 상자 뚜껑에 밀랍이 발린 채 닫혀 있다. 꿀 냄새가 나고 초승달 모양의 봉인이 붙어 있다. 이것이 바로 실비아 할머니가 멜리와 함께 찾으라고 한 것이기를 바랄 뿐이다.

"애쉬, 이 상자를 비우고 나면 네 기억들을 안에 넣으렴."

멜리가 내 손을 잡으며 말한다. 나는 고개를 끄덕이며 마법을 받아들인다.

"고맙습니다, 멜리사 마녀님. 그럴게요."

달

"얘야, 안 춥니?"

아빠가 개켜진 담요를 들고 있다. 나는 달을 바라보며 오늘 한 일들을 마음속으로 돌이킨다. **다 챙겼나? 난 준비되어 있나?**

아빠의 질문이 나를 현실로 되돌린다. 나는 두 팔로 가슴을 감싸며 말한다.

"네, 전 괜찮아요. 추분이 지난 지 한 달도 안 됐잖아요."

"좋을 대로 하렴."

아빠가 어깨를 살짝 으쓱한다. 그러고는 담요를 무릎 위에 도로 올리고 다시금 불을 바라본다.

"어머니, 정말 아름다운 불이에요. 참 좋은 아이디어를 내셨네요."

아빠가 미소 짓고는 온기에 몸을 늘어뜨린다.

모닥불 반대편에서 와르다 할머니가 언제나처럼 감정을 잘 드러내지 않는 표정으로 고개를 끄덕인다.

"으음. 불은 순환에 좋고, 순환이야말로 지금 애쉬가 필요로 하는 것이지."

아빠는 "맞아요"라고 말하듯 관자놀이를 두들겨 보인다. 아빠에게 이런 식으로 도움을 청하러 오는 약사 수습생이 내가 마지막은 아닐 것이다.

불 주위에 둘러앉은 내 친지 십수 명을 바라보노라니 가슴이 먹먹해진다. 나는 지금쯤이면 내가 성장했기를, 그래서 삶을 살아가는 데 많은 도움이 필요하지 않기를 바랐다. 나는 다른 사람들보다 밥을 천천히 먹고 있다. 머리가 아프고, 배 속은 요즘 내게 협조적이지 않다. 턱이 느슨히 벌어지더니 울음이 터져 나온다.

모두가 말을 멈추고 나를 쳐다본다. 그러지 않았으면 좋겠는데. 안기고 싶으면서도 동시에 혼자 있고 싶다. 어떻게 이럴 수 있지? 어떻게 이 모든 일이 일어날 수 있지?

나는 어쩌면 그렇게 무모했을까?

와르다 할머니가 불에 유칼립투스를 던지고 실비아 할머니 옆으로 다가가 함께 담요를 덮는다. 이 향기로운 연기는 두 사람이 수십 년 동안 함께한 의식을 통해 고안한 비밀 언어로 무언가를 의미하는 것이다. 나는 그들의 언어 중 일부가 내가 물려받을 유산이라는 것을 알고 있다. 여기 있는 우리 가족이 목격하고 우리만의 의미를 만들어낼 특별한 무언가. 이 향기를 맡으니 내가 처음으로 마법을 거는 법을 배웠던 때가 떠오른다. 나는 향기에 몸을 맡긴다.

처음에는 여느 때의 생리혈처럼 피가 쉽게 나온다. 그런데 이제는 뜨겁고 걸쭉한 피가 나를 뚫고 나오는 듯한, 한 번도 겪어본 적 없는 감각이 든다. 나는 바지 단추를 풀고 안에 헝겊을 잔뜩 쑤셔넣은 채로 있다. 셔츠는 침대 발치에, 내가 좋아하는 양모 스웨터와 이불과 함께 뒤엉켜 있다. 내 속이 엉망진창이니 밖도 그런 게 당연하다는 느낌이 든다. 지난 여러 밤 동안 쑥을 얼마나 많이 피웠는지 창턱에 놓인 점토 접시에 재가 수북이 쌓여 있다.

와르다 할머니가 침대 옆 협탁에 우물물을 가득 채운 튼튼한 유리병 하나를 올려놓고 말없이 내 옆에 자리 잡고 앉는다. 할머니가 삐져나온 내 머리카락 몇 가닥을 귀 뒤로 넘겨주는 동안 나는 물병에 손을 뻗는다. 유리가 얼음장처럼 차갑다. 나는 병을 쥔 손에 힘을 주며 냉기를 받아들인다.

우물물은 달콤하다. 싸늘한 냉기가 가슴을 훑고 내려가 배 속으로 쏟아진다. 물이 점점 더 아래로 내려갈수록 안도감이 나를 뒤덮는다. 관자놀이부터 시작해 벌어진 턱을 거쳐 양어깨 사이를, 갈비뼈를, 그리고 발가락을······.

내 다리 사이에서 스스로가 더 이상 임신 상태가 아니라는 확신을 얻자, 모든 것을 감싸는 **안도감**이 내 안에 자리 잡는다.

와르다 할머니가 멜리의 약상자에서 로즈마리 오일을 꺼내 내 등에 발라주고 축복의 주문을 속삭인다. 굳은살 박인 두 손이 점점 느리게 움직인다.

"우리 애쉬, 앞으로 다시는 네가 원치 않는 생명을 가질 필요 없을 거야."

"너는 앞으로 튼튼하고 건강한 삶을 되찾을 거야."

"너는 네 몸과 마음의 소리에 귀를 기울일 신성한 책무가 있어."

"너는 너보다 앞선 선한 마녀들의 마법을 물려받을 거야."

"너는 이 피를 기억할 테고, 이 피가 너에게 너만의 생명을 되돌려줄 거야."

"너는 마법의……."

와르다 할머니의 말들이 나를 휩쓸면서 내 생각들의 기슭에 파도가 철썩인다. 치료사인 할머니의 손안에서 그 말의 의미들이 확실해진다. 할머니의 리드미컬하고 부드러운 말소리에 내 심장 박동이 차분해진다. 나는 호흡이 내 안에서 다시 흐르도록 놔둔다.

황혼이 저문다. 할머니가 내 이마에 입을 맞추고 묻는다.

"애야, 이제 혼자서 쉬고 싶니?"

고개를 끄덕이는데 참고 있는 줄도 몰랐던 눈물이 터져 나온다. 나는 눈꼽과 눈물범벅이 된 얼굴로, 소리 없이 입만 달싹여 "고마워요"라고 말한다.

할머니가 웃더니 조끼 주머니에서 자수가 놓인 손수건을 꺼낸다. 그래, 정말로 고맙다. 가족에게, 멋진 치료사 할머니들에게, 내가 이것을 놓아줄 수 있도록 도와준 운명에게, 허벅지 사이에 너무나 생생하게 존재하며 나를 안심시키는 피에게.

할머니가 침대 옆 벽에 기대앉은 나를 두고 가만가만 일어난다. 할머니는 내게 몸을 돌린 채 손을 조금 뻗고서 말한다.

"뭐 필요한 것 있으면 우릴 찾아오렴."

할머니가 내 방을 나가며 문을 닫는다.

침대에 웅크려 눕고 싶지만, 나는 피가 한 차례 다 빠져나갈 때까지 기다리라는 지시를 따른다. 베개를 가슴에 끌어안고서 다리를 벌린다. 나를 빠져나가는 흐느낌을 억

눌러 참으려 애쓰면서.

나는 이 모든 과정에서 무엇을 기대해야 할지 몰랐다. 그저 기다리는 것 외엔 할 일이 없다는 것을 안다.

어둠 속에 앉아 밤이 깊어지기를 기다리던 나는 침대에서 빠져나와 촛불을 켠다. 이불에 진 얼룩이 보인다. 형겊을 교체할 때가 온 것 같다. 나는 벽에 기대놓은 지팡이를 짚고서 문까지 힘겹게 걸어간다.

그 순간 네야 오빠가 특유의 방식으로 문을 두드리는 소리가 들린다. 나는 목쉰 소리로 외친다.

"들어와!"

오빠가 문을 연 순간 다리가 풀린다. 오빠가 내 겨드랑이 밑을 받쳐 부축해주며 말한다.

"지금쯤 너 살펴보러 와야겠다고 생각했지."

나는 맥없이 딱딱하게 웃으며 몸을 지탱하려 애쓴다.

"건들거리지 말고 도와주기나 해, 멍청아."

오빠가 낄낄 웃는다.

"하고 있잖아. 하지만 네 콧물 나한테 다 묻히진 마."

"야!"

나는 오빠의 옆구리를 밀친다. 하지만 아래층으로 내려갈 에너지를 아끼기 위해 힘을 너무 많이 쓰진 않는다.

계단 쪽에서 올라오는 향신료 냄새로 보아 아빠의 특제 카레가 끓고 있나 보다. 아빠가 만든 카레는 언제나 최고다.

문이 열려 있는 오빠 방 앞을 지나는데 기타들 중 하나가 침대 위에 놓여 있는 게 보인다. 오빠한테 무슨 작업 중이었느냐고 물으려 할 때, 우리는 욕실 앞에 도착한다.

"밖에서 기다릴게, 알았지?"

오빠가 안심시키는 어조로 말한다. 나는 문간에 서서 오빠를 보다가 재빨리 시선을 돌린다. 당황스러워서 눈을 크게 뜬 채로 고개를 끄덕인다. 오빠가 덧붙인다.

"그냥…… 부축이 필요하거나 밖으로 나오고 싶거나 하면 불러. 볼 거 다 본 사이에 뭐."

나는 문간에 서서 오빠에게서 몸을 떼다가 멈칫한다.

"있잖아, 오빠."

"왜?"

오빠는 나를 놔주었지만 여전히 팔로 나를 받칠 준비를 하고 있다.

"이따가 개울가로 나 태워다줄 수 있어?"

"너 오늘 외출해도 괜찮겠어?"

"나도 알아. 그냥…… 이럴 때 물가에 있으면 좀 위안이 될 것 같아서 그래."

"흐으음."

오빠가 깊이 고민하는 척 짐짓 과장스럽게 신음한다.
오빠랍시고 꼭 저런다.

"만약 너무 힘들어하는 것 같으면 언제든 집으로 돌
아올 거야."

"좋아. 해줄 거지?"

내가 다시 벽에 기대앉아 쉬는 동안 오빠는 인근에서
차를 빌려온다. 차를 탄 지 채 10분도 지나지 않아 우리는
개울가에 도착한다. 이곳 교차로에서 멀지 않은 곳에 로렐
의 집이 있다.

로렐의 집 현관 불빛이 하릴없이 눈에 들어온다. 우
리가 자리 잡은 곳에서 오른쪽, 개울에서 오르막길을 약간
오르면 나타나는 집이다. 주변 이웃집 십수 개의 현관 불빛
도 보이지만 로렐의 집 현관문 창은 보라색이어서 가을 단
풍과 무척 잘 어울린다. 그리움이, 그다음에는 추억들이 밀
려온다. 아찔한 현기증이 인다.

나는 개울 앞에 쭈그려 앉아 눈을 감는다. 실비아 할
머니 말에 따르면 한때는 길거리였고 그다음엔 싱크홀이

생겼고 그다음에는 경배의 장소가 되었던 곳으로 물이 힘차게 흐른다. 여기 사람들은 물 위에 포장 도로를 만들었지만, 토착민 관리인들은 포석들이 무너져 내렸을 때 우리에게 귀를 기울이는 법을 가르쳐주었다. 도로가 되었던 개울에 귀를 기울이는 것은 바다나 부드러운 강물에 귀를 기울이는 것과는 다르다. 개울에게는 갈 곳이 있고, 볼 사람들이 있다. 그리고 나는 생각을 정리하고 싶을 때 여기로 오는데, 그때마다 경이로운 효과를 본다.

가끔 우리 개울은 둑까지 가득 차오르지만, 오늘 밤은 수면이 몇 미터 아래로 내려가 있다. 나는 숨을 몇 차례 몰아쉰 뒤 부츠를 벗고 치맛자락을 무릎 위로 모아 쥐고서 불그스름한 흙이 쌓인 강둑 너머로 발을 드리운다.

앉아 있으니 두 번째 헝겊에 하중이 실리면서 피 한 줄기가 발목을 타고 흘러내린다. 밤공기에 닿은 피가 금세 싸늘해진다. 여기 오래 앉아 있을 순 없겠지만, 내 어떤 순간의 작은 일부분이 마침내 바다로 흘러가리라고 생각하니 위안이 된다. 피 냄새에 소금기가 감도는 느낌이 든다. 자신이 어디로 가는지 아는 것처럼.

오빠가 며칠 전 모닥불을 피울 때 연주했던 노래를 흥얼거린다. 뒤에서 들려오는 오빠의 노랫소리와 앞에서 들려오는 개울의 목소리는 양편에서 나를 부축해주는 기억과 힘의 소리다. 나는 눈을 다시 감고 기도한다. 최대한의 자신감을 쥐어짜내서 이렇게 말한다.

"생명이시여, 나는 이 세상을 순환하는 당신의 수많은 피조물 중 하나일 뿐입니다. 당신이 가르쳐주고 가능케 해주는 모든 것에 한없이 감사드립니다. 그리고 오늘이 당신의……."

입술이 떨린다. 나는 애써 숨을 내쉰다. 내가 스스로 하는 말을 들음으로써 말이 현실이 되고 있다. 오빠는 나를 지켜보면서 계속 콧노래를 부른다.

"당신의 때가 아님을 알아주셔서 감사합니다."

나는 울음을 삼키며 속삭인다.

그렇게 모든 것을 내려놓는다.

아픈 대로 내버려둔다.

내 피가 스스로 말하게 둔다.

미래를 상상하기, 현실을 지탱하기

올해 여름은 유난히 길었다. 도무지 끝나지 않을 듯한 무더위와 열대야도 힘들었지만 더욱 힘들었던 것은 이나마도 앞으로 닥쳐올 여름에 비하면 시원한 여름에 해당할 것이라는 전망이었다. 앞으로 세상은 더 나빠지기만 할 것이라는 전망. 인류는 종래의 삶의 방식을 바꾸지 못할 것이고, 플라스틱 쓰레기는 점점 더 쌓여갈 것이고, 생물종들이 멸절되어가고 생태계는 파괴될 것이고, 지구는 점점 뜨거워질 것이고, 바다는 점점 산성화될 것이고, 산불과 가뭄과 홍수가 땅을 덮칠 것이고, 가장 약하고 가난하고 절박한 존재들부터 그 피해를 고스란히 맞닥뜨릴 것이라는 전망.

이런 전망에 맞서기 위해 나도 나름대로의 실천을 하고

는 있다. 일회용품을 덜 쓰고, 새 옷보다는 빈티지 옷을 사고, 축산업 중에서도 탄소를 가장 많이 배출하는 것으로 알려진 소고기와 양고기를 먹지 않고, 우유 대신 대체유를 마시고, 비건 식품을 소비하고, 텀블러를 들고 다니고, 대중교통과 자전거를 이용하고, 꼭 필요하지 않은 물건은 사지 않고, 분리수거를 꼼꼼히 하고……. 하지만 내가 이렇게 한다고 뭐가 얼마나 바뀔까? 걷잡을 수 없이 닥쳐오는 파국을 내 힘으로 어떻게 막을 수 있나? 기업들과 위정자들과 거대 자본이 바뀌지 않는데? 이런 생각을 하다 보면 무력감이 밀려온다. 미래가 하나도 기대되지 않고, 다가올 날들이 두렵기만 하다. 나도, 내 소중한 사람들도, 내 이후 세대도 지킬 방법이 없다는 생각이 내 현실에도 악영향을 미친다. 무슨 즐거운 경험을 해도 순수하게 기뻐할 수 없고, 꽃이 피는 아름다운 풍경을 봐도 사치라는 생각이 들고, 모든 것이 부질없다는 느낌이 든다. 이런 우울에 시달리는 사람이 나뿐만은 아닐 것이다.

《우리에게 남은 빛》은 그런 나에게 그야말로 단비 같은 소설집이었다. 처음 번역 의뢰를 받았을 때부터 많은 기대를 했는데 그런 기대를 저버리지 않았다. 이 책은 기후 문제를 전문적으로 다루는 비영리 독립언론사인 '그리스트'의 주최로 열린

'2200년을 상상하기' 공모전 당선작들을 엮은 것으로, 다양한 배경, 인종, 성정체성을 가진 작가들이 꿈꾸는 미래를 담은 도전적이고 창의적인 작품들이다. 이 소설들은 섣부른 절망을 말하지 않는다. 에너지, 기술, 자원 순환, 농업, 사회 정책 등등의 측면에서 설득력 있는 대안을 제시하기도 하고, 어려움 속에서도 공동체 유지와 지속 가능한 삶을 위해 노력하는 사람들의 끈기와 용기를 보여주기도 하고, 유토피아라고 생각되는 세계에서 빠지기 쉬운 함정과 디스토피아라고 생각되는 세계에서도 엿보이는 희망을 보여주기도 하고, 인간 너머 다른 생명체들과의 공존을 상상하기도 한다. 이런 반짝이는 상상들을 목도하는 것은 고무적인 경험이었다. 다른 미래를 상상할 수 있는 것은 곧 현실을 버텨낼 수 있는 힘이 된다. 이런 힘을 전해주는 동료 시민들이, 세계 곳곳의 작가들이 존재한다는 것 자체가 큰 위안이 되었다. 또한 지구를 되살리고 인류와 생물다양성을 보호하는 길은 곧 인간 사회 내의 다양성을 보호하고 약자들을 존중하는 일과 맞닿아 있음을 실감하게 되기도 했다. 이 소설들에는 소수 민족, 유색 인종, 토착민, 노인, 트랜스젠더, 장애인, 난민, 동성애자 등의 소수자들이 등장해 자연스럽고도 생동감 넘치는 활약상을 보여주며, 식민화와 제국주의의 물결 속에 잊혀가는 전통과 문화를 복구한다. 문학이 소수자들과 자연을 타자화하지 않고자 노력하면 문학의 형식과 내용 측면에서도 참신하고 도전적인 지평을 열 수 있다는 것을 보여주는 작품집이었다.

표제작 〈우리에게 남은 빛〉은 신세계를 발견하고 식민화하는 것이 아니라 지금 우리가 처한 현실을 지키기 위해 할 수 있는 방법이 무엇이 있을지를 고민하게 한다. 〈마지막 그린란드 상어의 비밀〉은 지구상에 남은 마지막 생명체들의 고독한, 그러나 함께여서 외롭지 않은 최후의 순간들을 보여준다. 〈구름 직공의 노래〉는 아름다운 신화로, 선형적인 발전이 아니라 자연의 순환에 발맞추는 것이야말로 우리가 할 일임을 알려준다. 〈소식들〉은 우리 자신과 지구를 위한 새로운 기술에 대한 상상들을 나열하며 미래에 대한 벅찬 낙관을 선사한다. 〈현명한 벌레〉를 읽으면서는 우리가 가진 편견을 깨고 각자의 자리에서 할 수 있는 일을 하는 것이 얼마나 중요한지 생각하게 될 것이다. 〈인류세에서의 교령회〉는 석탄과 석유에 의지하는 것을 당연시하는 우리가 미래에는 얼마나 불합리하고 어리석은 과거로 여겨질지를 이야기하며 우리의 현재를 낯설게 보여준다. "기술과 진보에는 로봇 말고도 다른 요소가 많아"라는 대사로 요약되는 〈뒤뜰의 나무〉는 사후 세계에 얽힌 미래의 새로운 관습에 대한 상상력을 펼친다. 〈수확해야 할 때〉가 구축하는 대안적

농업 시스템은 놀랍기만 하고, 노년의 삶이라는 렌즈를 통해 우리가 욕심을 내려놓아야 할 시점이 언제인지에 대해 숙고할 수 있다. 〈군락에서 떨어져〉는 번역하기 가장 어려운 작품이었다. 'Broken from the Colony'라는 제목의 colony는 군락을 뜻할 수도 있지만 식민지를 뜻할 수도 있다. 본문에도 중의적인 표현들이 많아 살리기가 쉽지 않았다. 부디 이 작품의 시적인 아름다움이 잘 전달되었기를 바랄 뿐이다. 〈뒤집힌 사건〉에서는 휠체어를 끄는 탐정의 활약, 발리의 전통 문화가 지속 가능한 미래와 맞닿는 순간들을 주목할 만하다. 〈엘, 플라스토트로프, 그리고 나〉는 탈성장이 얼마나 이루기 어려운 것인지 고민하게 하면서도 완벽을 기하는 강박 자체가 함정일 수 있음을 훌륭하게 깨우쳐준다. 〈캔버스, 밀랍, 달〉은 임신 중단을 하는 마녀들의 이야기로, 중세 시대에 마녀로 몰려 화형당했던 여자들과 금지된 중절 수술을 감행하느라 위험을 무릅써온 수많은 여자들의 삶이 오버랩되었다.

이 책이 기후 위기와 불평등과 부조리에 맞서 싸우며 삶을 지속하려 애쓰고 있는 독자들에게 힘과 위안이 되기를 바란다.

김지현